「お前、女だったのか……！」
そこには、茶色い髪をサラサラに波打たせながら、窓からの光を受けて輝くショートヘアの少女。
先ほどシビラが買ったであろう、冒険者用の服に身を包んでいる。

「で、どうよ
アタシらの水着」

「俺自身が、剣の道を選んだから」
「女神から【聖者】にされようと、
【宵闇の魔卿】で術士になろうと、

進んだ。それだけだ」
シビラ
Sybilla
エミー
Emmy
「えへへ……シビラさんに
一番似合うのをってお願いして、
選んでもらったんだ」

黒鳶の聖者 2

～追放された回復術士は、有り余る魔力で闇魔法を極める～

まさみティー

OVERLAP

Contents

第1章

第2章

Saint of Black Kite
The banished healer masters dark magic with abundant magical power.

イコモチ icomochi

第1章

01 馬車に揺られる穏やかな時間と、見たことのない世界

ガタンゴトンと、普段は外からしか聞かない音が木造の車体に響く。

街のように舗装されていない、自然そのままの道。まるで草が車輪を譲るように踏み固められた轍《わだち》が、地面の凹凸をそのまま俺の身体《からだ》に振動として伝える。

俺達《たち》は今、貸し切りの馬車の中にいた。

窓から見える青い空をぼんやりと眺めつつも、揺れる度にしがみつかれる感覚。特に、対面の座席に座った、今にも「にっしっし」と笑いそうな……おい今マジで笑ったな？

「エミーちゃんの前では、とげとげラセルも丸くなっちゃうんですなぁ～？」

「はったおすぞ」

「できるものならやってみなさい？」

……不可能だ。俺の身体を固定しているのが、最上位職の一つ【聖騎士】だからな。

俺の右腕にしがみつくエミーは幼馴染《おさなじ》みで、女神から【聖騎士】の職業《ジョブ》を授かった。その筋力への加護も半端ではなく、俺が力を込めても簡単に動くほど柔ではない。

無論、そういった強さも同じパーティーの仲間となると十分に頼りになるわけだ……が、

それはそれとして、だ。

「エミー、もう少し緩めてくれないか？」

「ううう……ごめん、ちょっと、これ慣れなくて……」

最上位の職業《ジョブ》を持っていたとしても、本人の適性まで変わるわけではない。乗り物が苦手だったエミーは、さっきからこんな感じだった。まあ、別に構わないか。

「……えへへ」

「あ、エミーちゃん実は割と大丈夫なパターンね」

「ぎくっ！」

大丈夫なのかよ。自分で言って明らかにしてしまう辺り、実にエミーらしい。

「エミー」

「はひ……」

俺はエミーの頭に、溜息《ためいき》を吐きながら左手で遠慮なくチョップする。ちなみにこれは双方合意の行為だ。それなりに勢いはあったと思うのだが、当のエミーはというと。

「……えへへ～、ラセルのチョップだ～」

「本当にお前、滅茶苦茶《めちゃくちゃ》頑丈だよなあ……」

何故《なぜ》か嬉《うれ》しそうに笑う。最早《もはや》俺の術士加護の筋力程度じゃ痛がりもしない。

十六歳で得た女神の職業《ジョブ》、その加護ってやつは本当に凄《すさ》まじいな。一緒に木剣を打ち合って、一度も勝たせなかった頃が遠い昔のようだ。

「いやーあっついわねー！　『熱砂の国』に向かってるわけじゃないのにねー！」

「自分から振っておいてそれかよ、静かにしてろ」

「やなこった！」

そして、そんな俺達のやり取りを見ながらニヤニヤしっぱなしのお調子者が、目の前にいるシビラだ。表向きは、【魔道士】レベル……21だったか？　もう少し上がったのかもしれないが……とにかく、そんな感じの先輩冒険者だ。

こんなヤツだが、シビラの本来の姿は正真正銘本物の女神である。しかも、教会が信仰している太陽の女神とは違う、黒い翼を持つ『宵闇《ふさわ》の女神』という名の女神。

実に腹立たしいことに女神と呼ばれるのに相応しい美女であり、実に悲しいことに女神としての職業《ジョブ》を与える能力も備わっている。

一体何故この女神はこんなに残念な感じなのか。実に惜しい。実に。

「ラセル、あんたホント容赦ないわね……」

「ん、口に出てたか。言われる自覚がないのか？」

「世界最高の完璧美女で、全てにおいて慎《つつ》ましく清らかなシビラちゃんのどこに惜しむ理由があるというのよ」

どうやら俺の目の前にいる女は、俺の知っているシビラじゃないらしい。

「口に出てる！　はったおすわよ！」

「闇魔法で返り討ちにしてやる」

「シビラちゃんに闇魔法が効くわけないでしょ、同属性なんだから」

マジか、知らなかったぞ。早めに聞いておいた方がいい情報だったんじゃないのか？

「むーっ、ラセルがまたシビラさんと仲良くしてる……」

「そういうんじゃないぞ」

こいつと仲がいいわけないだろ。出会って間もないのに随分と気易《きやす》くなっているとは思うが、そうでもしないと振り回されるからな……。


俺は元々、回復術士《ヒーラー》の最上位職である【聖者】としてパーティーを組んでいた。しかし攻撃魔法を使えなかった俺は、全員が下位の回復魔法を使えるパーティーでは貢献できずに追い出されることになったのだ。

それから色々とあったが……その時シビラに【聖者】としてのレベル4つを捧《ささ》げて【宵闇の魔卿《まきょう》】という職業《ジョブ》をこいつに授与してもらうこととなった。

かつて憧れた、攻撃魔法。勇者に並ぶほどの力を持つこの属性は、全ての魔物を蹂躙《じゅうりん》できるほどの力を俺に与えてくれた。

結果、俺は闇魔法と回復魔法を使う『黒鳶《くろとび》の聖者』となった。

命名してくれたのは、俺に回復術士《ヒーラー》を諦めさせなかった、ある意味一番の恩人だ。

きっと向こうは、俺を恩人だと思ってるだろう。そういう関係、悪くないな。

「あら、ラセルは何か考え事?」

「ん?　ああ、ブレンダは元気かなと思っていただけだ」

俺がその少女の名前を出すと、シビラは幾分か柔らかい顔をした。

「ヴィクトリアさんの娘だもの、元気いっぱいよ。きっとあんたより逞《たくま》しく育つわ」

「そうだな、お前よりも逞しく育ちそうだな」

そうお互いに言い合って軽く笑った。こういう距離感が絶妙に上手《うま》いのが、このシビラという女なんだよな。だからどうしても、憎まれ口を叩《たた》いても、憎めない。

会って僅かな日数だというのに、自然と『相棒』と呼べるような存在になった。それが、宵闇の女神としてではなく、ただの冒険者としての『シビラ』という存在への俺の感覚だ。

車体が再びガタンと大きく揺れ、エミーが俺にしがみつく。

……何だか、俺が揺れないように固定してくれている気もする。いや、これってもしかしなくても、そういうことなのか?　だとしたら……わざわざ言うのは、野暮だよな。

ああ……しばらく戦い続きだったから、穏やかな時間だ。

シビラみたいに実際にあるわけではないが、たまにはこうやって羽を伸ばさないとな。

◆

孤児院の同い年。いつも一緒だった幼馴染みの四人組。

赤い髪のヴィンス、金髪のエミー、青い髪のジャネット。

厳しくも面倒見のいいジェマ婆《ばあ》さんと、皆の姉代わりで包容力のあるフレデリカ。


服は男女ともに同じで、替えの服に変化もない。

昨日と同じ顔ぶれで木剣をぶつけ合う、変わらない毎日。

……それでも。

俺達は皆、その日々を充実して過ごしていた——。

◆

……随分と懐かしい夢を見たものだ。

こんな揺れでも慣れるもので、ついうとうと眠っていたな。エミーも俺の肩に頭を載せて眠っているようだ。やっぱりそこまで苦手でもなかったのだろう。俺もまた眠るか。

そういう流れを繰り返し、何度目かの目覚めとともに、俺は違和感に気付く。

「……何だ、この感じ」

俺は隣で同じように眠っていたエミーを起こす。肩を叩くと「ん……」と声を上げて、寝ぼけ眼のままゆっくり起き上がり目を擦《こす》っている。

「エミー、起きろ」

「……ん……あ、あれ……寝てた？」

緊張感なくあくびをするエミーを、シビラが微笑《ほほえ》ましそうに見ていた。なんだ、ずっと起きていたのか。いや、今はそのことよりも聞きたいことがある。

「シビラ、何か違和感がないか？」

「あら、何よ起き抜けに……って、ああ。もしかして『香り』のこと？」

シビラに言われて気付いた。今まで嗅いだことのない匂いがするのだ。俺と同じように、エミーも驚いている。

「ほんとだ。なにこの……なんだろ、不思議な……」

俺とエミーが顔を見合わせていると、シビラがくつくつと笑い出した。

「んん～、いやあ、田舎者を外に連れ出す瞬間は、いつになっても楽しいですな～」

「おいシビラ、そろそろ答えを教えてくれないか？」

「ああ、それなら多分もうすぐよ」

シビラがそう言ったと同時に、馬車が止まる。街の門番のところまで来たのだ。それから少しの時間が経過した後、馬車の扉が開く。

その瞬間に流れてくる風の強さ、それから……あの不思議な匂い。

しかし、それ以上に俺達を驚かせたのは――。

「久しぶりの……海だ――っ！」

――眼前に広がる、果てしなく続く青い水面だった。

俺達の新しい拠点は『港の街セイリス』。シビラが選んだのは、海に隣接した街だった。


目の前に広がる、青くてきらきらと太陽の光を反射する、不思議な光景……。

「話には、聞いたことあるが……これ、まさか本当に全部水か？」

「や、やだなーラセル、そんなはずは……えっ、そんなはずないですよね？」

文字通り田舎者丸出しの俺達に対して、シビラが笑い出す。

「アッハッハ！　いやー、いい反応ありがとう、二人とも満点よ！　ええ、この目の前にあるもの全てが、大陸を囲む途方もなく大きな大きな塩水。それが、海なのよ」

俺もエミーもシビラの説明に返事できず、ただ呆然《ぼうぜん》と『海』と呼ばれる巨大な湖のようなものを見る。

「ちなみに世界は、海の方が陸より広くて、どっちかというと広〜い海の中に、大陸がある、ってぐらいのサイズ差だから」

「本で知ったときは半信半疑だったが……冗談、じゃないんだよな」

「もちろん。騙《だま》してるわけじゃなくて、ただの事実よ。アタシ達《たち》の住む側は、ずっと小さいの。しかも王国とかあるこっちの大陸より、海の向こうの大陸の方が数倍は広いわ」

数倍……数倍!? この行けども行けども果てのない王国と比べてか!?

「嘘《うそ》だろ、王国と公国と帝国より大きな国なんて……ただでさえハモンドから帝国までの距離なんて、とんでもない遠さなんだぞ」

「シビラさん、ハモンドにいたんですよね？ あの街より大きい城下町とか全部含めたのより、見えない大陸の方が大きいんですか？」

そんな俺達に対して、シビラは返事をせずにどこか達観した眼差《まなざ》しで俺達を見る。

海を背景に髪をかき上げながら、潮風に揺られた女神はただ一つの事実を告げた。

「つまり……あんたたちが見ていない『本当の世界』って、それぐらい広いってことよ」

その言葉はすとんと俺の心の中に落ちて、ただ言ったことが事実なのだということを理解させられた。そうか……そんなに世界は、広いんだな。

子供の頃は、孤児院だけが世界の全てだった。みんなそれぞれ個性があって、フレデリカさんの料理もいつも美味《おい》しくて。それが俺の世界の全てだった。

街に出ると、あまりにも自分の住んでいる村が小さかったことを思い知らされた。生まれ育ったアドリアの村だけでも村民全員の名前を暗記していないのに、女神の職業《ジョブ》選定があったハモンドは、その比ではない。他人の顔すら覚えるなど不可能と思った。

その上で、ハモンドは別に世界一大きい街でもなかった。むしろ小さい方だった。

そして、シビラに連れてきてもらったセイリスから見る海は、俺達人間側の住む世界がどれほど小さい環境なのかを、圧倒的な説得力で見せつけた。

――本物の世界は、とても、とても……とても広いのだ。

「なんかさ」

シビラが両手を広げて、海風を全身に受ける。

「海見てっと、アタシら人の形した生き物の、記憶中枢と論理思考があれこれ悩んでることって……すっげーちっせーなあ！って思えるから好きなのよ」

音を立ててジャケットに風を受け、太陽の光を浴びた銀髪がきらきらと揺らめく。

その髪から覗《のぞ》く顔は、空と同じ曇り一つない快晴だ。

シビラを見つめていると、エミーが勢いよくシビラの隣に躍り出た。

急な行動に俺だけじゃなくシビラも驚いていると、エミーはがばっと両腕を広げて風を受ける格好になった。

「わぁ――――――――っ！」

そして……叫んだ。エミーが、急に、海に向かって叫び始めた。びっくりした。

俺がまだ驚いている中、シビラは既に何か理解したのか、エミーを見ながら嬉《うれ》しそうに口角を上げている。

何やら満足したようで、エミーは叫び終わるとくるりと回転し、こちらに向き直った。

「……うん！　私も海、好きかも！」

叫び終わったその顔は、まるで抱えていたものを声と一緒に吹き飛ばしたように、少し晴れやかなものになっていた。

「ん～っ！　エミーちゃんってば、ほんっと可愛《かわい》いわね～！　あーもーアタシもエミーちゃんみたいな妹欲しかったなー」

「きゃっ、わっ、シビラさん……!?」

何がそんなに嬉しいのか、シビラがエミーを抱き寄せて頭をわしゃわしゃと撫《な》でだした。

エミーは最初困惑していたが、すぐに気持ちよさそうにシビラに身を任せ始めた。それこそまるで、仲のいい姉妹みたいに。

「……ラセル、間に挟まりたい？」

「誰が挟まるか」

さすがにそんな恥ずかしいことはできん。何故《なぜ》かエミーが「えー」と抗議の声を上げたが、いや何で残念そうな顔をしてるんだよ。

それにしても……海、か。俺も海を見ながら、風を受けてみる。日差しもきついのに、風のお陰か随分と涼しいな。なかなかいい気持ちだ。

「ラセルは、わーってやらないの？」

「やらねーよ。……うおっ！」

突然、大きな風が襲ってきて、俺のローブがはためく。二人の服装よりも風の影響を受けやすいからか、油断した……！

俺が踏ん張っているところで、バランスを取っていた脚が急に楽になる。一体何が起こったのかと思うと、どうやら隣でエミーが俺の身体《からだ》を支えてくれていたようだ。

「ラセル、大丈夫!?」

「ああ……助かった、ありがとう」

「どうしたしましてっ！　えへへ、ラセルを早速守っちゃった」

何がそんなに嬉しいのか、エミーはむしろ自分からお礼を言いそうになるぐらい顔をだらしなく緩めていた——と思ったら、きりっとした顔で口角を上げ、俺を見上げる。

「ラセルには絶対にもう、指の皮一枚、髪の毛一本怪我《けが》させないからね！」

「髪の毛は怪我じゃないと思うんだが……ま、有り難く気持ちは受け取っておこう」

そう宣言するエミーの表情はすっかり曇りも晴れて、気合い十分のようだ。

「エミーちゃんってば、相手にしがみついて身動き取れなくするなんて大胆ねー」

「はひゅん!?」

シビラからの一言に、ファイアドラゴンの火を浴びたケトルぐらいのスピードで湯沸かしされたエミーが、真っ赤な顔で離れた。

シビラはそんなエミーの肩を抱きながら、けらけら笑っている。……頑張って慣れろよ？　その女神様は、茶化せそうなところにはズカズカ踏み込んでくるからな。

……それにしても。

「――本当に、広いな」

改めてもう一度、その海を振り返り実感する。

この海の広さに比べたら、俺の人生の、それも僅かな期間の悩みが、本当に小さいものに感じる。単純に比較できるものではないが……。この揺れ動く果てしない水面と、周期的な音を五感で感じていると、自分の全てがこの雄大さに包み込まれるようで……。

ああ……そう思えただけでも、この場所に来られてよかったと思えるな。もしかしたら、俺とエミーを海に連れてきたのも、こういう目的があったんだろうか。

だとしたら、やっぱりシビラは頭も気も回るヤツだな。口ではさすがに伝えづらいが、感謝してるぞ。シビラはそんな俺の考えにも気付いているのか、俺が少し口角を上げながら頷《うなず》くと、肩をすくめて軽く笑った。シビラに似合う、先輩冒険者らしい反応だった。

白い建物が建ち並び、空の青さと相まって爽やかさを演出する街並み。その道を、時折鎧《よろい》の兵士達が兜《かぶと》の中から目を光らせつつ巡回する。

やや厳重すぎる印象も受けるが、それがこの自由を感じる街の日常を守っていると思うと、あの屈強な兵士達も街の一環だと思えるな。

そう思っていると、兵士の一人が俺の方に近づいてきた。

「街の外からの方ですか？」

見た目の厳《いか》つさと比べて、声色は優しい印象を受ける男に俺は頷く。

「最近はありませんが、スリにご注意下さい。そのほか、僅かですが偽造通貨による逮捕者が出ております。所持のみでも厳罰ですので、くれぐれもご注意下さい」

「偽造通貨、か……」

見分け方を軽く聞き、兵士は俺の返事を聞くと、一礼して去って行った。

「スリ注意はいつものことだけど、偽造通貨はかなりヤバいわね。所持のみでも厳罰ってことは、作って使う側だけじゃなくて持たされた側も捕まるってことでしょ。何より――」

シビラが腕を組み、市場の方へ目を向ける。

「――労働の対価を捏造《ねつぞう》するなんて、『人々の頑張り』そのものを否定するようなものよ。ほんっと最低。偽造通貨なんて、セイリスも変わっちゃったわね～……」

今の話は最近のことらしく、シビラもぼやいていた。開放的な街だが、全てが綺麗《きれい》なまというわけではないのだな。清濁併《あわ》せ呑《の》んでの、この街なのだろう。

俺とエミーはそんなハモンドとはまた違う活気のあるセイリスを見て回る。市場などは珍しいからつい見てしまうが、これも田舎者とすぐに分かってしまうだろうか。

「ああ、ひょっとしてじろじろ見ちゃうの気にしてる？　セイリスは商いの街でもあるから、人の出入りは多いの。あんまり気にしなくていいわよ」

「そうか？　そういうことなら……」

俺も遠慮なく、面白そうなものを探してみるか。ちなみにエミーは特にそういう目を気にすることなく、遠慮なくあっちこっちを見ていた。

その視線が、ある一点で止まる。俺もそっちの方を見てみると……。

「……なんだ、あのぶよぶよしたものは」

「あわわ、ラセル、あれ絶対魔物の類いだよぉ……」

その魔物は、商店の男が触ると、表面の模様をまだらに変化させた。うねうねと動き、色も変わっている……あれは絶対魔物だ、間違いない。そういうものを売っているのか？

ちなみにシビラは、視線の先のものを確認するとニヤニヤしながらこっちを見ていた。

……絶対あれが何か知ってる顔だな。

活気のある市場を抜けると、目の前には白くて四角い建物。いかにも綺麗な高級宿だ。

受付に冒険者タグを見せ、記録されている情報から魔法で料金を支払う。

タグを通じて預け入れた金で支払いをするという、冒険者ギルドの仕組み。俺はあまり使ったことがないんだが、シビラは使い慣れているようだったな。

「『宵闇《よいやみ》の誓約《せいやく》』様、三名様でよろしいですね」

「ええ。一番上の部屋、よろしく」

「かしこまりました」

明らかに良さそうな部屋に案内してもらい、部屋に入ると……広い部屋と、綺麗な家具と、街を見渡せる大きな窓。完全に観光気分だ。

「それじゃ、今からここでの活動指針を説明するけれど」

いよいよ、だな。俺とエミーがシビラの答えを待っていると——。

「まずは！　セイリスの街を食べ尽くすわよーっ！」

——思いがけない答えに、エミーと揃《そろ》ってずっこけた。

やっぱこいつ、俺のためにとかそういう理由ではなく、ただ単に自分が観光に来たかっただけじゃないのか？　そうでなかったとしても、結局は『いかにもシビラだな』と思ってしまう辺りがこいつの面白いところだが。

しかし、俺自身もこの街を楽しみにしている部分もある。観光が俺達の最初の活動なら、その方針を全力で全うさせてもらおうじゃないか。

シビラは部屋の壁の大部分を占める窓の方へと視線を向け、セイリスの街を眺めていた。

俺とエミーもシビラに倣って、見晴らしのいい宿最上階の窓から街を見下ろす。

「……すごいな」

海を眺めた時も気持ちよかったが、高いところから街を見下ろすのも格別だ。

ハモンドの街とはまた違った、発展した綺麗な街。港と小高い山に沿って立ち並ぶ白一色の家が、この宿から一望できる。屋根の色も青く揃っていて、爽やかな印象だ。

「街の威信をかけて、この街の色を統一しているの。すっごく綺麗でしょ」

「ふわぁ、綺麗……この街いいなあ」

エミーもすっかり窓の外に見とれていて、その感嘆の声に俺も無言で頷く。

「そして、アタシたちの目的地があそこ！　ほら、あの丸いのの横の、四角いやつ！」

「それっぽい建物が多くて分からないぞ。色を……って、全部白だったな」

「……そーなのよね。全体的な美しさは最高なんだけど、見分けが付きにくいのよね～」

統一感のある街の思わぬ弱点であった。シビラは一歩引いて手を叩《たた》く。

「でも、近くで見るとお洒落《しやれ》な看板が出てるから大丈夫よ。ちょうどいい時間だし、ぶらっと見て回りながら行きましょ」

シビラは荷物をベッドにぶん投げて、腰の武器は帯剣したまま部屋を出た。

「装備、ラセルは剣持っておいた方がいいわよ。エミーちゃんは……素手で大丈夫よねっていうか、持って行けないわよね」

「さすがに食事中まで持っていく装備ではないですねー……」

今、エミーには幅広のミスリルコーティングされた竜の牙と、結局俺が使わなかった重くて大きい竜の盾を持ってもらっている。

エミーなら、あの重量のある竜の装備本来の力を十全に発揮してくれると思ったのだ。

俺は最初に買った軽い長剣の方が手に馴染《なじ》んだため、そちらを使わせてもらう。

「冒険者同士の問題は御法度、どっちが先に仕掛けたか分かるようになってるんだから、基本的にそんなに仰々しい武具はいらないわ」

「そういうのを正確に把握する、この冒険者タグは凄《すご》いよな……」

「ほんっとそうよね～……まあそれは置いておいて。それでもスリに注意して、最低限武器は持っておくこと。ちなみに高い宿に泊まる理由も、その辺りが関係しているわ」

なるほどな。ハモンドでは俺達《たち》に対して絡んでくるヤツはいなかったが……恐らくジャネットが常に気にしていたのだろう。あいつがそういう知識を備えていないとは思えない。

……本当に、ジャネットにももう少しお礼を言いたいんだよな。

ジャネットは、蓄えた様々な知識を使って俺達を助けてくれていた。恐らく今のヴィンスでは、ジャネットなしでパーティーを運営させるのは不可能なんじゃないだろうか。

そういう意味でも、エミーがこちらに来たためジャネットが心配ではあるが、これに関しては最終的に俺の隣に来てくれたエミーの自由意志を尊重したいと思う。

シビラの後を付いていきながら、セイリスの街を再びじっくりと見て回る。ハモンドの街でも時々見た魚や、黒い虫みたいなものが並んでいたり……あれも食べるのか？

「エビが珍しい？　ハモンド育ちでしょ、そんなに海産物食べたことない？」

「ハモンドで勇者パーティーを組んでいたのは半年だ。魚しか食べたことはないな」

俺の言葉にエミーも頷く。まあ当然同じ反応になるよな。

シビラは俺達の反応に、実にいい笑顔で頷きながら歩き出した。やれやれ、今度は一体何が出てくるやら。


半年ほど住んでいたハモンドでも、レストランには当然行った。だから港町セイリスのレストランも近い雰囲気の店かと思ったのだが……！

「す、すごい……全然違いますね」

エミーが驚くのも納得だ、全く雰囲気が違う。

最初ハモンドのように料理の皿が次々出る、コーススタイルを思い浮かべていた。

だが、ここにはでき上がった料理の大皿が、大部屋に所狭しと並べられてある。

「ここはね、最初に支払いを済ませたあとは、自分で料理を自由に取って食べるタイプのお店なのよ！」

「宿屋と同じ、セルフサービス式か？」

「そーそー、セルフよ。品揃《しなぞろ》えのいい海の大衆食堂って感じね」

セルフは宿でも見たことはあったが、あれはパンとスープと水ぐらいしかない、店員不在でも食事ができる程度のものでしかなかった。比べると、規模があまりにも違う。料理はもうハモンドのレストランで全てのメニューを頼んだかのような種類が並んでいるし、その質も宿とは比べものにならないほど。

「へーイそこのお兄さん！　三名！」

「あいよ！」

シビラは手早く決済を一人で済ませると、店員から何やらネックレスのようなものを受け取ってきた。宝石の代わりに、目立つ色のプレートがついている。

「これね、お店のセルフサービス権を証明する札。首にかけて」

「はいっ！」

その札をエミーが手に取ると、背伸びをして俺の首にかけた。

「お、ありがとう」

「どういたしまして。……」

エミーは、これ見よがしにじーっと見てきた。……なんだ、かけてほしいのか？

札をわざわざ受け取りエミーの首にかけると、何がそんなに嬉《うれ》しいのか「んふふ……」と笑っていた。……まあ、幸せそうなのはいいことだよ。

すると、俺の目の前にプレートがシビラから差し出される。

「ほらほら、仲いいのはいいけど次。これに料理を載せるの」

「ああ、すまん。分かった」

そうだな、料理を早く楽しみたい。エミーも照れながら、プレートを受け取った。

さて並んでいる食べ物はどれも美味《おい》しそうだ。一体どれから行けばいいか悩むな……。

「シビラ、何かおすすめはあるか？」

「何かおすすめっつーか、おすすめの食べ方はあるわよ」

そう言いながらトングを手に取り、目の前の料理を……ほんの少し皿の上に載せる。

「それでいいのか？」

「ラセル。外食に限らず、食事での一番の贅沢《ぜいたく》って何か分かる？　高級食材の独り占め、じゃないわ。それはね……『一度に沢山の種類の料理を食べる』ことよ」

皿の上を見るに、全ての料理を少しずつ食べる、ということか。

「一つ一つ調理するのは手間なのよ。だから大量に作って分けるのが料理の基本」

一品を二人分作るのは簡単でも、二品の料理一人分は、二回分の時間がかかる。それをこれだけの種類、少しずつ……その調理時間を考えると、これほど贅沢なことはないと思える。さすがシビラ、自分の好きな物事に関して手を抜く女じゃないってわけだ。

「よし、それじゃあ俺もいろいろ、食べ、て……」

料理を取ろうとしたところで、信じられないものを見て今度は俺の方が凍り付く。

これに関しては、珍しくシビラも凍り付いていた。

「あ、ラセル。私は先に席探しに行ってるねー」

そこには、既に海産物料理でできた小高い山を作ったエミーの姿。店員に「残すのは厳禁、追加料金」と言われて、「はーい分かりましたー」とまるで気負いなく返している。

「……考えないようにしよう」

「そうね」

俺とシビラは意見を一致させ、少量載せで料理を制覇し、エミーの席を探す。

比較的近くの席にいたエミーは、既に料理を食べ始めていた。

「ラセル、これ美味しい！」

美味しいものには目がないエミーが言うのだから、期待が持てそうだ。俺はまず手前にある、何やら赤くてぶつぶつとしたものが生えた不思議な形の料理を食べる。

「……！」

その料理は、弾力のある食感と、オリーブオイルの風味と何かの酸味が混ざった、さっぱりとした味付け。うまく形容できないが、美味しいと言うしかない。

「あ、ラセルもそれ食べた？　くにゅくにゅしてて、噛《か》んだら塩っぽい味？　が出てきて、でもすっごく美味しいよねー」

「こんな独特の見た目なのに、食べやすいな。シビラ、これは何だ？」

シビラは俺の手元を見ると……歯を見せて口角を思い切り上げる。それはもう滅茶苦茶《めちゃくちゃ》にいい笑顔だった。……ああ、間違いない。これはとんでもないものを食べたな。

「魔物じゃないわよ」

「……は？」

「魔物じゃなくて、海の生き物。タコよ。ほら、二人とも市場で見たじゃない。あの丸っこい生き物のうねうね伸びた脚。それのぶつ切り」

俺とエミーは顔を見合わせて、手元の料理を見る。……こ、この鮮やかな赤と白い中身の美味しい料理が、あの触ると色の変わった謎の生き物の切れ端……!?

「後は、その赤いの。それが調理後のエビよ。茹《ゆ》でたら色のない身体《からだ》が真っ赤になって、最後に殻とか剝《む》いたらそーなるの」

シビラが次に指したのは、赤と白の模様が綺麗《きれい》な料理。調理後のエビからは、先程の市場の姿を連想できない。恐る恐る口に入れてみる。

「……驚いた。これも、いけるな」

嚙むほどに味が出て、飲み込んだ感じも悪くない。程良い弾力もあり、先程のタコよりも食べやすく感じる。何より……味がとてもいい。タコといいエビといい、あの見た目からこんな味が出るとは。海産物、魚以外の不思議な生物の数々の料理が、ここまで食べ応えのあるものだとは驚きだ。

それから俺とエミーは、逐一料理の質問をしながら、全ての料理を美味しく食べ終えた。

なるほど……これは確かに、最も贅沢な食事の時間だった。他の街では体験できないメニューを食べた。この一回で、セイリスを食べ尽くした感じがする。満足度が高いな。

ちなみにエミーは、あの山盛りの料理を俺より先に食べ終えた。……そうだった、エミーはかなりの食いしん坊だったな……。

食べ終えた後に恥ずかしそうにしていたが、そういう後のことまで考えられないで突っ走るあたり、いかにもエミーらしくて微笑《ほほえ》ましいものがある。

腹が膨れた俺達は、少しいい時間になったので宿の方へと戻ることになった。シビラはやりたいことがあるからと別行動を希望した。こういった情報収集は任せる方向にしよう。

俺とエミーは街でも歩こうかと思ったが、まだ建物の位置関係に詳しくない状態で遠出して帰って来られないという事態は避けたい。

それに、後日ダンジョンへと赴くことは決定事項だ。ある程度俺とエミーで装備の確認に時間を取ってもいいだろう。

結局それから俺とエミーは晩近くまで互いの装備を点検したり、宿のすぐ近くに絞って店を見て回った。

シビラが帰ってきたのは夕食前。セイリスの初日はシビラの宣言通り、観光で終わった。

翌日、シビラにセイリスの店を紹介してもらいながら街を歩く。

「昨日一通り回ったけど、前と街並み変わってなくてよかったわ。セイリスは中心が領主のいるところで、役所等がある場所。挟んで西側が漁師の場所で、東が冒険者の街ね」

俺達が今いる街が、東側の街ということか。

シビラから説明を受けながら三人で外を歩いていると、急に後ろから何かがぶつかった。

「うおっ……」

たたらを踏みつつ踏ん張り、何事かと思うと……エミーが目の前で少年の背中に膝を載せて、地面に押さえ込んでいた。そいつが俺に体当たりしたのか？

「は、離せよ！」

「その手の中のものを出したらね」

「……くっ」

その少年の手の中にあったのは、見慣れた俺の銀貨袋。シビラにばかり支払わせるのもどうかと思って持ち歩いていたものだ。

そうか、今の一瞬で盗まれていたのか……注意されていたのに迂闊《うかつ》だった。かなり手の早いスリだったが、今のに反応できるとはさすがエミーだな。

さて……この少年、どうしたものか。

02 スリの事情と、シビラが見抜いたその子のこと

既に抵抗する気力はないのか、少年はぐったりとしている。シビラはその手から袋を奪って、中身を確認した。

「あら、支払いは任せてくれていいと言ったのに……なんで持ってたの？　コレ」

「いや……そうだが、あまり支払わせるばかりなのも悪いかなと思って」

「それは気を遣わせたわね。というより、本来アタシのお金ってラセルのものなのよね」

「……何？」

「ファイアドラゴンの討伐報酬とか、下層のリビングアーマーの魔石よ」

シビラに言われて、そういえば運営や報告はシビラに任せていたことを思い出した。

【宵闇の魔卿《まきょう》】という職業《ジョブ》の俺が堂々と行うわけにいかない。

「散財しちゃうとまずいから、パーティー活動資金はアタシが管理してたわけだけど……あんた浪費しなそうだし、自分の買いたいものもあるわよね。それじゃ、タグ持って。そう、アタシのに近づけて。《トランスファー：百万》」

シビラはその声とともに自分のタグを持ち、俺のタグに触れて資金譲渡の魔法を使った。

本人の意思で本人のタグを使うと、相手のタグに金額を譲渡できる冒険者ギルドが配るタグの機能の一つ。そして俺が自分の残高を確認すると……見たこともないような桁の数字。

「アタシはこだわりない方だから、アタシ達《たち》の支払いはラセルが次からやってちょうだい。格好良く全額奢《おご》ってくれるのを期待しているわ」

「あ……ああ、分かった」

思いの外あっさり大金を渡されて驚いていると、シビラは少年の方を向く。

「さーてと。普通は街の兵士に突き出すところよね。だけど」

シビラは、しゃがみ込んで少年をじっと見ている。少年も気圧《けお》されつつシビラを見返す。何かに納得したのか、シビラはふっと笑うと少年のフードをわしゃわしゃとやや乱暴に撫《な》でた。突然の行動に、少年は驚いているようだ。

「エミーちゃん、一応その子の手を握って、一緒に立って」

「へ？　はあ……」

展開についていけないエミー。正直俺も、全くついていけていない。

そしてシビラは少年に顔を近づけて、きっぱり宣言した。

「アタシの言うとおりにしてくれたら、あんたは突き出さないし今日中に解放する」

「……本当のことを言ってると、信じるとでも？」

「信じないのなら、このまま兵士に突き出すだけよ。セイリスの兵士は厳しいから、スリやって無事じゃ済まないことぐらい、現地の子なら分かるわよね」

セイリス兵のことをよく知っているのか、少年が気まずそうに視線を逸《そ》らす。ようやく選択権がないことを悟ったのか、しぶしぶとシビラに従うことを了承した。

「よっし、それじゃ次の目的地に向かいましょ」

俺とエミーは疑問に顔を見合わせながらも、シビラについていくことになった。

最初に向かった店は……服屋である。

「ちょっと待ってなさい」

シビラは少年の身体をぽんぽんと左右から両手で叩《たた》くと、一人で店の中に入って行った。

それから一瞬で服を選ぶと、ちゃっちゃと決済して出てきた。試着も何もなしである。

「はーい次々行くわよー」

マイペース唐突女神は、俺達の返事を聞くことなくズンズン進む。俺はエミーとはもちろんのこと、少年とも目を合わせて首を傾《かし》げた。

「あの人、いつもああなの？」

「そこまで付き合いは長くないが、概《おおむ》ね毎度あんな感じだな」

「……変なの」

「それには大いに同意だな……」

俺がそう言うと、少年はフードの下で少し笑った……ような気がした。別に距離を詰めたいわけではないが……シビラは何か理由があって受け入れているのだろう。ならば、嫌われているよりはマシだな。

「つっ……！」

少年が少し胸を押さえて呻《うめ》いたので、俺はフードの上から魔法を使った。

「《エクストラヒール》、あと《キュア》も必要か」

「……えっ？」

自分の身体に触れながら俺を見上げる少年に、「気にするな」と返す。エミーによる怪《け》我《が》だろうし、シビラが世話する気らしいからな。治してもいいだろう。

「着いたわよ」

考え事を遮るように、シビラが次に立ち止まった店は……って、ここは宿じゃないか。

俺達が驚いているのを余所《よそ》に、シビラはさっさと建物に入っていく。

「ハーイ、戻ったわ」

「お帰りなさいませ、『宵闇の誓約』様。……そちらは？」

明らかに貧乏と分かるようなスラムのフードを被《かぶ》った少年を見て、受付の男性は眉間に皺《しわ》を寄せた。その反応を見た少年の拳が、少し強く握られたように感じる。

シビラもその反応に気づいたようで、受付へ近づく。

「この子、ちょっとお世話するの。色つけるわよ～？」

手慣れた様子でカウンター先の男性に顔を寄せながら、タグを持って軽くテーブルの魔具を叩くシビラ。至近距離でウィンクをして、受付係の男性が照れて止まっているうちにすっと離れた。はっとした様子の男性が机の道具を見て、驚きに目を見開く。顔を上げたその時には満面の受付スマイルで少年を見て、一歩下がり胸に手を当ててお辞儀をした。

「どうぞ、セイリス最高位ホテル『海街の憩い亭』でおくつろぎくださいませ」

「え……え？」

その態度の変化に目を白黒させながらも、シビラに付いていく俺達。いつもそうだが、今日は特にシビラのペースである。部屋に荷物を置くと、先にシビラは俺を指差した。

「ラセルがいろいろ綺麗にしてくれたじゃないの。偉い！　宿にも入りやすかったから助かったわ。ってわけでここからは、アタシの出番。あんたはしばらく出てなさい」

「は？　何でだ？」

「い・い・か・ら！」

シビラは、まるで俺が悪いとでも言わんばかりに腰に手を当てて仁王立ちした。事情は分からないが……そこまで言われるのなら、何か理由があるのだろう。

「まあ、俺も街を見て回りたいしな。分かった、いつ帰ればいい？」

「一時間程度でいいんじゃないかしら」

俺が了承して出て行こうと扉に手をかけたところで、エミーが立候補する。

「あっ、じゃあ私も一緒に」

「エミーちゃんはこっちね」

「え、ええ……？」

今度は俺の時と逆で、シビラはエミーを部屋に残す方針にした。ますます分からない。

分からないが、シビラがそうしたことには意味があるのだろう。……多分。

「ラセルは、理由を聞かないのね」

「今更、理由がなければ信用できない仲でもないよな。何かするんだろ？　やればいい」

「……ん、そうね」

珍しく言い淀《よど》み、軽口で言い返してこなかったシビラは、髪の毛を指先に搦《から》めてくるくる弄《いじ》っていた。……何だ？

「む～……」

「エミー、どうした？　ああそうだ、さっきは助かった。本当にお前はすっかり凄《すご》いヤツになっちまったな。エミーの身体能力、頼りにしてるぞ」

「あっ、うん！　もちろんだよ。私のこと、もっと頼ってくれるかな？」

「お前と同じぐらい頼れるものなんて、それこそジャネットの頭脳ぐらいしかねーよ」

「ほんとっ!?　じゃあ、えっと、行ってらっしゃい！」

その声に、手を軽く挙げて応える。部屋の中から聞こえてくる、エミーの「大丈夫、私まだ負けてない……！」という呟《つぶや》きを聞きながら、俺は宿を出た。

さて……久々の一人だ。何を見て回るかな。

市場は食事時と変わらず人が溢《あふ》れており、家で調理をする女性達が大勢いた。近くには、そういった食材をその場で食べられるようにした、串焼きなどの露店。他にも、海産物以外の料理や飲み物に、野菜や調味料のみの店……いろいろだ。

食べたばかりなのであまり惹《ひ》かれず、それらは遠巻きに眺めるのみで、別の市場も見る。

今度は、細工か。金銀に宝石を嵌《は》め込んだ宝飾品の類いが所狭しと並べられている。

……思えば、エミーにもこういったプレゼントを贈ったことはなかったな。昔は小さなおもちゃのティアラがお気に入りだったし、やはり好きなのだろう。せっかくシビラが上《う》手《ま》く換金した金を俺に渡したのだ、一つぐらい買ってもいいだろう。

あまり宝飾品に造詣が深い訳ではない。少し迷いつつも、俺は一つの商品を手に取る。

「これを一つ。タグの支払いで構わないか？」

「もちろんです。……愛《いと》しの恋人に？」

「そういう相手じゃない。ただ、日頃世話になっていてな」

「うんうん、結構結構。初々しくていいですねぇ」

何やら勘違いされている気がするが……。俺はその装飾品を一つ買うと、今度は盗まれないよう腰に結びつけられた袋に入れて、しっかりとひもで結ぶ。

「中央街に本店がありますので、もしよろしければお越し下さいませ」

その言葉に、シビラのことも思い出したが……まあ、あいつは別にいいんじゃないかな。

そう思ったと同時に頭の中で抗議する姿がありありと思い浮かび、つい口元が緩む。

「気が向いたらな」

俺は店の男に軽く片手を挙げて応えた。

「それにしても、宝飾品の細かい違いは分からんな。……ん？」

ふと振り返ると……どこかで会ったような気がする雰囲気の人物がいた。

「……知り合い、か？」

目を擦《こす》って視線を戻すと、そこにいるのはフードの大柄な男。柔和で貴族然とした様子の男は、金のブレスレットを二つ手に取ると、金貨を袋から出して悠々と支払っていく。

住んでる世界が違いそうな男は、俺のより高そうなブレスレットを適当に腰の袋に入れると、そのまま警戒することもなく歩き出した。うん、あんな知り合いは絶対いない。

「裕福な人は違うな……」

俺はその背中を見ながら、そろそろ時間であることを思い出して宿へと戻った。

部屋に戻って、まず最初に分かったことが一つ。シビラが俺を追い出した理由だ。

「お前、女だったのか……！」

そこには、茶色い髪をサラサラに波打たせながら、窓からの光を受けて輝くショートヘアの少女。先ほどシビラが買ったであろう、冒険者用の服に身を包んでいる。

「アタシがひっつめロングを天才的テクで可愛《かわい》くカットしたのもあるけど……むしろラセルは、この子が男の子に見えてたってのが驚きよ」

「頭まですっぽりとフードを被ってたし、かなり力があったからな」

「そうね。この子はちゃんとした力がある」

すっかり見違えて所在なさげに視線を動かす少女。シビラはその正面で腕を組む。

「まず、イヴちゃんに言っておくことがあるわ」

この子はイヴというのか。

「アタシらが裕福に見えたことでしょうね。力もあって、金もあって、さぞ幸せそうに」

「……っ、そうだよ……！　何の不自由もなさそうに、いいもん着てさ……！」

「アタシらは三人とも、親の顔を知らない」

「え……っ!?」

シビラは俺達が孤児であることを打ち明け、イヴは予想外の返答に驚く。……シビラは別に孤児院の人間ではないが、さすがに俺でもその指摘が野暮であることは分かる。

「あんたは、アタシらより不幸かもしれない。でも、自分を世界一の不幸だとか、『自分が不幸な分は、相手の幸せを奪う権利がある』なんて思っちゃ駄目よ。だって——」

シビラはしゃがんでイヴと同じ視線の高さになり、さらさらになった茶髪を撫《な》でる。

「──もし相手の方が不幸だったら、きっとイヴちゃんみたいな……そう、あなたみたいに、お腹《なか》を空《す》かせた他の子のために頑張るような優しい子は、きっと後悔する」

「っ！　どうして、そのことを……！」

「ふっふ〜ん、この何でも知ってる世界一の美少女であるアタシを侮っちゃ駄目よ〜？ま、孤児院が困窮しているというのを大雑把に把握している程度だけどね」

おどけた様子で再び立ち上がり、イヴの手に銀貨袋を握らせた。

「イヴちゃんには力がある。すぐには難しくても、きっと将来的には、豊かな暮らしができると思うわ。その時に白昼堂々歩いて、尊敬の眼差《まなざ》しを得られるようになりなさい」

「あ、あたしは……」

「世界一可愛いアタシが保証したげる。あんたは可愛い、きっといい女になるわ。胸を張って歩ける心を持てば、頼れる仲間がイヴちゃんを頼りにやって来る。あんたの孤児院の子たちの未来も、きっと大きく変わる。……だから」

そしてシビラは、イヴを立ち上がらせると、一緒に外へと出る。途中、受付の男性がイヴを見て驚いていた。……やっぱり少年に見えたの、俺だけじゃなかったよな？

シビラは宿の外まで行くと、銀貨袋を持たせたイヴの背中を、ばしっと叩いた。

「冒険者になって、セイリスの第一ダンジョンに向かいなさい！　第一層にいる魔物は、イヴちゃんならきっと余裕！」

「で、でも、あたし、こんなにも良くしてもらってよぉ……」

「お礼がしたいのなら……自分で稼いでやってみせなさい！　まずはその銀貨でナイフを買って、自分の手で稼いでから考えること！　それまでは追い返すわ！」

イヴはその言葉を受けると、俯《うつむ》き……深くお辞儀をして、無言で向こうへと走り去っていった。走り去る瞬間、涙の残滓《ざんし》が太陽の光を受けて燦《きら》めいたのが見えた。

一通りのことを見終わった後、俺は隣のこいつに当然の疑問をぶつける。

「シビラ。イヴや孤児院のこと、いつ知ったんだ？」

「昨日の解散後よ。街の情報を集めて整理した後に寄ったの。ちょいとヤバいことになってるってのは分かってたから、その場凌《しの》ぎにならないよう手を打ったんだけど……イヴちゃんは見た限り、その孤児院の年長者。焦燥感と責任感から、動いちゃったのね」

あの子には、そんなに切羽詰まった事情があったのか……。

「自分で自分を追い詰めちゃったんだわ、あの子……。でも、盗みは一時凌ぎに過ぎない。自分の力で稼げるようになることが、一番の近道よ。といっても、ここから先はあの子次第。未来を選ぶのはイヴちゃんの自由意思に任せるわ」

そうか、だからシビラは格好のみを整え、ナイフは自分で買わせるようにしたんだな。

自分の意思でダンジョン攻略に踏み出させるために。

俺は、改めて自分の境遇が孤児でありながら恵まれていることを認識した。血の繋《つな》がった家族がいないだけで、俺達《たち》の孤児院には皆がいたし、苦労らしい苦労がなかった。それをあの子は、自分より小さい子のために一人で……。

未来を選ぶのはイヴ次第。だが、その未来を選べる段階まで来ることができないヤツだって沢山いるのだ。シビラはその『スタート地点』にイヴを連れて行ったんだな。

シビラ……こいつが本当に、できたヤツだということも再認識した。やっぱりお前は、どんなにおどけていても女神だよ。あの子と孤児院を救う切っ掛けを与えたし、昨日の段階で既に何らかの対策をしているらしいしな。

隣からは、エミーのすすり泣く声が聞こえてきた。俺は涙など涸《か》れたと思っていたが、自分も境遇が同じなだけに影響を受けそうだったので、部屋へと戻る。

誰もいなくなった部屋と、持ち主の過去となった安物のフード。それらを視界の隅に、俺は窓から街を見下ろしながら、少女の後ろ姿を思い出していた。

――イヴ、頑張れよ。

03 パーティーの一員になったエミーとともに、俺達《たち》は新たなダンジョンへ挑む

少し目を腫らしながらも戻ってきたエミーと、わしわしとエミーの髪を撫でるシビラ。

ベッドに腰掛けてエミーが落ち着くまで待つと、シビラは一つ手を叩《たた》いて注目を集める。

「さて、ちょいと一騒動あったけど、当初のとおり今後の予定を立てるわよ」

シビラが言うには、この辺りにはダンジョンが三つあり、それぞれそのまま『セイリスの第一ダンジョン、第二ダンジョン、第三ダンジョン』と呼ばれているらしい。

「アタシたちが向かうのは、第三ダンジョン」

「第三ダンジョンには、何かあるのか？」

「何ってんじゃなくて、単純に敵が強いのよ。そうすると、当然……人が減るわよね」

「ああ、そうか。俺はあまり他の人と会わない方がやりやすいもんな」

俺は現在【宵闇の魔卿《まきょう》】という闇魔法を専門とする職業《ジョブ》を得ている。しかしその名のとおり、『太陽の女神教』からすれば闇の力は異端である。実際は敵対的でも何でもないのだが……仮に以前の俺自身が闇魔法を見て、納得できる自信がない。

「そういえば、エミーにはどれぐらい話したんだ？　闇魔法を使うようになったことは説

明したと聞いたが」

「エミーちゃんには、ラセルのことは一通り。経緯とかもね」

「……変なことを言ってないだろうな」

「おっほほほ、ノーコメントでございますわ」

絶対余計なこと言ってるぞこいつ。

エミーの方を向くと、どう解釈したらいいか分からないほど満面の笑みだった。とりあえず、余すところなく話した、と考える方が良さそうだな……。

「ってなわけで、今日はもういい時間になっちゃったし明日から突入しましょ。アタシは一人で用意を調えるから、二人はお好きにどーぞ。日が落ちる前に戻ってればいいわ」

そう言うや否や、シビラは一人で部屋から出て行ってしまった。

「……マイペースな人だよね」

「本当にな」

俺達が部屋に残され、エミーは所在なさげに視線を動かしながらそわそわと手を重ね合わせたりしていた。

昔は何の気兼ねもなく、自然に誘えていたが……あんなことがあって、まだ日が浅い。特にエミーの気持ちになると、俺と二人っきりなのは少し気まずいだろうな。

こういう時は、俺から声をかけるべきだろう。

「俺達も、どこか行くか？」

「ら、ラセルと？　うん、行く行く！」

俺とエミーは、結局二人で出歩くことになった。

市場はもう見て回ったので、市場から離れた海の見える場所へと向かう。

「わ……夕日の海、綺麗《きれい》……」

俺もエミーの横に並んで空を見る。赤く光り輝く炎のような海面は、沈みかけた太陽の光を反射して眩《まぶ》しいほどに輝いていた。

遠くの海はもはや立体感などなく、水面というより絵画のようにすら見える。

「エミー」

「ん、なぁに？」

俺の方を振り向いたエミーも、太陽の光を受けて負けないほど全身を茜色《あかね》に染めている。

喋《しゃべ》るとジャネットに比べてまだ子供っぽいと思うが、黙っているとすっかり大人びてしまった幼馴染《おさななじ》みは、俺に向かって微笑《ほほえ》む。……あまり、気負いすぎるのもおかしいか。

「さっき買ってきたんだが……受け取ってくれないか？」

「えっ？　こ、これって……！」

俺は先程市場で買った、簡素なブレスレットを渡した。金色の、細い金属のタイプだ。

「こういうのはよく分からなくてな。邪魔にならなそうなものを選んでみたが……」

　エミーは俺の手元を見てじっとしていたが、はっと気付くと俺の手からブレスレットを急いで受け取った。

「こ、これ、私に……？」

「まあ、な。前のパーティーじゃお荷物だったし、あまりこういうのを買ってやれなかったと思って。一応、いろいろな詫《わ》びや礼代わりだ。大したものじゃなくて――」

「ううんっ！　そんなことない！　嬉《うれ》しい、嬉しいよ！」

　エミーは早速ブレスレットを着けて、沈みかけた太陽へとかざした。その金色の輝きは、俺の目にも眩しく感じるほどにきらきらと……いや、違うな。

「ありがとう、ラセル。大切にするね！」

「ああ」

　ブレスレットの金色より、エミーの金髪の方が、明るく綺麗だ。笑顔が、輝いて見えるからだろうか。光の道を行く汚れなき【聖騎士】の姿。一瞬でも心まで闇に染まりかけた俺には、やはりその女神に愛された姿が眩しく、どこか遠くに感じられる。

　しかし、その金の眩しさが突如ふっと失われる。日が落ちきったのだ。郷愁の茜空を、エミーの全身を、静謐《せいひつ》な青が浸食していく。

　――宵闇の時間だ。

「明日から、エミーも『宵闇の誓約』のパーティーだ。頼りにしてるぞ」

「うん、任せて！」

キリッとした笑顔を見せたエミーが、握りこぶしを作る。その前向きな表情は、以前の勇者パーティーでは最近まで見られなくなっていたものだった。これならきっと、大丈夫だろう。

このエミーを再び取り戻せた安堵《あんど》とともに、二人で宿へと戻った。


翌朝、旅の疲れが抜けた身体《からだ》で伸びをし、窓の近くにいたシビラと目を合わせる。

「おはよう、さすがに魔王戦の疲れはもうなさそうね」

「食べて、観光して、宿で寝て……久々に遊び倒したって感じだな」

それに、俺にとって気が休まる時間だったのは本当に久々のことだった。

「結構。海産物は栄養が高くてね、タコは疲れを取るし、魚は頭の回転を良くするわ」

シビラに言われてもしやと気付いたが、この場所を選んだ理由の一つにそれもあるのだろうか。だとすると……やはり観光を楽しむことそのものを含めた上で、俺のためになることを選んでいるように感じる。そうでもなければ、栄養の話などできないだろう。

一石二鳥で、やりたいこととやらなければならないこと、全部やってのける。本当に、教会でステンドグラスになっているだけの女神に比べて、うちの女神様は働き者なことだ。

俺とシビラの会話を聞いてか、エミーも起き上がってきた。

「おはなししてる～、おはよぉ～」

「ああ、おはよう」

エミーも伸びをすると、眠さを感じさせない動きですぐに起き上がった。

両手を握ったり開いたりしながら、「うん、大丈夫」と独り言を呟《つぶや》く。窓に腰掛けたシビラが、エミーの方を満足そうに見ながら頷《うなず》いた。よし、皆調子も良さそうだな。


朝の準備を終えて、ギルドへと赴く。アドリアの村と比べてはもちろん、ハモンドと比べても活気があるように感じる。この街に住む人の、人柄によるものかもしれない。

シビラはこちらでも慣れた手つきでタグを寄せて、パーティーを街に登録する。

「――うっひょ激マブ！　ねー君、どこから来たの？　俺と遊んでいかねぇ？」

突如、軽薄な男の声が割り込んできた。その声の主を探すと、そこにはヴィンスと同じぐらいの背丈の、いかにも遊び歩いているなという雰囲気の男がいた。

シビラは無視して行くかと思いきや、腕を組んで考え込んでいるぞ。おいおい、まさかここまできて誘いに乗るんじゃないだろうな？

「んー。じゃあエミーちゃん」

「……え？　私ですか？」

「女の子が恋しい、ちょーっと残念な感じの彼に、両手でぎゅっと握手してあげて」

エミーの方を向いたシビラは、実にいい笑顔だった。

囁《ささや》かれたエミーは俺と目を合わせつつも前に出ると、鎧《よろい》に包まれた両手を差し出す。

「おおっ！【重戦士】っぽい君も可愛《かわい》いねぇ〜！　じゃあお近づきの印に……」

男がエミーと握手しようと、一歩踏み出す。……こいつ、腰に手伸ばしていないか？

俺が割って入ろうと思ったところで……男の手が、エミーの両手によって包み込まれた。

「……ん、おい、今……あだだだだだだだッ！」

エミーの、圧倒的な【聖騎士】としての力。当然とんでもない怪力で、周りの人たちも男の悲鳴に驚き視線が集まった。

「今触ろうとした！　もーっ、失礼しちゃう！」

エミーらしく、あまり迫力を感じない怒り方だが、握力は見ての通りだ。二人の様子を見て、シビラはニヤニヤしながら男を煽《あお》る。

「アタシを誘いたい気持ちは、とーっても分かるけどぉ？　ごめんね〜、先約がいるの。もう変なおさわりをしないって言うのなら、離してあげてもいいわよぉ〜？」

「あだだわかっ、分かった！　俺が悪かったもう話しかけねえっていうかこえええ！」

エミーが手を離すと、男は手をぱたぱたとさせながら外へと走っていった。

「ま、アンタもうちょい相手のレベルを測れるようになりなさーい？」

その後ろ姿へ気楽そうに声をかけると、シビラも次いでギルドから出た。

「んー、ナンパ野郎に声かけられるとか、早速セイリスの定番をやっちゃったわね！」

「よくあることなのか……」

「うんうん、この街は多いわよ。まああんだけギルドに人が多い時に撃退すると、さすがにもう迂闊《うかつ》に絡まれることもないでしょ」

こいつ、そこまで計算して……いそうなのが、こいつだったな。エミーは先程の男の反応に、随分と凹《へこ》んでいる様子だった。さすがにあの反応はないよなと声をかける。

「エミー、大丈夫か？」

「ラセル、私怖くないよね……？」

「怖いわけあるか。少なくともあの男より遥《はる》かに頼りになるって分かったわけだしな」

エミーはほっとした様子で胸をなで下ろした。実際、あの男も決して弱いわけではなかったように思う。それでも比べればあれほどの差があるのだ。本当に、頼りになるな。


目的地に着いたシビラが、セイリスにある三つのダンジョンの説明をする。

第一ダンジョンは、完全初心者向けコース。青いスライムと紫色の最弱ゴブリンが出る、本当に簡単なダンジョンだ。初心者向けであるため魔物の換金額も低く、経験値も低い。

ただし、中層から下は難易度が上がる。イヴが向かった（と思われる）場所だ。

第二ダンジョンは、熟練者のためのダンジョン。上層でも既に油断すると命を落とすような兎《うさぎ》型の魔物『ニードルラビット』が徘徊《はいかい》し、中層からは猪《いのしし》型のニードルボアとなる。

下層はよっぽど命知らずか自信過剰の馬鹿じゃないと、普通は潜らないらしい。

そして最後に、第三ダンジョン。セイリスの冒険者達《たち》はほとんど寄りつかないという、巨人だらけの高難易度ダンジョン。上位一握りだけが、上層のみを狩り場にする――。

「――ってわけで、今からアタシらはここ第三ダンジョンで初めての三人パーティーを楽しんじゃおうってワケよ、わくわくするわね」

「今の説明でその反応になるあたりが、実にお前らしいな……」

本当にこの頭の中フラワーガーデン女神に頼って大丈夫なのか、実に不安である。

そんな俺の心情まで分かっているのか、腰に手を当てうんうん満足そうに笑うシビラ。

ちなみにエミーの顔は、この面白はっちゃけ女神相手に不安十割である。

「このダンジョンなんだけど、もちろん厳しめのチェックがあってね」

「おい、大丈夫なのか？」

「まあ見てなさいって。ラセルは自分でタグに触れないようにね」

シビラは、まるで牢《ろう》のように堅牢に守られたダンジョンの鉄柵付近の小屋で、暇そうにしている髭面《ひげづら》の男へと向かう。

「ハーイお疲れ様、ダンジョン入場希望するわ！」

「……あんたら、見ない顔だな。この『第三』がどういう場所か知っているのか？」

門番の方へシビラは行き、エミーの冒険者タグを指す。それでエミーは理解したのか、頷いて自分のタグに記録されたステータスを表示した。

【聖騎士】レベル25。……分かってはいたが、やはり圧倒的に強い。

もちろん先程まで二人をどこか揶揄《からか》い気味に見ていた男も、驚愕《きょうがく》に目を剝《む》く。

「せせ、聖騎士様っ!?」

「そうよ、アタシ達はこの最上位職のエミーちゃんのパーティーなの。みんな強いわよ〜。……で、あなたのお眼鏡にかなうかしら？」

「も、もちろんだとも……。念のため、二人も確認してもいいか？」

「ええ、いいわよ」

シビラは自分のタグを出す。【魔道士】レベル26。おい、大分上がってないか？　つーかエミーより上なのかよシビラ。……いや待て。そもそも俺はどうするんだ？

俺が困惑しているのを余所《よそ》に、シビラは俺のタグを持つと、何やら黙って目を閉じる。

その瞬間現れるのは……。

「【聖者】レベル8！　兄ちゃんも凄《すご》いヤツなんだな」

その声に反応できないほど、驚いた。自分で触れた時は【宵闇の魔卿《まきょう》】だったのに、意識して選ぶこともできるのか。シビラはすぐに表示を切り、軽く流すように言葉を続ける。

「どもども—。そういえば今日、他に入った人いる？」

「あんたらより大分前に、五人組が入っていったな」

「む……そうなのね、分かったわ」

シビラは手をひらひらさせると、堂々と重い檻《おり》の扉を開けて中へと入った。

「それじゃ、エミーちゃん前へ！　行くわよ—」

「はいっ！」

レベル25のエミーを前衛に、俺達はダンジョンへと足を踏み入れた。


ダンジョンは普通の土の色をしており、天井までは剣を持って伸ばしても倍は高さがあり全く届かない。横幅も広く、道自体が大きなダンジョンだ。

ちなみに先ほど俺のタグで【聖者】だけを出したのは、シビラの持つ魔法の一つらしい。職業《ジョブ》変換といい、知らない魔法がまだまだありそうだな。

「そういえば随分とこのダンジョンに詳しいようだが、前も来たことがあるんだな？」

「ええ。アドリアのはできたてだったから全く情報がなかったけど、ここなら大丈夫よ。第三ダンジョンの魔物は、でかいけど遅い。タウロスや鎧と近くて……」

シビラが言葉を止めて、奥の方に目を向けた。……何か、いる。

俺とエミーが集中している中、シビラはエミーの横から手を出して、ファイアボールを投げつけた。魔物に当たった瞬間、ドスドスと音を立ててやってきたのは……！

「こいつがここの魔物、ギガントよ」

「悠長に説明してる場合かよ！」

迫力のある巨体が、エミーに狙いを定めた。シビラは後ろから、エミーに声をかける。

「上層はまだ弱いわ。エミーちゃん、貴方《あなた》には今、ラセルがいる。ちゃんと意識してね」

「あ……っ、はいっ！」

エミーが盾を構えると、身の丈二メートル半は下らないギガントが、拳を握って盾を殴りつけた。俺が回復魔法を意識して、エミーの無事を祈っていると……エミーの盾が光り、ギガントの巨体が天井にぶつかって頭から落ちる。

「……やはり、倒せるほどじゃないわね。でも十分。エミーちゃん、腕は大丈夫？」

「はい、何ともありませんっ！」

マジかよ、凄いな。エミーの防御力なのか、今のスキルの技なのかは分からないが、あのギガントの攻撃ぐらいなら何ともないらしい。

それからシビラが中心に攻撃魔法を使い、エミーは防御と攻撃を交互に繰り返す。無詠唱、口頭詠唱……もしかすると二重詠唱を使っているかもしれない。最後にシビラのファイアジャベリンが相手の胸に決まり、ギガントは胸から血を流しながら倒れる。

その姿を数秒しっかり確認し、エミーは息を吐きながら盾を下ろす。

「エミーちゃん、いけそう？」

「はい。魔物は強いんですけど、不思議と前のパーティーよりやりやすいぐらい」

前のパーティーというと、【勇者】ヴィンス、【賢者】ジャネットの二人に攻撃魔法を支援してもらうよりもなのか？　さすがにそれは、気を遣いすぎじゃないだろうか。

そのことを伝えると、エミーはむしろ自分でも不思議であるように首を傾《かし》げた。

「ううん、本当に。なんだか調子いいんだよね」

「信じていいんだな」

「それはもちろん！　無理とかじゃないからね？」

本当だろうか……大分明るくなったが、それでも俺の救援に駆けつけたときのエミーを思い出すと、どうしても心配なんだよな。

——エミーは一度、俺を守るために命の火を消した。あの時、俺が伝説の聖女と同等の『蘇生《そせい》魔法』を使えなければ、エミーは今頃……。

そんな俺の心配を読んだように、シビラが今のエミーの状態を説明した。

「あ、ちなみにラセル、あんたのお陰でもあるのよ」

「俺の……？　何かエミーの助けになるようなこと、やっていたか？」

「ラセルは使わなかったから分からないだろうけど……エミーちゃんは、これよ」

シビラがエミーの盾表面のコーティングされた部分を、手の甲で軽く叩《たた》く。

「盾が新しくなったのが、滅茶苦茶《めちゃくちゃ》大きいのよ」

ああ、そういえば……今のエミーの盾は、ファイアドラゴンの鱗《うろこ》から作った大盾だ。欲しいからと金を積んだところで、簡単に手に入るような代物じゃない。

「この大盾は比較的軽いのに、相手の衝撃を受ける力があるわ。更に魔力を伝える力も備わっている、エミーちゃんが今使っているスキルとも相性がいい……はずなんだけどね」

「……何か問題があるのか？」

「単純に、上層ギガント程度ならブッ倒せるぐらい吹き飛ばすかなって思ってたの。だから思ったよりは、控えめな技かなって」

その言葉の意味を理解し眉根を寄せるエミーを、シビラが軽く笑い飛ばした。

「なーに深刻になってんのよ！　エミーちゃんはアタシら術士組にとっちゃ、本当に頼りになる凄い女の子なんだから。自分に自信を持たないと、ラセルにはちょっと嫌味よ？」

「あっ……そう、でしたね。うん、そうだ。ラセルだって前に出て力を出したり、したいよね。でも敵の攻撃を受けるのは、私の役目だから。全部、任せてほしいな」

シビラに指摘されたことで、エミーははっと気付くと、俺に申し訳なさそうな顔をした。

元々戦いの上で役に立てなかったことで追い出された俺のことを、自分の方がレベルも力も上であることを気にかけて、申し訳なく思っているのだろう。

役に立てなかった過去は俺のせいでもあるし、俺を守るために自分を鍛えてきただけのエミーは何も悪くないと言ったんだが……やはり、前衛として俺の前に立つ力を得たことに負い目を感じているのか。どこまでも優しいヤツだよお前は。

――なら、俺の答えはこうだな。

「分かってる。今の俺はただの一人の回復術士《ヒーラー》でしかないが、それをもう悲嘆したりはしない。ほんの少しの怪我《けが》から死にかけの大怪我まで、一瞬で完璧に治す力……それを俺自身が望んでいる。【聖者】である俺だけの役目だ」

「ラセルの……うん、うんっ！　ラセルの回復魔法なら大丈夫だね、絶対！」

エミーは、俺の言葉に笑顔で応えた。

前のパーティーでは最後まで得られなかった、自分の立ち位置。俺の回復魔法が、必要とされ、これだけ喜んでもらえること。何よりエミーが、【聖女】の奇跡と同じ魔法によって、今も俺の隣でこうやって笑ってくれること。……その顔が、病を治した母親に泣きながら抱きついた、ブレンダの喜びに重なる。

本当に――聖者をやめなくてよかったな。

俺は『黒鳶《くろとび》の聖者』だからな。エミーが俺を守るように、俺もエミーを、全ての病気や怪我……いや、死の息吹からさえも守ろう。

セイリスの第三ダンジョンでの手応えを感じながら、俺達は先へと進んでいった。

04 エミー：ラセルへの気持ち、その全部。女神様は見ていた

私は自分の身体《からだ》の調子を確認しつつ、ラセルへと視線を向ける。

『黒鳶の聖者』ラセル。私の知らないラセル。

……優しい男の子だから、好きになった。普段からは勿論《もちろん》、困った時にも助けに来てくれて、それが押しつけがましくなくて。皆のことをよく見てるなって思ってた。

そんなラセルは、別れてから再会までの数日で、別人になっていた。

金糸が元々そのために縫ってあったような、高級感溢《あふ》れる漆黒に近い――あれが黒鳶色だったはず――そのローブの色以上に変わったのが、ラセルの少しつり上がったような目だ。

姿が変わったわけじゃないけど……表情や言葉つきが、まるで別人のそれになっていた。

そんなラセルに対してなんだけど――いやいや、こっちも超格好良くない!?

最初からベタ惚《ぼ》れだと、我ながら単純というか何というか……分かっていても、自分の気持ちに嘘《うそ》はつけない。クール系のラセルは、滅茶苦茶格好良かった。男前度が上がって、ぶっちゃけ一発で惚れ直した。

単純すぎかエミー。いや元々パーティー随一の単純だったわ私。テへ。

ラセルは陰を帯びたけど悲観的にスレてるんじゃなくて、ちゃんと前向きに攻め攻めでカッコイイのだ。それでいて、自信を持っていて——私の心に、小さなトゲが刺さる。

ラセルを最初にここまで暗く変えたのは、間違いなく私達《たち》のパーティー。そして主な原因は……全て、私。明るく優しい男の子はいなくなり、寡黙な青年が生まれた。しかし、そんな彼が後ろ向きになっていない理由は、一つしかない。

——シビラさん。

背が高めの魔道士で、女の私から見ても三度見するレベルの物凄い美人。かっこいい系の美人の究極系みたいな人。ケイティさんも美人の究極系だったけど、女の子として憧れるのは断然シビラさん。

そして、そんなシビラさんとラセルの距離感は、とても近い。お互いがお互いに何一つ遠慮してないようで、まるで家族みたいな距離感なのだ。戦いになると以心伝心、相手の考えを先読みしているみたいに動く。今もシビラさんが視線を向けて「ラセル！」と名前を呼ぶだけで、ラセルが「《ウィンドバリア》」と魔法を使った。

私も、ジャネットも、ヴィンスも、ラセルの名前を呼ぶだけで魔法を使ってもらったことなんて、一度もない。自分で回復魔法が使えるから、声をかける必要がなかったのだ。

今となっては、気休め程度の下級回復魔法だけ覚えたことが、ただひたすら恨めしい。

「ん？　どしたのエミーちゃん、調子悪い？」

「エッ!?　あ、ああいえ！　何ともありませんっ！」

「そーお？　ラセルの魔力どうせ余るんだから、遠慮なく治してもらいなさいよ。エミーちゃんの強さと格好良さ、ラセルも助かってるわよね」

「ああ、もちろんだ。前衛がいるだけでこんなに楽だとはな」

「あわっ……えっと、あ、ありがと……」

　私が少し落ち込んだ顔でシビラさんを見ていただけでこれだ。いいお姉さんって感じの陰り一つない顔で私を励まして、褒めてくれる。しかも私に比べたら、シビラさんは当然ラセルとは付き合いが短い。（恋の）ライバルとか自称しちゃってるし、もっと独占したいはずなのに、わざわざ私にラセルとの会話を振ってくれる。

　ケイティさんの、丁寧だけど霧に包まれたように何も分からない感覚と違って、あっけらかんとしているのに気配りが細やかで、考えを全部オープンに喋《しゃべ》っちゃう。

　本当に正反対だ。そんなシビラさんに……こんなに良くしてくれる頼れるお姉さんに対して、どうしてもラセルの隣にいるべき存在として劣等感を抱いてしまう……。あーあ、こんな浅ましいこと考えてるようじゃ、可愛《かわい》いお姫様なんて夢のまた夢だよねー……。

　その後も私達は、順調に魔物を倒していった。この第三ダンジョンは本当に魔物のレベルが高い。第五層だけど、明らかにハモンドのダンジョンの中層ぐらいの敵がいる。

そんな私は、あの頃と比べても今の方が余裕なのだ。理由はさっきシビラさんが説明したとおり、この盾。まさかファイアドラゴンの素材、ラセルが狩ってたなんてね。シビラさんの魔法は火属性だから、ラセルが本当に倒しちゃったんだ。格好良すぎない？　私今日だけで何回ラセルのこと格好良いって言うんだろ。百回ぐらい言いたい。

兎《と》に角《かく》一つはこの盾で。もう一つは……。

「……どうした、《エクストラヒール》。疲労も俺が取るから、あまり無理はするなよ」

「わっ……本当だ！　ありがと、凄《すご》いね！」

ラセルが回復魔法を使った瞬間、ほんの少しの疲労さえ残すことなく体調が万全まで回復した。怪我だけじゃないんだ、ラセルのエクストラヒール。大怪我しなかったから使ってもらうという発想がなかった。私ら今までどんだけ惜しいことしてたんだか……。

「パーティーにいた頃に気付いていたら、また違ったんだろうが……ただ、聖女の魔法は情報が秘匿されていて、使ってみるまで俺自身分からなかったんだよな」

聖女の魔法が秘密まみれなの、なーんか事情考えちゃいそうだよね。実は昔の勇者様が意外とすぐ疲れてたとか、過去の聖騎士は聖女のお陰で余裕があっただけで、実は割と打たれ弱かったとか。……あっ、一歩間違うと今の私だ、考えないようにしますハイ。

「だが、結果的に出てきてよかったと思っている。今の俺を気に入っているしな」

「うんうん、似合ってるよ」

「そうか」

そう軽く返事をした瞬間、ラセルがふっと……。本当に、ちょっとだけ口角が上がるの。その顔を見た瞬間、ぐっと心臓が持ち上がる感覚。やめてくださ い血液さん、私に無許可で顔に上ってこないで、照れてるのバレちゃう。ていうかシビラさんには絶対バレてる。

昔みたいに普段から笑顔なのと違って、今のラセルは鋭い目をして口を引き結んでいる。ラセルの笑顔が貴重になってしまった分、その大人びた真っ黒ラセルの笑顔一回の破壊力が凄《すさ》まじい。この笑顔を想像するだけで、力が湧いてくる。

……とまあ、ここまで恋愛脳強めに考えていたわけだけど——今の私ってラセルのことを意識するだけで、魔物の攻撃跳ね返すスキルが発動しちゃうのだ。

なんなの、この恥ずかしいスキル。そりゃ『愛の力』は英雄譚《たん》の醍醐《だいご》味《み》だけど、それにしてもさ、自分で自分が真面目に戦ってないみたいに感じて困っちゃうよ!? 太陽の女神様、割とミーハー？　コイバナ大好き？　まあお陰様で発動めちゃ楽だけど！

「エミーちゃん、本当に凄いわね。第五層まで来てなおその余裕。ギガント三体ぐらい襲ってきても大丈夫だし」

「あはは、自分でもびっくりです」

むしろ私が合流しなかったら、このダンジョンに二人で挑む気だったみたいで、そっちの方が心配。二人とも術士なのに前に出るタイプだし、結構無茶しそうだからね。

「おっとエミーちゃん、次来たわ！」

「任せてください！って、あれ……？」

私が後ろを向くと……なんとギガント、通ったはずの後ろからやってきている！

ラセルが挟み撃ちにされてる！　私がどうやってラセルを守ろうかパニックを起こしていると、当のラセルは腰にある剣を冷静に抜いた。

「シビラ」

「分かってる。どうやら先行パーティーは下の階っぽいし、許可するわ」

「よし……《エンチャント・ダーク》！」

ラセルが叫んだ瞬間……明らかに、あの黒い長剣が変わった。光を吸ったような、不思議な紫。夜のような色。あれが……【宵闇の魔卿《まきょう》】の闇魔法なんだ。

その剣を両手で持ち、ラセルはギガントへと向かった。

「エミーちゃん、まずは正面のを」

「は、はい！　この……ッ！」

私はラセルのピンチに焦りを覚えつつ、一番近いギガントに踏み込む。大槌《おおつち》を弾《はじ》くと、その腕に剣を下ろした。この竜の牙でできた剣も、本当に凄い。重さと鋭さの乗った一撃に、魔物の腕が簡単に切り落とされた。

『オオオオォォ！』

表情の乏しい魔物が私の剣による大きなダメージに吠《ほ》え、シビラさんは好機と見る。

「右手が使えなくなったわね。それじゃ仕上げに《フレアソード》!」

シビラさんの高威力魔法が、ギガントの胸に刺さる。うわ、基本職の【魔道士】なのにすっごく強い。でも私は、悠長に感心して見ているわけにはいかない。

「ラセル!」

「問題ない」

焦りを隠せなかった声で名前を呼び、振り向いた先では……ラセルがギガントを圧倒していた。魔物の腕は既に両方ともなく、身体は穴だらけになっている。

「終わりだ」

ラセルは静かにそう告げると、ギガントの胸の中心へと剣を沈めた。力を失った魔物は、完全に身体から力を失ったように、ゆっくりと仰向《あおむ》けに倒れる。

……わあ、ラセルが戦ってる。魔物を剣で圧倒する術士のラセル、格好良いなあ。

そんなことを暢気《のんき》に思ってた私は——すぐに駆けつけなかったことを後悔した。

「つっ……!」

魔物が倒れた最後、一瞬ラセルが痛がったような声を出して……私は一瞬で血の気が引いて、ラセルの側《そば》に慌てて駆けつける。

「大丈夫!? どこをやられたの!?」

「いや、問題ない。折れた大槌の破片に当たったが、すぐに回復魔法を使った」

「……ごめんなさい、ラセルが痛がるようなことをさせて……」

「むしろ今日は全然痛い目見なくて怖いぐらいだぞ。ありがとな、エミー」

ラセルの言葉と小さな微笑《ほほえ》みに、ちょろい私は救われてっていうか一瞬で顔を熱くさせながらも、申し訳ない気持ちが流しきれずに残ってしまう。

私は、聖騎士なのに……どうしても、ラセルを全ての痛みから守りたいのに……。

——そんな私を、シビラさんは、見ていた。


不思議と第五層のフロアボスはいなかった。だだっ広いだけで何もない空間だったので、私達は一旦そこで休憩することに決定。ラセルはその広い場所で休みつつ魔法の練習をするって言ってた。シビラさんは外をもうちょっと見たいとのこと。

ここで私はシビラさんに誘われて、一緒に第五層を調べ直すのに同行する。

部屋から出て、魔物のいないダンジョンの通路を少し歩く。フロアから少し離れた場所で、シビラさんが立ち止まり振り向いた。私に話があるみたい、何だろう？

「エミーちゃんは、本当に、純粋で可愛いわね」

「え？　あの、ありがとうございます……？」

突然褒められた……んだよね？　ただ、シビラさんの表情は何故《なぜ》か複雑そうだ。

「ラセルを気に掛けてるのは分かる。分かるんだけど」

そんなシビラさんが腕を組んで、私への視線を鋭くする。

「変に気負っちゃダメ。エミーちゃんがラセルのことを、どんな痛みからも守りたい気持ちも、後悔でおかしくなるぐらい、まだラセルに責任感じてる気持ちも分かる。だけど、ラセルはむしろエミーちゃんが怪我《けが》することを、何よりも苦しく感じているわ」

——私は、一瞬、言われた意味が分からなかった。

じわじわ内容を理解してきて……私はシビラさんと目を合わせながらも、その内容が語る意味に驚愕《きょうがく》し息を呑《の》む。

ジャネットみたいに長い付き合いがあるわけじゃないのに……シビラさんは、私の根底にある気持ちと、焦燥感に気付いている……！

「ラセルはね、エミーちゃんが起き上がらなかったとき、完全回復魔法を二回、使ったの。完全に錯乱してたわ」

「……え、ラセルが……？」

「当たり前でしょ。ラセルの使ったリザレクションという魔法は、聖女伝説『一途《いちず》な愛の章』で使われた奇跡中の奇跡。相手への気持ちがないと発動しない、エミーちゃんの盾のスキルのようなもの。それを使わなければ復活しなかった」

そう、だ。私はあの時、本気でラセルのために死んでもいいと……そして、本当に——。

——その時を思い出した瞬間、両頬が音を立てて鳴った。シビラさんが頬を張ったのだ。ビンタとかではなく、激励みたいな感じで。

「ラセルにとって、エミーちゃんってのはね、エミーちゃんにとってのラセルなの。覚えておいて、あなたの命はもう、あなた一人のものじゃない」

「シビラ、さん……」

「それに……アタシだってもうエミーちゃんのこと気に入ってるんだから、勝手に自己犠牲精神で無茶されたら嫌なのよ。いつだって残された方はつらいわ……アタシはいろんな、『残された人』を見てきたから……」

そっか……シビラさんは、女神様だから。当然そういう別れも、何度も見てきたはずだし、それで闇魔法に手を伸ばすようになった人もいたはずだ。

「だから、ね」

そしてシビラさんが、ぽんぽんと頭を撫《な》でる。

「ラセルを信じてあげて。そして、ラセルが信じたエミーちゃんを、エミーちゃんが信じてあげて。あなたはとっても強くて優しくて、十分すぎるぐらい頑張ってる子。完璧じゃなくても、ラセルにとっては一番頼りになる前衛なんだから……ね？」

——完璧じゃなくても、ラセルの一番。

その言葉は、私の一番柔らかい場所に、すっと刺さった。

……ああ、どうしよう。この人、すごくいい人だって分かってたつもりだけど……本当に本当に、滅茶苦茶《めちゃくちゃ》いい人だ……。そりゃあラセルだって、心を開くわけだよ……。

だって、私の心も、こんなにすぐに開いちゃうんだから……。

「……う、ううっ、すびばせんシビラさん……」

「うんうん、そういう反応できるんだから、やっぱり可愛《かわい》いわよね～。さっすがラセルの幼馴染《おさななじ》みちゃんだ」

シビラさんは、苦笑しながらも私の背中に腕を回して、頭を優しく撫でてくれた。その温かさに包まれながら、なんていいパーティーに入れさせてもらえたんだろうと、またじんわり身体《からだ》の奥から涙が溢《あふ》れてきた。

浅ましい心を持つ私を、こんなに優しく認めてくれて……。これがラセルを変えて……ううん、変えずにいてくれた女神様なんだ。敵《かな》わないなあ……。

ラセルもいて、ちゃんと私を見てくれて。

私、こんなによくしてもらえて、本当に……幸せものだ。

幸せすぎるだけに、どうしてもあの最後を後悔してしまう。ジャネット……どこかで謝らなくちゃなあ……。さすがに不安だろうし、手紙だけは出してるけど……。

今頃、何してるかな……。

幕間《まくあい》　ジャネット：空模様が自分の心を反映しているのなら、この土砂降りはまさに自分のそれだろう

空が泣いている、という表現がある。

太陽の女神が天体の女性なのだとすると、寵愛《ちょうあい》する人間が視界から居なくなって涙するのか、其《そ》れとも輝かしき己の御姿《おすがた》が人々から隠されたから泣くのか。その内面に興味が湧かぬといえば嘘《うそ》になるだろうが、しかし今の僕にとって大切なのは——手紙の配達員が無事かどうか、その一点のみだ。我々人間の意志などお構いなしに、空は慟哭《どうこく》する。女神とは斯《か》くも自由なものなのである。

僕達《たち》の勇者パーティーは、あまりの雨に本日休業。桶《おけ》の水を引っ繰り返したような雨が、飽きもせず何度も屋根を鳴らす。雨の塊が隣接した宿に殴りかかり、壁掛けの鉢植えが落ちて割れる。太陽の恩恵も雨の恩寵《おんちょう》も、空の機嫌一つでご破算だ。

「雨、すごいですわね〜……」

「そうですね。さすがにこんな日じゃ、みんな外にも出ないですよ」

宿の玄関には、愁いを帯びた女神像のような金髪の美女。外に用事があったようで、その姿は着衣水泳でもしてきたかのようである。服が濡《ぬ》れ張り付いた姿は、天才芸術家が技

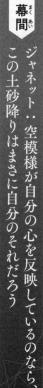

術の粋を集めた大理石の彫刻さながらで、色気の暴力とでも表現した方がいい。

ヴィンスも玄関にいて、さっきから無言でケイティさんを見ているけど、最早《もはや》文句を言う気も起きない。寧《むし》ろケイティさんに関しては、この人のお陰でヴィンスが僕の胸を不躾《ぶしつけ》に凝視しなくなったので、その点に限って言えば全面的に感謝したいぐらいである。

それにしても、ケイティさんの用事は何だったのだろう。

「ジャネットさん、どうかなさいましたか?」

「……あっ、いえ。どこに行っていたのかなと思ったのです。言いたくないのなら、言わなくても構いません」

「ふふっ、ジャネットさんは本当に気の回る可愛い人ですね」

ケイティさんは自分の体軀《たいく》を掻《か》き抱《いだ》くように——矢鱈《やたら》と胸を強調するポーズを——すると、後ほど身体を温めた後に今後の予定を共有したいとのこと。

「ですので、部屋で待っていてくださいね」

「ん、分かりました。すみません、無理に聞くような聞き方をして」

「いえいえ～、お気になさらず」

ケイティさんは、濡れた服と着替えを持って浴槽へと向かっていった。

明るくはあるのだけれど……いつものような、どこか弾けた爆裂玉蜀黍《ポップコーン》じみた明るさは見る影もない。

やはり、エミーを自分のせいで追い詰めたことを後悔している、のだろうか。

本当に、そうなのだろうか。……本当に？　わざとではなく？

……分からない。現在全ての条件に於《お》いて『疑惑』でしかないことなど、僕が一番理解している。あの人を疑うこと自体が、どれ程失礼で傲慢であるかも。それでも……頭の中で何度も反復《リフレイン》するのだ。あのエミーの、まるで世界の全てを諦めたかのような顔を。

僕は、ケイティさんを今後も疑い続けられるのだろうか。それとも……次は、この、僕自身が……。……いや、今はそこまで考えるのはよそう。気持ちが後ろ向きになっているから、思考の結論が暗く暗くなっている気がする。良くない傾向だ。

「ヴィンス、僕達も戻ろう」

「あ、ああ……」

水濡れの情婦が如《ごと》き新入りに見とれていて、話を聞いていなかったであろうヴィンスを引き連れて、僕は部屋の中へと戻った。


扉を閉めて、部屋の隅へと移動する。僕はヴィンスに忠告しなければならない。

「ラセルの情報は絶対に出しちゃ駄目だよ。前々から回復術士《ヒーラー》にご執心だったケイティさんが、ラセルの所に行ってしまうかもしれない」

「……そういえば、そうだな。分かった」

「それにしても……エミーには悪いことをしたね……」

さすがに何のことか、ヴィンスでも思い当たったのか暗い顔をした。

……僕から見たヴィンスは、体格が良く剣技も上手《うま》いこと以外は、好色であることぐらいしか勇者っぽい部分を感じない。男とモメてたことも知ってるし、女の方を見過ぎて皆から警戒されていたのも知ってる。僕にとって、ヴィンスは未《いま》だに悪餓鬼だ。

正直、なんでヴィンスが勇者なんだろうとは思う。

だけど、さすがに彼が極悪人の犯罪者同然、なんてことはないわけで。

「昔フった僕が言えた義理じゃないけど、エミーとは脈はなかったと思う。……僕だって驚いたよ。好きな人がスキルの発動条件だなんてね」

「……エミーは、最後、何て言った？」

「さよなら、だって。……ラセルの下《もと》に辿《たど》り着けば、きっと彼はエミーを許してくれる、とは思う。……ヤケになってないといいけど」

「……クソッ」

ヴィンスは落ち着かない様子だ。それでも、行くわけにはいかない。

何もかも、ラセルを追い出したせいなのだ。さすがにヴィンスも、この状況への罪悪感はあるだろう。全くないような男なら、とっくに見限っている。

「再度言うけど、あのときの判断自体が間違っていたわけじゃないと思う。ただ……あまりに運が悪かった。それこそ女神様でも、こんな事態は予想してなかったと思うよ」

「……」

「エミーのことだから、無事なら手紙は送ってくるはず。それで二人が一緒にいるなら、構わないと僕は思う。……ヴィンスもそれを否定は、まさか……まさかしないよね？」

少し責めるような言い方をした。いや、もっと責めてもいいぐらいだ。二人が相思相愛だったことなんて、本人以外はバレバレだったもの。……いや、ヴィンスが割り込めると思っていた時点で、明確にそうだと分かっていたのは僕ぐらいだった可能性はあるか。

ラセルもラセルで、あれだけエミーを気に掛けて助けておいて、無自覚っぽいし。まあ相談という意味では、エミーと同じぐらい僕も気に掛けてもらってはいたけど。

……ラセルが僕のことを好きな可能性？　ないない。そういう夢からは早めに覚めるに限るよ。エミーよりお姫様になれるとか、そこまで自惚《うぬぼ》れてないって。

「……ああ、さすがに負けたな。エミーはラセルのモノだ」

女の子を無自覚にモノ呼ばわりする辺りが、ヴィンスは駄目なんだと思う。少なくともラセルは、エミーのことを対等か、若しくは上のレディとして尊重して扱っていた。

一度、英雄譚《たん》の討論で『ピンチになるのを見てから助けるのは、相手の尊厳を傷つけるのではないか』と言った時など、あまりの気遣いのレベル差に卒倒しそうになった。これはもう逆に腹立ったのでラセルにチョップした。そりゃ相手を立てられたらいいけどさあ。

ヴィンスには、ラセルの爪の垢《あか》を飲んでほしい。せめて小指の先だけでも。

それにしても、全く……エミーもエミーだよ。

女の子って、ちょっと抜けてて手のかかるおっちょこちょいな方が可愛いだろうし……

僕はラセルにそうやって何度も助けてもらったりは、エミーほどされたことはない。

やっぱりああいう、可愛い子って得だ。

……そして、大切な幼馴染み相手にも、そんな卑しい考えを持ってしまう可愛らしさの片鱗《へんりん》も残さない成長を遂げた、自分自身に嫌気が差す。

正直、僕にエミーの親友である資格なんてないと思う。

だから……だからこそ、エミーの望んだ未来が今あるのなら、全力でその未来を守りたいと僕は願っているんだ。

きっとラセルなら、大丈夫だろう。

お姫様を頼むよ、無自覚な王子様。

そんなことを徒然《つれづれ》と考えていると、ヴィンスと入れ違いでケイティさんが上がってきた。

……相も変わらずのネグリジェ姿で、廊下から堂々と。

「わざとですか？　服はちゃんと着てください」

「ごめんなさい、湯上がりはどうしても着込むと蒸れてしまって……」

む、そう言われると言い返せないな……。

ケイティさんはベッドに腰掛けると、濡れた髪を黙ったまま魔法を使って乾かし始めた。

……。…………は？　黙って魔法を使って乾かしている？

「ケイティさん、今、何をやっているのですか？」

「えっ、普通の生活魔法ですよ？　口頭詠唱だったら《ドライ》ですね」

その魔法は知っている、魔道士の魔法ぐらい賢者である僕が知らないわけがない。そうじゃなくて、何を当たり前のように『口頭詠唱』と言い直したんだと。

……いや、違う。今の話し方から察するに、ケイティさんにとっては声に出さない詠唱の知識など『知っていて当たり前』なのだ。

「あ、もしかして『無詠唱』のことですか？　頭の中で集中して魔法の言葉を発音して魔力を意識すると、できますよ」

「……ご指導ご鞭撻《べんたつ》、ありがとうございます」

「いえいえ、私も確認が足りませんでしたね」

僕の知らない知識を、さらりと当然の知識のように話して、勿体《もったい》ぶってすらいない。

明らかに、知識の水準が高い。……そう。『水準《ヒーラー》』だ。

ただ知識量が多いのではない、質が高い。回復術士の重要性の話と、魔王討伐の職業《ジョブ》に

おける神官の必要性。そう……魔王すら、まるで知っているような独り言。

つまり……この人は。『知っていて当然』の水準が、僕より遥《はる》かに高いレベルにある。


――自分が、ひどく無能に思える。


空は相も変わらず雨だ。

天候が人の心を表すのは、ただ空模様に影響されるから、とも言われている。当然だ、天気は皆が共有しているもの。誰か個人のものを反映しているはずがない。

……それでも、今は。僕の心の空模様が現実と連動しているように錯覚していることを、どうか許してほしい。

太陽の女神は、こんな僕が自分と同等のつもりでいるなど、不遜と思うだろうか。

「ところで、私の用事についてお話しするのでしたね」

そうだ。無詠唱の件は置いておいて、ケイティさんの用事に関して聞かなくては。

「さすがに私も、自分のせいでパーティーメンバーが減ったことに責任を感じています。ですので、聖騎士の代わりになるかどうかは分からないのですが……」

聖騎士の、代わり？　もしかして……。

「私の友人を、ヴィンスさんに紹介できればと」

僕は頭の中で、警戒の角笛が再度鳴った音を聞いた。

ケイティさんの友人？　どうして、その人とずっと一緒じゃなかった？　何故《なぜ》こんなにタイミング良く、穴を埋めるように現れる？

偶然？　それとも計画通り？　まさか……偶然による、必然？

分からない……この疑問が、僕だけが袋小路で勝手に一人で馬鹿みたいに迷っているだけなのか、そんなことすら分からないのだ。

自分が、ひどく無能に……そして、滑稽に思える。

隣には、エミーもラセルもいない。ヴィンスには申し訳ないけど、相談して解決するとはとても思えない。それは最後の最後だろう。

そして僕は、今の状況を俯瞰《ふかん》して……自分が寄りかかれるような相手がいなくなったのだと、ようやく理解した。

空はまだ、泣き止《や》みそうにない。

05

セイリスの魔王、その能力と性格

シビラがエミーを連れて巡回中の間に、俺は魔法の練習をしておこう。シビラのお陰か、ここ数日ですっかり英気を養えたように思う。その分は頑張らないとな。

「まずは、《ダークアロー》」

（……。……《ダークアロー》）

頭の中で時間差を意識して、矢を撃つ。

右手と左手から、一本ずつの黒い魔力の矢が発射され、壁に当たり消滅する。

「よし、問題なく使えるな。後は……」

俺は、一度シビラが思いつきで言った、あの二重詠唱のことを思い出していた。

闇魔法を発動する関係上、人目のつくところで練習するわけにいかなかったが、今なら誰もいないこの空間を存分に使える。まず手首を少し外気に晒《さら》して、小さく傷を付けた。

「《ダークアロー》」

（《ヒー、ル――》）

俺が試してみたいのは、以前シビラが言った『攻撃魔法と回復魔法の同時使用』だ。使えるようになると、連戦による怪我《けが》と疲労という概念が丸々吹っ飛ぶことになる。

まずは前段階の、ヒールから練習してみたが……闇魔法は発動したが手首の傷は治らない。失敗したようだ。

「すぐに上手くはいかないな。もう一度だ。……ふーっ……《ダークアロー》」

（……《ヒール》）

再び闇魔法が壁に飛んでいったのを見届け、自分の手首を見る。小さく、しかし確かについていた傷が消えていた。よし……まずは第一段階、成功だ。

いきなり完璧じゃなくてもいい。着実に、一歩ずつ前に進んでいけば、必ず最後は結果が出る。今の俺には、そのための道がある。

――だからエミーにも、そう思ってほしい。

完璧じゃなくても一歩ずつ、俺達《たち》のパーティーの一員になってくれたらいい。

エミーが俺とシビラのやり取りを見ているように感じたのは、気のせいではないと思う。

恐らくエミーは、俺とシビラの息の合い方に思うところがあるのだろう。

俺がこの魔法を習得したいと思ったもう一つの理由は、エミーがどうにも、無理をしそうで心配だったからだ。俺のエクストラヒールは、スタミナチャージという疲労回復魔法も兼ねているらしい。先ほど使った時に疲労がなくなったと申告した、ということは即《すなわ》ち、疲労を感じていいながら言い出さなかったのだろう。

疲労は危険だ。なるべくエミーには、一番いいコンディションでいてほしい。

明るく脳天気なほど元気なのが、エミーの取り柄だった。魔王の自爆を受けた直後の物言わぬエミーを前にした、あの日常が音を立てて崩壊していくような感覚。

もう二度と、あんな思いはしたくはない。

「《ダークアロー》」

（《エクストラ、ヒール、ヒール——》）

頭の中で、魔法が途切れた感覚がある。すぐには難しいだろうが、最終的にエクストラヒール・リンクを失敗することなく無詠唱で使えるようになっておきたい。

それから数度練習し、エクストラヒールを数回に一回程度は発動できるようになったところで、フロアの扉が開く。見回りが終わったのだろう、いつも通りの気負いのない顔をしたシビラの顔を見て、その無事に息を吐く。

「ハーイたっだいまー。帰宅したわよー」

「ああ、お帰り……って、家じゃないぞ」

「んー、ラセルのいるところが家でいいんじゃない？」

俺のいるところが家。その関係を一瞬想像し……俺が少し言い淀《よど》んだ瞬間を、こいつが見逃す筈《はず》がなかった。悪巧みを思いついたようなニヤニヤした顔で、俺に頬を寄せてくる。

「……！　あっれぇ～？　も～しかして、もしかして照れちゃった？　シビラちゃんとラブラブ妄想で言い淀んじゃった？　二人屋根の下生活を想像して照れちゃっきゃん！」

「お前も懲りないよな……」

再々チョップしておいてなんだが、こいつは俺に叩《はた》かれると分かった上で、俺をおちょくりに来てるよな……。頭を押さえているシビラの横から、ずいとエミーが身を乗り出してきた。頭をこちらに向けて、むっとした顔をしている。

「ん！」

エミーの目が、『分かって』と言っている。戸惑いつつも俺がチョップをすると、エミーは頬を緩めて引っ込んだ。本当にアレで良かったのか……？　俺は、付き合いが長いと思っていたお前のことが段々分からなくなってきたぞ……。

それにしても、先ほどより二人の距離が近くなってるような気がするな。

「シビラ、何かエミーと話したか？」

「ん？　まーね。エミーちゃんとは仲良くなったから、ねー？」

「はいっ！」

エミーはシビラに対して、先ほどとは明らかに違う笑顔。そこには、仲良くなった以上の……そう、危うさのようなものがない、晴れやかなエミーの笑顔だった。

ああ、そうか。そうだよな。孤児のイヴが抱える事情をすぐに理解して救ってしまったお前が、俺でさえ気付いたエミーの危うさに気付かないわけがなかったな。

エミーは気合い十分と言った様子で、フロア先の扉へと盾を構えて歩き出した。俺はシビラの隣に行き、小声で話しかける。

「シビラ、助かった」

「……今度はあんたが助けてあげなさいよ」

俺の言いたいことも、もちろん察していた。俺の大切な幼馴染《おさなな》染《じ》みのことまで気付いてやれるお前は、どんなに調子に乗ろうと気遣いの女神様だよ。

だが、エミーに関しては俺に一日の長があるんだ。頼れる相棒だろうと、譲りたくないものぐらいはある。次は、俺が助けるさ。


エミーが盾を構えながら、扉を開く。その先にはやはり、下への階段があった。

「……さて、一番気になることがあるわけだけど……みんなも分かるわよね」

「先行していたパーティーが、上層にいなかったことだな」

「ええ」

シビラの懸念。それはこの『セイリス第三ダンジョン』という最難関ダンジョンにて、絶対に中層以下には潜らないはずの冒険者パーティーと上層で出会わなかったことだ。

「第三ダンジョンは、アタシが以前も攻略して失敗したことがある。その時に調べたけれど、上層に迂《う》回《かい》路《ろ》はないのよ。ある場所といえば、行き止まりだけ」

「ということは、間違いなく中層にいるんだな」

シビラが頷《うなず》くと、エミーも真剣な顔で事情を把握し、下への階段を降りていく。

「次は黒ゴブリン混成になるわ。ラセル」

「分かった、《ウィンドバリア》」

「エミーちゃんも。上層は様子見も兼ねて大丈夫と判断したから見てたけど、念のために物理防御魔法をしておいて。盾受けしきれない可能性もあるから」

「はいっ！　それでは……《プロテクション》！」

エミーが、その防御魔法を発動させる。するとエミーの身体《からだ》を、黄色い光がふわりと覆い、すぐにその色は消えた。

俺が望んだもう一つの力、パーティーを守るための防御魔法だ。羨ましいか、と言われると、そりゃ自分の持っていない能力は羨ましい。だが、それだけだ。

恐らくシビラは、俺が怪我することを過度に気にする必要がないと言ったのだろう。だとすると、俺もエミーのことを、過度に心配するのは失礼なのかもしれないな。

最上位の防御魔法二種は、誰かを守りたいと願った聖騎士であるエミーのためにある。ならば、エミー自身の……そう、エミーの気持ちのためにも、エミーが使うべき魔法だ。

「エミー。一応説明するが、俺のウィンドバリアは投擲《とうてき》攻撃と攻撃魔法をある程度弾《はじ》く。二重詠唱にしてあるから、それなりに強いはずだ」

「凄《すご》いね、これ……！　分かった、ありがとね！」

お礼を言うのは俺の方だって。聖騎士なんて仰々しい職業《ジョブ》を貰《もら》っても、そういうところが几帳面《きちょうめん》なのがエミーの良さだよな。

階段を降りると、まずは先ほどと同じように最初の敵であるギガントが現れた。エミーが前に出ると、目の前で風の壁に弾かれた矢が、壁に当たり甲高い音を立てる。

「黒ゴブリンの弓がいるわ。見ての通りラセルの魔法にかかれば大したことないし、どんなに特殊な猛毒も一瞬で治る。エミーちゃん！」

「分かりました！」

エミーがギガントへと体当たり気味にぶつかり、攻撃を盾で受ける。もちろんその間も、右手の竜牙剣による攻撃の手は緩めていない。

どこで別パーティーと会うか分からない以上、まだ闇魔法を使う判断はできない。

シビラの攻撃魔法が黒ゴブリンを倒していき、比較的早く敵は全滅した。

「よっし、中層問題ないわね」

「はい！　ラセルの防御魔法がかなり強くて、感覚的には上層とあまり変わりませんね」

「いいわよ、その余裕。この階層でのギガントは、途中で緑から赤に変わって強くなるけれど、エミーちゃんのスキルなら大丈夫。気負いせずにね」

俺は念のため、エクストラヒール・リンクを使い全員を万全の状態にする。

「……しっ」

シビラがエミーの肩と俺の袖を摑《つか》む。何か気付いたことがあるらしい。

「一応言っておくと、アタシは事前にサーチフロアの魔法を使ってるわ。レベルが低いとお粗末な範囲だから以前は使ってなかったけど……索敵用の魔法よ」

シビラの突然の魔法解説。俺がその理由を質問する前に、シビラは驚くべき行動に出た。

「新しいパーティーが探索に来たわよ――――ッ！」

なんと、この魔物だらけの中層でいきなり叫んだのだ。俺とエミーが顔を合わせて驚いていると、すぐにシビラの意図が分かった。

『……ここだーっ……』

確かに、今、小さい声が聞こえてきた。

「よっし。相手にこちらを認識させた。意味のない同士討ちだけ懸念してたから、もう堂々と行っていいわよ」

シビラの指示した方向へ俺とエミーも一緒に移動すると、通路の隅に狭い入口がある。その場所を屈《かが》んでくぐった小部屋の中に、探していた人達がいた。

「た、助かった……」

先行していた冒険者パーティーの五人が、その場所を一時拠点にしており、パーティーの男がほっとしたように呟《つぶや》いたのが聞こえた。

先行していたという五人組のパーティーは、俺達より年齢が一回り高く見るからにベテランといった風貌だった。だがその顔には、明らかに疲労が見える。

俺の視界を遮るようにシビラが移動し、こちらを見た。分かってる、こういう場合に勝手に魔法を使うわけにはいかない、だろ？　頭脳担当のお前に、交渉は――、

「全て任せる」

「よし」

言いたいことが伝わったのだろう。シビラは俺の返事を聞いて勝ち気に笑うと、先行パーティー達に向き直った。静かな空間に、小声が妙に大きく響く。

「あのさ隊長、この子らも迷い込んだんじゃない？」

魔道士らしき男がひそひそ声で話しかけているが、おいこら聞こえているぞ。

男は俺と目が合うと、気まずそうに視線を逸《そ》らした。小さく肩をすくめて目を逸らすと、隣にいたエミーが指先で俺をつついてきた。

「今の、シビラさんとはどういうやり取りなの？」

「回復と治療に関して、シビラに向こうのパーティーとの交渉を任せるという意味だな」

「……よく分かったね？」

「なんとなく、な」

エミーは「む～……」と唸《うな》りながら、隣に戻っていった。……まあ、自分でも妙に慣れ

たやり取りだったなと思う。ま、エミーとシビラも、すぐにあれぐらいできるようになると思うぞ。

シビラの頭の中の考えまでは分からないが、シビラの目指しているところは分かりやすい。『常に最良の結果』だ。

「まず、パーティーのリーダーは誰かしら」

「……俺だ」

三十路《みそじ》手前ぐらいの、精悍《せいかん》な戦士が手を上げた。シビラはパーティーをぐるりと見渡し、一人の女性のところで目を留める。……なるほどな、汗を流して呼吸を浅くしている。

「あなた、【アサシン】ね。黒ゴブリンの毒にやられたんじゃないかしら」

「……ええ、よく分かったわね」

「アタシも、まさに先日黒ゴブリンの毒にやられたもの。そして……こんなところに潜り込んで出られない理由も、その毒よね」

男は黙って、苦々しく視線を下げる。その表情が、シビラの言った内容を肯定していた。

「防御ではなく回避で敵を引きつけるタイプの人に、動きを鈍らせる毒は危険。普通の毒消しは効かないのが、黒の毒の特徴。ここで交渉だけど。報酬、どれぐらい出せる？」

「やはりそっちのローブ姿の彼は、神官か？　珍しい色のローブだ。うちのが助かるなら……そうだな、ギガント耳先5、どうだ」

「んー。下に向かうからタグ譲渡で。あんたたち、20は出せるわよね？」

「さすがに足が出すぎる。……10、でどうだ」

「それで手を打ちましょう」

もう少し粘るかと思っていたが、シビラはあっさり引き下がった。正面の男がほっとしたように嘆息する。交渉を終えたシビラは俺のタグに触れた。そこに現れるは、【聖者】の文字。目の前のパーティーは、全員が驚いていた。

「ま、まさか本物の【聖者】……！」

「隣の子は【聖騎士】よ。アタシ達《たち》は下層目指してるの、迷い込んだわけじゃないわ」

そのことを伝えると、女の剣士らしき人が、魔道士の格好をした男の頭をばしっと叩《たた》いた。まあ、あまり気にしていないから、そっちも気にするな。

「じゃ、ラセル。……声は出して、いい、から、結構もらったし、回復もいいわよ」

「分かった」

俺は女性のすぐ隣で足を止めた。細い身体で敵の攻撃を引きつけて回避するのは、度胸が要るだろう。動きが鈍った際の恐怖は、重戦士の比ではないはずだ。

「もう大丈夫だ。《キュア》、《エクストラヒール》」

俺が近くで魔法を使うと、【アサシン】の女性は瞠目《どうもく》して自分の両手の動きを確認する。

立ち上がり、その場で軽くジャンプをした後、腰を低くして――視界から消えた。

靴の音がした後方に俺が振り向くと、既に女性はそこにいて、自分の両手を見ていた。

……これが、第三ダンジョンに潜る回避型の囮《おとり》役か。さすがベテランだけあって、並大抵の実力ではないな。

「すごい……すごい！　毒も、怪我《けが》もなくなった！」

「あんたは一番動くんだろう？　ならば、その方がいい」

「ありがとうございます、聖者様！」

「俺の方が年下だ、仰々しい敬称は要らん。対価通りの治療だと思ってくれればいい」

その後パーティーの全員から、次々にお礼をされた。……こうやって皆がアサシンの一人のために年下の俺に頭を下げるのだから、いいパーティーなんだろうな。

皆からの礼を、感謝される嬉《うれ》しさと……ほんの少しのちくりとした感触とともに受け取ったところで、シビラが手を叩いた。

「はいはい、それじゃ話といきましょう。まずは……何故《なぜ》あんた達ベテランのパーティーが、第三の中層なんていう自殺願望のありそうな場所にいるか、よ」

それは、俺もずっと気になっていたことだった。危機管理意識の強いベテランが、何故この階層にいるのか。下の階層に逃げ込むなど、普通は有り得ない判断だ。

シビラのその言葉に、パーティー五人の顔色が変わる。先程までアサシンの女が毒で疲弊していた状態の方がマシだったと思えるほどの、動揺。

その表情は『恐怖』で染められていた。

——何か、未知の敵の予感がする。

第三ダンジョンに潜る熟練者の五人組とは思えない、抗《あらが》えない恐怖に震える姿。それを後輩である俺達に隠すこともなく晒《さら》している。……何やら、猛烈に嫌な予感がする。

リーダーの男は、自分の膝を強く叩く。その瞬間に他の皆がはっとした顔で、リーダーの男に注目した。シビラは腕を組み、エミーは俺の袖をずっと摑んでいた。

「くそっ、情けねえ。だが、あれは……あれは一体なんだ……！」

男が、語り出す。


五人組の『疾風迅雷』は、セイリスでも名の知れたパーティーだった。戦士、戦士、戦士、魔道士、アサシンの五人で構成されたパーティーは、その名の持つイメージとは裏腹に、慎重なパーティーである。

ベテランというものは、いかにして成功するか……ではなく、いかにして引き際を見極めるかが大切であることを知っている者達である。シビラが言っていたことだ。

第三ダンジョンを狩り場にできるセイリスきってのベテラン達は、今日も変わることなく第五層まで軽く移動して帰るつもりだった。

しかし、そこで思わぬ展開に見舞われる。後ろからの不意打ちだ。そちらに対処しつつ、全員揃《そろ》って扉に飛び込んだ時……目の前に巨大な青いギガントが現れた。

そのギガントは、手の平を上に向けると、ぼんやりと光を出した。

「ギガントのフロアボス、遠距離攻撃タイプね」

「……そうなのか？」

「なんであんたがそこで聞き返すのよ」

シビラの疑問はごもっともである。上層フロアボスがいなかったのなら、『疾風迅雷』が倒したはずだ。当然の指摘をすると……突然五人が真っ青な顔で下を向き、女は口元を手で押さえた。話の先を促すようシビラが顎で先を促すと、男は少し唸った後、意を決したように、そのことを言った。

「……全身黒ずくめの……男、らしきものが現れて、フロアボスを倒したのだ」

その瞬間、シビラは腕を組んだままこちらに顔を向けた。さすがのシビラも、今の情報を聞いて驚き目を見開いている。

俺も、思い当たっている。しかし、まさかそんなに浅い場所に、だと……？

「そいつが、突然話しかけてきてな」

——最近、本当に暇なんですよね。これでフロアボスはいませんから、貴方《あなた》たちは中層に降りなさい。

——降りたくない？

──でしたら、私の遊び相手になってください。……ああでも、貴方たちは存在が安そうだ。安いのは嫌ですねえ……アサシンなんて汚い職業《ジョブ》を連れている凡人集団ですか。

──嗚呼《ああ》、嘆かわしい……誇らしき存在の、オリハルコンの剣を持つ勇者や、ミスリルの剣を持つ聖騎士が現れないものでしょうか。

「いきなりそんなことを語り出して……俺達は、とにかく目の前の存在から逃げたくて、全員、全力で中層に走った。少なくともフロアボスを一人で倒すようなやつに、俺達が相手になるとは思えなかった。後ろからの男の耳障りな笑い声を聞きながら──」

その話を遮り、シビラは強めの声で確認する。

「もういいわ。全身黒ずくめっていうより、顔まで全身ぼんやりと黒いもやで覆われた、人間の影みたいなやつよね」

「……！　そ、それだ！　そいつだよ！　なんで分かるんだ!?」

「それが『魔王』だからよ。アタシ達……つまり【聖騎士】と【聖者】のいるパーティーが狙っている本命の獲物ね」

間違いないだろうな。ベテランのパーティー達は、初めて知る魔王の情報に驚いていた。しかしその顔に、先程まで浮かんでいた恐怖の表情はない。

──その顔の変化を見て、ふと、俺の記憶の扉が開く。

あれはいつだったか。ジャネットに何かの本を紹介してもらった時のことだ。その本の知識も興味深いものだったが、ふと俺は、ジャネットへと浮かんだ疑問をぶつけた。

『ジャネットは、どうして本を沢山読むんだ？』

その質問の回答は、知識を得ることが楽しいこと、物語を読むことが楽しいこと、誰も知らないことを自分だけ知っている気持ちよさなど、様々な理由があった。もちろん、ただ本を読むのが好きというのも理由の一つ。

その中の一つに、こういったものがある。

『知らない知識、未知の情報、そういったものがあるのが怖い』

『どうして？』

『……知識がないせいで、取り返しがつかない失敗をするかもしれない。他にも、僕がどうすればいいか、方法を知らない状況が目の前に現れたら、って想像すると……』

それはジャネットの本心だったのだろう。優越感以上の、恐怖。知識があれば成功する状況で、知識がなかった場合……未知の状況にどう対処すればいいか分からない想像――。

魔王は強いし、当然のことながら戦うとなると怖い。それでも、きっと人は『魔王だと分からない』よりは、恐怖感は和らぐのだ。

「本命の獲物……なるほど、あんたたちは魔王にも対抗するだけの力があると、そう言ってるんだな」

「もちろんよ。自殺願望はないし、腕に覚えのあるヤツほど慎重に、引き際を見極めて生き残る方法をしっかり考える……でしょ？」

シビラが冗談めかして言うと、初めて目の前のパーティーに余裕のある笑いが生まれた。

「とりあえず、アタシ達と一緒に移動しましょ」

「すまない、頼む」

一通りの情報交換を終えた俺達は、パーティーで上のフロアまで同行した。その間に魔物は現れなかった上、フロアボスもいなかったので安全に第五層まで戻って来られた。

「ここの先ね、ちょいっと横道があったから挟み撃ちにされちゃったのよね」

「なるほど……俺達の場合は少し違ったな。襲ってきたのは後ろから、四体が一気に来たのみだ。それで危険と判断して前に進んだ」

「そうなの？　ふうん……参考にするわね」

シビラは少し言い淀《よど》むと、そのまま五人組のパーティー『疾風迅雷』を見送った。エミーがほっとしたように息を大きく吐いた。

「はぁ～っ……緊張したぁ。心配だったけど、無事で良かったね」

「ああ、この先なら多分大丈夫だろう。……シビラ？」

俺はエミーと安堵《あんど》の溜息《ためいき》をついているというのに、シビラは先程から口元に手を当てて、ずっと考え込んでいる。こういう悩む姿は珍しい。

「……バックアタック？　アタシ達には、上層の魔物らしからぬ挟み撃ちをしたのに、バックアタックオンリー？」

「それが、どうかしたのか？」

「……少なくとも四体同時は偶然にしてはできすぎと思ってね」

その言葉に、俺はあのパーティーが抱いていた不安が、まるで自分に襲いかかってくるような錯覚を覚えた。

「何よりも……アタシは知らないのよ。『魔界』以外に出歩ける魔王の存在を」

その言葉を聞いた瞬間、ぞわりと鳥肌が立つ。俺が一番の物知りだと思っているシビラが『知らない』と言ったことに、俺の身体《からだ》がここまで反応するとは。

――ああ、そうか。これがジャネットの気持ちだったんだな。

一番知識を持つが故の、頭脳で頼れる相手がいない『未知への恐怖』という感覚。あいつはずっと、これを抱えながら、俺達のために知識を蓄え続けてくれたのか。

……本当に、凄《すご》いヤツだよ。

こういう感覚に陥るということは、知らず知らずのうちに、シビラを頼りにしすぎている部分があったのかもしれない。今度は、全員でこの恐怖に打ち克《か》とう。大丈夫……今の俺達は、互いを補って余り有る力がある。

俺はシビラの言葉を聞きながら、まだ見ぬ魔王との戦いを意識した。

先行パーティーであった『疾風迅雷』を見送った俺達《たち》は、再び中層へと足を踏み入れた。

フロアボス用の広い空間でシビラは少し天井を気にしたが、すぐに視線を戻した。

再びウィンドバリアを張り直し、エミーを先頭にしつつシビラの指示で第六層を進む。

矢が俺の魔法に弾《はじ》かれた音を聞いて、エミーが盾を構える。

頼もしい幼馴染《おさななじ》みの背中を見ていた俺は、シビラに思いっきり背中を叩《たた》かれた。

「うっ、何だよ」

「そろそろ本領発揮してもらわないとと思ってね！」

肩をすくめて言い放つシビラに「当然だ」と返し、俺は持っていた剣を下げる。

エミーが一瞬こちらを見つつも、しっかりと敵の動きを把握してギガントの棍棒《こんぼう》を止めた。そのままギガント目がけて剣を振り下ろし、手首を一撃で切り落とす。その手が地面に落ちる前に盾が光り、巨体を吹き飛ばした。

さすがだ。ギガントの利き腕を片手に持った剣の一撃で落とせるのだから、調子のいいエミーは本当に強い。ならば……俺も負けるわけにはいかないな！

「……えっ、ラセル!?」

エミーは、後衛の俺が自分の横に現れたことに驚きつつも、盾を構えてすぐに前を警戒する。ギガントが吹き飛ばされ、黒ゴブリンの弓がウィンドバリアの魔法で俺に届かないのなら、もう危険はない。――ようやく、俺の出番だ。

「《ダークスフィア》」

俺は左手から、アドリアダンジョンで何度も使った魔法を二重詠唱で撃ち出した。

闇の球は俺の手から発射すると、ちょうどエミーに吹き飛ばされて起き上がる途中のギガントに衝突する。そして当たった瞬間、広範囲に渡って黒い波紋が広がった。

「《ダークスフィア》」

そしてすかさず、もう一発撃ち込む。当然これも二重詠唱だ。

これは、ダークスフィアの爆風がダークアロー程度のダメージを広範囲に与えると理解した上で、その一回分で倒しきれなかった黒ゴブリンを掃除するためのもの。

二重詠唱のため威力もある。二回当てたら、恐らく大丈夫だろう。

「シビラ、反応は」

「周囲にサーチ捕捉の敵影なし、完璧よ。二重でスフィア二回、計四回分よね。お疲れ」

「問題ない、あと千回は余裕だ」

「……相も変わらずあんたの魔力量ほんと滅茶苦茶《めちゃくちゃ》よね」

シビラが革のグローブで握り拳を作ったのを見て、俺もこつんとぶつける。

それを見ていたエミーが、俺の方を呆然《ぼうぜん》と見ていた。はっとするとエミーも俺に手を向けて握り拳を作った。その手を同じようにこつんと叩くと、エミーは驚きに声を上げる。

「……。……いやいや!? えっ、今の何!? なんか黒いのがぶわーってどかーんって!」

その反応を見て、思わずシビラと目を合わせた。そうか、エミーが俺の闇魔法を見るのはこれが初めてなんだな。驚くのも当然か。

「予《あらかじ》め言っておいたと思うが、あれが【宵闇の魔卿《まきょう》】の使う闇属性の攻撃魔法だ。相手の防御力と魔法防御を無視して魔物にダメージを与えることができる」

エミーは俺の説明を聞いて、顔に喜びの色を滲《にじ》ませて飛び跳ねた。

「す、すごいすごい！　すごいよラセル！　本当に攻撃魔法なんだ！」

「ああ、言っただろ？　闇魔法は全ての魔物の防御を打ち破る力がある……だから、エミーが敵をしっかり防いでくれさえすれば、最後には必ず俺が敵を倒す」

「うん！　頼りにしてるよっ！」

エミーはまるで自分のことのように、俺の能力を嬉《うれ》しそうに聞いてくれた。ああ……こうやって俺が強くなったことを心から喜んでくれる相手がいるというのは、いいな。

これからは、エミーの後ろで守ってもらうだけの日々ではない。攻撃を受けるエミーのことを、俺が魔物を倒すことで守ってやれるのだ。それは、魔物の攻撃を俺の代わりに受けるエミーのために、俺が一番望んだ力に他ならない。

これでようやく俺は、本当の意味でエミーともコンビを組めるようになったのだと思う。やはり、この力をくれたシビラには感謝しないとな。

俺達は、それからも下に下に潜り続けた。魔物は徐々に数が増え、ギガント複数と黒ゴブリン複数という構成になり、更に魔法も飛んでくるといった有様。

だがエミーの防御は強く、動体視力も抜群。イヴが俺に盗みを働いた際に、一瞬で取り押さえただけのことはある。

弓矢も魔法も届かない以上、後はギガントの攻撃を防ぐことさえできれば対処はできる。

『ヴァァァァ！』

ギガントの悲鳴を聞きながら、俺は容赦なく魔法を叩き込んでいく。エミーに魔法が当たらないように注意しなければならない。ダークスフィアの爆風に当たると、防御力の高いエミーにもダメージが入ってしまうからな。

「大丈夫か？」

「うん！　ありがと！」

場合によってはダークジャベリンの方に切り換えることを考えつつも、俺達は魔物を討伐していった。

第九層まで降りたところで、ギガントの色が紫へと変わる。

「エミーちゃん、気をつけて。あれは強いわよ」

「分かりました。《プロテクション》」

　エミーが準備をし、紫ギガントの攻撃を受ける。

「ん……！　重い……けど、大丈夫……！　それっ！」

　そしてエミーは、盾を光らせて相手を吹き飛ばした。

　緑ギガントと同じように、紫ギガントもエミーの能力なら受け止められるということか。

「凄いわね、エミーちゃん！　よし、アタシ達も頑張るわよ！」

「任せろ！」

　俺とシビラは、更に勢いを付けて魔法を連発していく。紫ギガントはやはり体力があったが、それでもアドリアで下層の敵を何度も討伐してきた俺が倒せないほどではない。

「防御力が低くて体力がバカ高いから、厄介なのよね」

「そうか、俺の闇魔法がシビラの魔法と大差ないダメージになるんだな」

「ええ。本来ならリビングアーマーの方が強いんだけれど、ラセルにとってはギガントの方が頑丈に感じるでしょうね。逆に――」

　シビラはエミーの右手にある剣を見た。

「エミーちゃんにとっては、防御力のないギガントは十分攻撃の通用する相手。だから、盾を両手持ちしないと受けきれないわけじゃないのなら、どんどん攻撃していっていいわよ。なんだったら倒してしまっても構わないから」

「はい、任せてください！」

エミーの頼もしい言葉を聞いて、俺達は第九層、更に第十層まで降りる。

上層と手応えの変わらない中層の探索は、次のフロアボスへの扉で終わりを迎えた。

「ちょっと待ってて」

大きな扉を前に、シビラは立ち止まり懐からポーションを取り出して飲み始めた。

「どうした？」

「……いや、普通に魔力消費が激しくてね。念のために飲んでいたのよ。まだストックはあるけど、エミーちゃんは大丈夫？」

「はい、防御魔法ぐらいしか使ってないので大丈夫です」

余裕のありそうなエミーの姿に安堵していると、シビラがじとりと半目で見てきた。

「……闇魔法って、火魔法の最低二倍、多いやつだと同威力でも十倍ぐらい使うはずなんだけど、ラセルは全部二重詠唱でアタシより連発している上、倒した後は毎度エクストラヒールを全体化《リンク》で使ってるわよね。……あんたマジで何者なのよ」

「孤児院出身の、ただの孤児だぞ」

「知ってるわよ。……ほんっと、こんな優秀な赤ん坊捨ててちゃ親も後悔するわね」

シビラのふと湧いた疑問の言葉に、俺とエミーが思わず視線を合わせたところで、シビラが手を叩いた。

「さて、切り換えていきましょう。この先フロアボスよ」

「ああ。敵の情報は？」

「ギガント。赤くてデカいやつ。でもどっちかってーと小高い丘の左右に配置されている黒ゴブリンが厄介ね。アタシとラセルでそっちを先に処理、オッケー？」

「了解だ」

三人でしっかり頷《うなず》き合うと、エミーを先頭に、ボスフロアへと足を踏み入れた。


正面に、大きな赤色のギガント。ギガント自体が大きいということを踏まえても、明らかに先ほどの紫色よりも一回り大きい姿である。

巨大な棍棒を右手に持ち、こちらの姿を確認すると無造作に構えた。そして、シビラの教えてくれたとおりの配置となっている黒ゴブリンが、こちらへと武器を構える前――！

「《ダークスフィア》……」

（……《ダークスフィア》）

――すっかり練習して使えるようになった、連続ダークスフィアを両手から出して左右の黒ゴブリンに叩き込む！　事前にどこにいるか分かっているのなら、倒すことは容易《たやす》い。

エミーは、盾を……斜めに構えている？

「ラセル、すごい……聖者だけでも本当は凄いのに、もうここまで魔法が上手《うま》い……！

私……このままじゃ、駄目！　私も、成長したラセルの横に並び立てるように……！」

エミーは赤ギガントの持ち上げた棍棒を凝視すると、その棍棒が振り下ろされる瞬間、なんと、横に打ち払った。

「たあっ！」

『――――！』

急激な別方向からの力に体勢を崩されたフロアボス。もちろんその隙を見逃すエミーではない。棍棒を弾かれて伸びきった腕へと、剣を思いっきり振り下ろす。

『ヴアアアァァァ！』

「効いてる……！　いけるっ！」

そこからエミーは、幾度となく相手の攻撃を捌《さば》きながら、時には回避しながらダメージを着実に与えていった。

「エミーちゃん、頑丈なだけじゃなくて動きも機敏ですっごいわね！　要塞タンクも回避タンクもいけるとか、あの子とんでもないわ！」

その凄《すご》さは、あのシビラでさえ興奮を抑えきれないようだ。凄いな、エミー。俺でもシビラをここまで沸き立たせたことはなかったんじゃないか？　本当に、眩《まぶ》しいな……。だが、もう卑屈にはならない。俺は、お前が幼馴染みであることを誇りに思うぞ。

「ラセル、アタシらも負けてられないわ！　せっかく的《まと》がでっかいんだから、たらふく魔法喰《く》らわせてやるわよ！」

「了解だ！　《ダークジャベリン》！」

　俺とシビラの攻撃魔法が当たっても、フロアボスがこちらに向かってくる様子はない。エミーが引きつけてくれているお陰だ。

　やがて動きを鈍くした赤ギガントが膝を突き、エミーの剣に頭を串刺しにされた。

「あ、レベル上がった」

　そのエミーの何気ない一言が、ボス討伐の成功を伝えた。

「よっしよっし！　快勝！　前回より滅茶苦茶余裕あるわね！」

　ふとシビラが言ったことが気にかかり、俺はその疑問をぶつける。

「前も来たことがあると言っていたが、前回はどうだったんだ？」

「手順は同じだけど、速度が段違いよ。彼は捨て身スタイルだったし――」

【宵闇の魔卿】のうちの一人だけど、前回はここまでうまくいかなかったのよね。

　シビラが以前の宵闇の魔卿の話をしている途中で、突然目を見開いて凍り付いた。急な態度の変化に、近くまで戻ってきていたエミーと一緒にシビラの視線の先を追う。

「――なんと素晴らしい！　その剣の輝きはまさにミスリルではありませんか！　いやあ、高価！　美麗！　絢爛豪華《けんらんごうか》です！　素晴らしい素晴らしい！」

　黒く、ぼんやりとした人形のシルエットに、赤い目の光。忘れようもない特徴的な容姿。

あまりにも特徴的なその姿を、初めて見た時の感情は忘れようがない。

——だから、俺は真っ先にエミーの隣に駆け寄った。

「あっ、ラセル……！」

俺はエミーに近づくと、肩を叩《たた》いてこちらを向かせた。

「あの見た目に、あまり気を取られすぎるな」

「……！」

「大丈夫、俺は二回目だし、シビラはもっと会っている」

エミーが頷いたのを確認したと同時に、横合いから「ンン〜〜……！」という唸《うな》るような声が聞こえてくる。

「どういうことでしょうか……まさか、まさか俗悪、無粋、卑俗の極みであるマーダラーが【聖騎士】の隣に、ましてやパーティーを組んでいるなど有り得ないですねぇ……？」

「マーダラー？」

「貴方《あなた》のような闇魔法使いの、宵闇の奴隷どものことです。そして……後ろの女、あなたの顔は一度見たことがあります」

魔王の視線がシビラに向かい、当人は眉間に皺《しわ》を寄せて嫌悪を露《あら》わにする。

「チッ、覗《のぞ》き見ってわけ。趣味悪いわね」

魔王が、右腕を前に向ける。その瞬間、俺の身体《からだ》に引っ張られる感触が強く伝わり……

一瞬で、魔王の姿が小さくなっていた。直後に、パキンという音が近くで鳴る。

その方向を見ると、エミーが俺の胴を抱いたまま盾を構え、すぐ後ろにはシビラがいた。

……そうか、今の一瞬で敵の攻撃を察知して、シビラと俺を守るために動いたのか。

「すまない、助かった」

「う、ううんっ！　私の方こそ遠慮なく抱えちゃってごめん！」

エミーが魔王から視線を逸《そ》らさないまま、俺への返事代わりに頷く。盾のすぐ下には、割れた氷。そうか、こいつは氷属性の魔法を使うんだな。

「ンン……本当に分かりません。聖騎士の貴方、後ろの女は貴方を無許可で勝手に作り替えてしまうような浅ましい女なのですよ？　太陽の輝きを得て尚《なお》、何故《なぜ》そのような──」

「そんなことないっ！」

エミーが、魔王の発言を大声で遮る。その表情は、普段のエミーからは考えられないほど苛烈な、怒りの表情だった。

「シビラさんは、シビラさんはとっても優しい人なの！　私のこと、すっごく良くしてくれて、本当はしなくてもいいような気遣いだってしてくれて、それに、それにっ！　孤児の子だって、出会った日にはもう救っちゃって……ほんとに凄くて、かっこよくて……。私、ラセルの隣にずっといたのに、劣等感覚えちゃうぐらい、何もかも素敵で……」

「エミーちゃん、貴方……」

初めてのエミーからの本心の吐露に、さしものシビラも驚き瞠目《どうもく》していた。……エミー、お前ってやつは本当に……ただ明るいだけじゃなくて、相手のいいところを見つけるのも上手くて……太陽みたいな女だよ。

——お前がそこまで頑張るのなら、ここからは俺が前に出ないとな。

「孤児ですってぇ!?」

魔王が愕然《がくぜん》とした顔で叫ぶ。

「みすぼらしい子供ではありませんか！　安い、あまりにも安い！　そのような存在に気を取られているようではつまらないですねえ！」

「ふん、語るに落ちたな」

「……何ですって？」

魔王の目が、俺に向く。エミーが俺を庇《かば》おうとするが、そう何度も庇ってもらうわけにもいかないさ。俺はエミーを軽く手で押すと、一歩前に出た。

「随分と【聖騎士】の絢爛さを喜んでいたようだが……お前はさっきから、非常につまらないし、下らないことしか喋《しゃべ》らないんだな」

「……」

赤い目が、俺を値踏みするように細まる。

ああ、そうだ。お前はそうやって、俺達《たち》を値踏みしてるんだよな。

「お前の興味は内面ではなく、高価か安価か。そのことにしか興味を示していない」

「……」

「孤児、か。孤児の内面がどうなっているかなんて興味もない、ただ孤児が金を持っていないから、気に入らない。それだけだろ？　褒める言葉がどこか薄っぺらい」

「……宵闇の、眷属《けんぞく》の分際で随分と言いますね。もっと恨み節で襲いかかってくるようなのが、闇に魔力を食い尽くされて魅入られたとは思いましたが……」

闇に魔力を食い尽くされて、か。まだまだ俺の内にある【聖者】側の力は有り余っている。食い尽くすには闇魔法とやらが、まだまだ少食だな、というところか？

「生憎《あいにく》と、これでも正常でね。『宵闇の女神』が本気で眷属を作るつもりなら、とっくに【聖騎士】は作り替えられている。が、そうはなっていない。だろ？」

「随分と、その女を信じるのですね」

「多分、頭の出来が違うんだよ。お前ほど頭の中が廉価《チープ》じゃないんだろうな？」

突然無言で魔王が魔法を撃ってきた瞬間、エミーが前に出て魔法を打ち払った。その不意打ちに対して……舌戦の女神シビラがニヤニヤと笑いながら割り込んだ。

「ハッ、結構。言い返せないまま先に手が出ちゃうのって、完全に言い負けちゃったーって自分で言ってるようなもんよねー？」

「……」

「ということは！　自分が頭足りてないのを自覚している証拠よね。んー……アドリアのダンジョンメーカーよりもお馬鹿さんかしら？」

魔王は全身黒いもやに覆われつつも、明確に苛立《いらだ》っているという雰囲気になった。やれやれ、さすがシビラだ。痛いところの抉《えぐ》り方を心得ている……。

「それにエミーちゃんも孤児だもの」

「何ですってェ!?」

それまでじわじわと煮えたぎるような怒りを滲《にじ》ませていた魔王が、シビラの最後の言葉で急に爆発した。……ああ、そうか。こいつが反応するところは、結局それか。

「エミーちゃんは、孤児院出身で、親の顔も知らずに【聖騎士】になった子よ。でも、そういうところが貴族の勇者なんかよりよ～っぽど素敵な――」

「はぁ……なんだかやる気が削《そ》がれました……」

魔王は急に肩を落とすと、扉の方へと背中を向けて歩き出した。

……ん？　今もしかしてチャンスか？

《《アビスネイル》》

俺は後ろから、魔王目がけて容赦なく魔法を放つ。後ろを向いたということは、立ち去るところだったのだろう。油断した方が悪いからな、俺はその隙を見逃すほど甘くはない。

だが――。

「……やはり卑劣、低俗、美しくない……安い男は安い」

――俺の後ろからの無詠唱攻撃を、魔王はあっさりと回避してのけた。まさか……無言での不意打ちだぞ？

「あなたたち、最下層まで降りてきなさい。その時に孤児院の人間らしい貧賤《ひんせん》な者らしからぬ強さを発揮したなら……遊び甲斐《がい》があると判断し、私の暇つぶしの相手にしてあげましょう。ああ、安い安い……」

それだけ最後に言うと、魔王は再び背中を見せて扉から出て行った。

……さすがに、あの後にもう一度魔法を撃つ気にはなれない。


魔王が完全に部屋から消えた瞬間を見て、真っ先にエミーが盛大に息を吐いた。

「はぁ～っ、緊張したあ……！　あれが魔王なの!?　ていうかえっマジで？　ラセルはアレ倒したの!?　怖すぎじゃない!?　正直私じゃ倒せる気しな――ふぁっ!?」

緊張から解けたエミーは、それまでじっと黙っていた分を吐き出すように俺へ畳みかけてくる。そんなエミーの言葉を止めたのは、シビラの突然の抱擁だった。

急に今までにない行動を取ってきたシビラに、エミーは目を白黒させている。いやエミーこっちを見るな、俺にも分からん。

「……エミーちゃん」

「ひゃい……」

上背のあるシビラに抱きしめられて、エミーは戸惑いつつも返事をする。シビラはエミーに顔を寄せると……思いっきり髪をわしわしと撫《な》で始めた。

「もぉ〜っ！　なんて可愛《かわい》いの！　ちょっとシビラちゃんときめいちゃったわ！」

「あ、あの、あのあのそのえっと」

「魔王に対して、アタシのためにあそこまで言ってくれちゃうなんて！　あ〜も〜、この子好き〜っ！」

シビラはすっかり、エミーのことを気に入ってずっと頭を撫でながら満面の笑みで頬ずりしていた。エミーはすっかり「ひゃわわ……」と照れっぱなしである。

そりゃまあ、あの叫びは凄《すご》かったもんな。俺もエミーがシビラを貶《けな》されたことに、あそこまで怒るとは思わなかったので驚いたぞ。

「ラセルもエミーちゃんの可愛さを見習いなさいよ〜。まったくもう、どうして同じところで育っていながら、こんなに違うのかしらね〜」

「主にお前自身のやらかしによるものだぞ……」

「ふーん、ラセルはエミーちゃんばっかり構って悲しいな〜。特にぃ〜……これとか」

「はひっ!?」

エミーは、シビラに手首を触られて、びくっと震えた。シビラが触れたのは鎧《よろい》の上からだが……あれは間違いなく、気付いてるな。

「ねーねー、なんでラセルはアタシには、なーんにもくれないのかしら？」

「えっラセル、もしかしてシビラさんには何も買ってないの？」

「ないな。エミーだけだぞ」

「えっ……え、えへ、えへへ、うへへへそっかぁ～……」

その事実を伝えたら、シビラの腕の中で顔をだらしなく緩めて、残念な感じの声を出すエミー。対して、シビラはむすっとして眉間に皺を寄せる。

「……エミーちゃんの幸せそうな顔は可愛いけど無限に悔しい」

すっかり俺を責めるような顔をするシビラに、昨日のことを思い出して頭を押さえた。

……こいつ、完全に都合の悪い部分だけ忘れてやがるな……。

俺は腕を組むと、シビラを見る。シビラも負けじと、俺と同じポーズと表情をした。

「エミー。孤児のイヴは、無事に助けられてよかったと思うか？」

「へ？　あ、当たり前でしょ？　ラセルは、シビラさんの対応に何か不満でもあるの!?」

俺はエミーを、じーっと見ながら……溜息《ためいき》を吐いてその理由を答えた。

「……そもそもあの銀貨袋、誰のだ」

「あっ」

エミーがシビラの方を向いた瞬間、シビラが顔を逸らした。やっぱ覚えてるじゃねーか。

「じ、時代はキャッシュレスなのよ……アタシだって自分の渡したかったけど、銀貨とかわざわざ手元に持ってないの。……いいじゃない、イヴちゃん助かったんだし！」

「もちろん、俺はシビラの銀貨袋の使い方に感謝しているし、自分で何かに使うどの選択よりも良かったと思っている。よくやってくれた」

「ならなんでその話を掘り返したのよ」

「なに、シビラに宝飾品を買い与えるより、断然良い選択をしたなと思っただけだ」

「ぐへぇ……」

がっくり肩を落とすシビラを見てふと気付いたが、もしかすると初めて口だけで言いくるめられたのではないか。おお、気分がいい。今日は枕を高くして寝られそうだ。

あとエミー、手首に触れながら口元をむずむずさせているの、バレているからな。

「……ふふ、ふふふ……！」

俯《うつむ》いていたシビラが突然笑い出して、妙な反応にエミーと目を合わせる。何なんだおい、はっちゃけすぎて遂《つい》におかしくなったか？　いや、笑いどころがおかしいのは元々か。

シビラは身体《からだ》をぐっと反らせて顔を見せると、そこにはいかにもシビラらしい不敵な笑みがあった。

「今のアタシたち、魔王に出会ったのに、まったく気負いがないわよね」

「あ、そういやそーですね？」

シビラの指摘に、エミーが思い出したように緊張感のない声を出す。

「いやほんっと、ラセルのアビスネイル避けたときはやべーわって思ったけど……アタシら全員もう恐怖に怯《おび》えてない。これって、油断しまくりとかやけっぱちやハイになってるのを除けば、戦いに身を投じる上では重要なのよ」

そうか……俺達は魔王に出会って尚《なお》、誰も緊張していない。このフロアに入る前と、全く同じような精神状態。

シビラはエミーの頭を、今度は優しく髪を梳《と》かすように撫でる。

「萎縮は実力の枷《かせ》になる。それの克服は一人じゃ難しいんだけど……ほんっと、いいパーティーだわ。魔王の対処方法はアタシが考えるし、ラセルは……分かるわよね」

「もちろんだ」

素早い敵には、ダークスフィアで退避場所を全部埋め尽くす。絶対的なことは言えないが、あの素早さなら耐久力や防御力に能力が突出したタイプではない可能性が高い。後は削って削って、俺の魔力で押しつぶしてしまえばいい。

それに、シビラがあの絶望的なまでに強い魔王を見て『対処方法を考える』と断言したのだ。どんな手段を使うのか、弥《いや》が上にも期待が高まるというものだろう。

「うっし、それじゃ下層も攻略していくわよ！」

「はいっ！　今度はもう気圧《けお》されません！　それに……」

「ん？」

「あ、いえ何でもないです」

シビラはエミーの反応に少し首を傾けつつも追及せず、放置されている赤ギガントの方へと換金素材を剝ぎ取りに向かった。その背中を確認して……エミーが振り向く。

そこには、さっきまでの明るい顔はない。真剣な表情で、俺と目を合わせている。


……ああ、分かっている。そうだよな。

俺達《たち》は、孤児院出身だ。そのことを悲観したことなどないし、何より実の家族以上とも思えるほどの愛情で、フレデリカやジェマ婆《ばあ》さんに大切に育てられてきた。

確かに食事だって毎日満腹には程遠かった。服も高いものはなく、どれも寄付されたお下がりだった。おもちゃのティアラも、傷だらけでも新しいものなど買えなかった。

それでも……俺は、自分の幼少期を悲惨なものだとは思っていない。エミーも、自分の思い出が悪かったとは絶対に思っていない筈《はず》だ。どんなに古くて傷だらけのティアラでも、その中に宿る思い出が俺達を形作る上で一番大切なのだ。

……それをあいつは、『安い』の一言で切って捨てた。ましてや、フレデリカやジェマ婆さんを『貧賤』と言い切った。

——許せないよな。

俺は、きっと目の前のエミーと、同じ目をしていたはずだ。

「どうしたのー？　行くわよー」

「……はいっ！」

エミーが振り返り、シビラの方へと向かった。俺もその背中をゆっくり追いながら思う。


セイリスの魔王、お前は間違えた。

俺達の一番の居場所を……思い出を、罵倒する言葉の数々で貶《おとし》めた。

それは、俺達にとって一番踏み込んではいけないものだ。

——必ず息の根を止めてやるからな、覚悟して待っていろよ。

06 規格外である魔王の力、そして俺は『与える者』となる

気合い十分のエミーが先頭に立ち、フロアボスの扉を開け放つ。その先にはもちろん、下への階段。第十層を降りると、第十一層だ。赤い地面が広がる。

「うわ……ここから先が下層なんだ」

「エミーは初めてか」

「うん。セイリスでタウロスの中層ボスを倒したことはあったけど、あの時は防御魔法覚える前で、スキルも発動しなかったし……何より、ヒール一回で治らなくなったから」

確かにそれは厳しいな……。そういえばあいつら、エミーが抜けて大丈夫なんだろうか。

「あ、ちなみにジャネットがグレイトヒールってのを覚えて回復術士《ヒーラー》の役を担ってるよ」

「ジャネットは普段、攻撃魔法の手を緩めたことはなかったと思うが……」

「うん。だけど、回復術士《ヒーラー》をやるって」

そうか……あいつ、本当に凄いな……。恐らく攻撃も回復も、そしてパーティーの管理すらも一人でやってしまうのだろう。

「あ、二人とも。魔物来てるわよ」

「おまっ、そういうことは早く言え！」

「見つけたばかりなんだから早いわよ、ホラ、しゃきしゃき働きなさい」

やっぱり俺達、眷属《けんぞく》みたいなもんじゃないのか？　まあ冗談だとは分かっているが。

エミーは襲いかかってきた紫ギガントの攻撃を受け止めて、大きく吹き飛ばした。

「《ダークスフィア》」

二重詠唱で飛ばした魔法、その攻撃が命中するのを見届ける。問題はなさそうだ。

「まずは、中層と同じような敵から、か……」

「そうね。でも気をつけてちょうだい、ここから来るわよ……変化した魔物が」

シビラの宣言に不穏なものを感じつつ、俺とエミーは紫ギガントと黒ゴブリンを中心とした十一層を抜けていった。

十二層へと降り周囲を警戒していると、シビラが大きく息を吐いた。

「来たわね……」

シビラがそう言って奥を睨《にら》むと……そいつは現れた。

全身が黒い、ギガント。先ほどのギガントと比べて、雰囲気が違う。相手もこちらを確認して歩いてきたところで、その違いはすぐに分かった。こいつの武器……金属だ。

「ラセル。分かってると思うけど、あれは強い。ウィンドバリアでも、瀕死《ひんし》になるわよ」

「即死、とは言い切らないんだな」

「あんたの二重ウィンドバリアが異常に頑丈なのよ。そうじゃなければ、ファイアドラゴンと戦えるわけないでしょ」

そりゃあそうだろうな。最上位職の聖者と魔卿《まきょう》だったとしても、鎧《よろい》を纏《まと》っているわけではない術士がドラゴンの攻撃を受けて無事なはずがない。

「エミーちゃん、そんなわけでアタシらに攻撃が当たっても焦らないこと。それが結果的に、一番ラセルの安全に繋《つな》がるわ。必ず心に留めておいて」

「はいっ！」

エミーは勢いよく返事をすると、黒ギガントへ正面からぶつかっていった。上層の緑ギガントと全く同じ動きだが、その威力は先程までのギガントの比ではない。

相手の巨大な金属棒のような武器からの攻撃を受け、エミーが後退させられる。

「ぐうっ……！」

苦しそうな声を聞いた途端に、俺は無詠唱の《エクストラヒール》で回復させた。

「攻撃される度に回復させる！　耐えてくれ！」

「これ、ラセルが……！　うん、分かった！」

エミーが振り返る前にこちらから自分のすることを伝え、しっかり敵を見て攻撃を防いでもらう。相手の攻撃が一段上と知ると、エミーは剣を仕舞って盾を両手持ちした。

「もう一度……！」

黒ギガントがエミーに対して再び攻撃を行う。それを両手に持つ竜鱗《りゅうりん》の盾で、エミーはもう一度受け止める。今度は、うめき声の代わりに安堵《あんど》の声が漏れた。

「よかった……衝撃はあるけど、両手ならそこまで痛みはない！」

そして両手持ちの盾を光らせると、黒ギガントすらダンジョンの奥へと吹き飛ばしてしまった。シビラが「おおっ！」と隣で歓喜の叫び声を上げる。

「エミーちゃんホント滅茶苦茶《めちゃくちゃ》強いわね！　黒ギガントってダンジョンでは最上位個体で、特に物理攻撃力では頂点の一つみたいな魔物なのよ」

「やはりシビラから見ても、エミーは凄《すご》いのか」

「なりたての子で、この力の使いこなし方は半端ないわね」

シビラが俺にそう言いながらも、手から火の槍《やり》をどんどん撃ちまくっている。……いや、待て。俺と会話しながら無詠唱で魔法を使うのは、交互魔法より高度だと思うんだが……まさか俺の練習方法を見て、自分で練習して慣れてしまったのか？

全く……俺も、負けていられないな！

「《アビスネイル》！」

その魔法を放つと、黒ギガントは一瞬浮き上がるほどの衝撃とともにダメージを受け、そのまま動かなくなった。

「エミーちゃん、大丈夫？」

「はいっ、さっき私が受けた瞬間にまたラセルが回復してくれたので」

大丈夫そうにしていても、心配だからな。

それにしても、黒ギガントよりもエミーの方が、両手持ちなら力は上か。この上で回避行動を取ることもできるんだから、本当に聖騎士のエミーは昔と全く違うな。

もしかすると、剣と盾だけならヴィンスよりも強いんじゃないか？

「黒ギガントが、この程度……。いい、とってもいいわね……！」

どうやら、シビラから見ても俺達のパーティーは相当いいらしいな。以前のパーティーでブラッドタウロス相手に苦戦していたことを考えると、感慨深いものがある。

「基本戦術はこのままで、攻撃をラセルに任せるわ。どーせあんたのことだから、下層の魔物を食らい尽くしても余裕あるでしょ」

「限界が来るという感覚が分からないからな、最後まで余裕だろう。それ以外の戦い方は同じでいいのか？　俺が前に出た方がいい場合もあると思うが」

「あ、それは危ない考え方よ。できる限り同じやり方を貫くこと」

強くなった敵に合わせて、何かしらの変化をした方がいいように思ったが……。

「同じことをやっていると、飽きが来る。飽きが来ると、何かしらの変化を入れたくなる。でも、それをやって許されるのは既知の敵か、圧倒的に弱い相手の時だけ」

「強い相手に、新しい戦い方はしない方がいいと」

「今のアタシ達のやり方が安定している以上は、誰か一人が戦い方を崩すだけで一気に崩壊するわ。例えば……」

シビラは、エミーを見る。

「今、ラセルがもっと前に出たとして。エミーちゃんは間違いなくラセルを庇《かば》うわよね」

「も、もちろんです！」

「その瞬間アタシがウィンドバリアも聖騎士の盾もなくなって無防備になる」

「あっ」

「でも、その時に無理に両方庇おうとしたエミーちゃんが受けきれなかった場合の方が、パーティーが危険に晒《さら》されるわ。安定して受けることって、それぐらい大事なのよ」

……シビラの話は、刺さるものがあった。無理に俺を庇ったことにより、エミーが危ない状況に陥ること。それは、かつてパーティーを追放された日に起こったことだ。

「ってわけで、ここからは魔物以上に自分たちの戦い。安定して勝てることを何よりも大切に思ってがんばりましょ。ま、一人じゃないんだから退屈との戦いは心配ないわね」

「了解だ」

「分かりましたっ！」

シビラによる久々の考え方の話に、納得する部分は多かった。今のやり方が崩れる瞬間が、一番恐ろしいのだ。魔法を重ねがけして、竜の盾で受けた上でエミーの片手を超えてきた黒ギガント。油断したら圧《お》し負けるかもしれないからな。……大丈夫、エミーはどんなに僅かな傷だったとしても、必ず俺が全て治す。

（《エクストラヒール・リンク》、《キュア・リンク》）

急に魔法を使ったからか、二人が振り返る。

「これからは、万全を期すために回復魔法を毎度使うだけ使う。必ず安全に進むぞ」

「おっ、ラセルも言うようになったわね。それが最後に生き残る人よ、回復は任せるわ」

シビラからのお墨付きをもらい、俺は自身の魔力を感じ取りつつ下層を進んでいった。


そういえば、先ほどのフロアボスとの会話で気になったことがある。

「シビラ、俺の先輩らしい【宵闇の魔卿】は、結局どこまで行ったんだ？」

セイリスの魔王がシビラを見たことがあるのなら、どこで終わったのか。ふとした疑問をぶつけてみると、シビラは少し暗い顔をして俯《うつむ》いた。

「下層フロアボスよ」

そうか……これから行く場所が、シビラが勝てなかったフロアボスの場所になるわけか。

「下層のフロアボスも、変わらずギガント。唯一違うのは、鎧を着ていること。だけど、それは【宵闇の魔卿】の闇魔法には関係ないわ」

「物理防御、魔法防御の両方を無視できる魔法属性だな。何故《なぜ》負けたんだ？」

当時のことを思い出したのか、シビラは目を閉じて、ふー、と息を吐く。

「全部ギガント……フロアボス用のだだっ広い場所に、青の遠距離攻撃ギガントがいるの。ホラ、『疾風迅雷』の人らが言ってたじゃない。上層フロアボスよ」

上層のフロアボスが、下層ではオマケのように配置されているのか……。

「【宵闇の魔卿】は、捨て身気味のダメージ畳みかけを主にするの。防御力皆無の体力馬鹿みたいな相手には、あまりに相性が悪かったの。それで負けたわ。やれやれよねー」

溜息《ためいき》を吐いて、肩をすくめた。気楽そうに過去のことをさらっと喋《しゃべ》ったが、シビラはそんな絶望的な戦いを、ずっと続けていたわけか……。

——宵闇の女神、シビラ。お調子者で、気楽そうな感じで話しているが……それでもこいつが、人間側の感情にかなり寄り添っているヤツだということは、俺がよく知っている。

新たな【宵闇の魔卿】を生み出し、二人だけで絶望的な魔王戦を繰り返す。負けた記憶も少なくない筈《はず》だろう。……ならば、俺が言う言葉はこうだ。

「大丈夫だ。遠距離攻撃なら、俺が担う。今度はエミーがいるから、青ギガント程度、黒ゴブリン同様に片手間に倒してやる。それこそ、あの腹立つ魔王も同じようにな」

俺がそう宣言すると、一瞬目を見開き……ふっと笑って俺を小突く。

「へえ、言ってくれるじゃない。ふふん、頼りにしてるわ」

そう返したシビラは、つい先ほどまでの暗い顔から普段通りの不敵な笑みに戻っていた。

シビラだって以前負けたから、今は俺と組んでいる。当然のことだ。

きっとこいつはこれで気を遣うから、過去の【宵闇の魔卿】達《たち》にも責任を感じているだろう。シビラの内面のことも、ちゃんと考えないとな。

それに、個人的にこいつが負けたという記憶があるのが、何故か俺も非常に悔しい。

シビラと先輩の【宵闇の魔卿】が勝てなかった、下層フロアボス。

俺の……いや、違う。俺達の力で、必ず倒してみせよう。そこを越えれば、セイリス第三ダンジョンの最下層である、魔界だ。

セイリスの、金銭主義魔王。あいつに闇魔法の牙を、今度こそ届かせてみせる。


黒ギガントという新たな敵が徘徊《はいかい》する下層。

「《フレイムストライク》！　ほんっと頑丈ねこいつら！　上層ボスより頑丈な雑魚敵としてわらわら湧いてくるの、大概にしてほしいわ！」

シビラは叫びながらも、何度も魔法を叩《たた》き込んでいる。……いや、さらっと以前魔王が使った魔法と同じものを撃ち込んでいるお前も大概だと思うぞ。

「《アビスネイル》。確かに、俺の魔法が高威力であることを疑いかけるほどだな……」

黒ギガントの周りから、わらわらと黒ゴブリンも出てくる。

「《ダークスフィア》、《ダークスフィア》。黒ゴブリンが鬱陶しいな。前のヤツはどうやってここを抜けたんだ」

「全身鎧を着せたわ！」

……全身鎧って、あの顔を全部覆う鉄仮面と、手から足まで金属の鎧で覆った、盾持ち重装兵の装備のことだよな……？

「ラセルみたいに、回復魔法や防御魔法が使えるわけじゃない。だから物理的に『矢が届かない』ようにしたってわけ」

なるほど、納得できる話だ。そんな雑談を交えながらも俺がほぼ全ての魔物を倒し、シビラはマジックポーションの二つ目を使った。

「それ、残りは大丈夫か？」

「むしろ今回は、体力回復用のポーションをあんたのお陰で用意してないから、元々余裕あるのよ。本来下層ってのは歴代勇者パーティーも決死の覚悟で挑む場所だもの」

経験者のシビラがそう言うのなら、俺が心配する必要はないか。

「ラセルは大丈夫なわけ？　さっきからネイルまで撃ちっぱなしだし」

「まだ魔力が減るという感覚が分からないからな」

「腹立つ！　でもそういう呑気《のんき》なところ頼りにしてるわ！　でもマジでクッソ腹立つ！」

だからお前その顔でクソとか言うんじゃない。そして怒る理由が理不尽すぎる。

「シビラさん、疲れているみたいですけど……まだ大丈夫そうですか？」

「気遣いありがと、まだまだ余裕よ。アタシもちゃんと参加しないと、ここの攻略はうまくいかないからね。あと……」

シビラがエミーにマジックポーションを渡した。

「エミーちゃん、実際ちょっと無理してるでしょ」

「えっ、あっ……あはは、分かりますかあ……」

「プロテクションとマジックコーティングは、最高位防御魔法。強力な魔法であるが故に、とにかく消費魔力が大きい。回数を考えると、そろそろだと思ったわ」

そうだったのか。俺が気付きづらいところをフォローしてくれるのは助かるな。

「ラセルの回復魔法でも、魔力の回復はできない。つーかそれできたら無限に回復できちゃうものね。……まーあんたにとっちゃ大差ない話だけど」

「ラセルって凄いよね……どうなってるの？」

「俺が知りたいぐらいだ……魔力のコツはジャネットに教えてもらったぐらいなんだが」

魔力が減らない、というのは本当に分からない。シビラが分からないんじゃ俺にも想像つくわけないからな。……もしかすると、俺の出生には何か伏せられた事情があるのかもしれない。帰ったら、ジェマ婆《ばあ》さんかフレデリカにでも聞いてみるか。

「とりあえずその辺の話は後にして……それじゃ、次の階層に向かいましょう」

シビラの合図に頷《うなず》くと、一時の休憩を終えて階段を降りた。

「《ダークスフィア》、《ダークスフィア》……《アビスネイル》」

第十三階層。溢《あふ》れていた黒ゴブリンを全て処理し終えると、次は黒ギガントを狙って高威力の魔法を放つ。それらを数度繰り返して、黒ギガントが倒れる。

――【宵闇の魔卿《まきょう》】レベル11《ダークスプラッシュ》――

前回からそこまで日が開いたわけではないが、随分と久々にその声を聞いた気がする。

「……上がった、11だ」

「お、もしかしてスプラッシュ？」

俺が頷くとシビラはガッツポーズをし、魔法の説明をする。どうやら、ダークアローと同程度の攻撃を一度に広範囲に撒《ま》き散らす魔法らしい。

「ということは、ダークスフィア以上に範囲攻撃向きか」

「そういうこと。あんたの場合、二重詠唱することでダークアロー以上の威力と密度になるわ。範囲攻撃の高威力はまだ先のはずだし、ラセルのスプラッシュには期待ね」

「しかし、ダークアロー程度か……。次のボスにはどうだ？」

「向いてるわよ。青ギガントは接近してくるタイプではないから、遠くから狙える」

それはいい情報を聞いた。俺はエミーと目を合わせて頷く。

「というわけで、下層フロアボスは俺が削っていく。頼りにしてるぞ」

「任せてっ！　遠距離ボスなら、簡単に斬れると思うから！」

そんなエミーの自信満々な宣言を聞いて、シビラはすっかり笑っていた。

「アッハハハ、こんな可愛《かわい》い子がギガントを簡単に斬れるって言い切っちゃって、しかも実際にやっちゃうんだからすごいわよね」

そこには、下層フロアボスのことを思い出していた時のような、苦悩した顔はない。

「本当に軽く行けそうな気がしてきた。このままフロアボス目指すわよ！」

シビラの自信に満ちた宣言に、俺も同じく自信が湧いてきた。軽くとまではいかないだろうが、きっと問題なくいけるだろう。


第十四層、第十五層……基本的に似たような敵が増えるのみで、問題なく討伐できた。

新たな敵の黒ゴブリン魔道士の魔法が多少高威力ではあったが、俺やエミーの防御魔法で大幅に軽減できる。近接攻撃の巨大な敵を、魔法攻撃に対処しながら倒さなければならないとはな。

あの魔王らしい嫌な配置だが——俺には関係ない。

「下層の敵だろうが、いくらでも相手してやろう。《ダークスプラッシュ》！」

闇魔法と、無尽蔵の魔力。アドリアダンジョン下層同様、セイリス第三ダンジョン下層であろうと俺の進行を妨げることはできない。更に今回は、それだけではないのだ。

以前のようにすぐ倒していた時とは違い、接近するまで倒しきれない。だがエミーにかかれば、全ての攻撃を防いだ上で、一撃で遠くまで吹き飛ばしてくれるのだ。

「本当に頼りになるな、エミー。お前が来てくれて本当に良かったよ」

「えへへ、ありがとね！って言っても、私はむしろ上層より働いてないよ？　ラセルの魔法がほんとに凄《すご》いよ」

エミーは、俺が攻撃の役目を担っていることを自分のことのように喜んでくれている。心からそう思ってくれることが、何よりも心強い。

「……さて、ここね」

目的の扉の前に来たシビラはマジックポーションを二つ手に取り、一つをエミーに渡す。

「一応聞くけど、ラセルはいいのよね」

「ああ」

エミーが「《プロテクション》、《マジックコーティング》」と二つの魔法を使い、マジックポーションを飲み干した。

「さて、改めて確認よ。ここの奥には、鎧《よろい》を着た黒の巨大ギガントがいる。最初は動いてこないはずだけど、油断はしないように。エミーちゃんは、場合によってはラセルの防御を外れてでも負担してもらうわ」

一瞬エミーが目を見開いて驚くが、すぐに真剣な表情で頷いた。

「分かりました……！」

頷きつつもエミーが眉間に皺《しわ》を寄せたところで、シビラが優しく頭を撫《な》でる。

「大丈夫、エミーちゃんのお陰でラセルはここまで大した怪我《けが》もなく来られたし、なんだったらドラゴンの攻撃だって受けても今生きてるぐらいこいつはしぶといんだから。あの時のしぶとさったら、色からして夏場の台所の——痛ったァ!?」

「さすがにその表現はどうかと思うぞ……」

俺はシビラをチョップして……こんな状況でもいつも通りのやり取りに、ついつい小さく笑った。俺の方を見て、少し緊張気味だったシビラも笑い出す。

「ラセルは何するか、分かるわよね」

「ああ。覚えた闇魔法、遠慮なく撃たせてもらおう」

「頼りにしてるわよ」

その言葉に頷くと、エミーが扉を開けてフロアボスの間に入る——!

——そこから先の光景を見た瞬間の恐怖は、うまく言葉にできないほどだった。

「あ……あいつ……やられたッ!」

近くに複数体いるのは、青いギガント。遠距離攻撃をする上層ボス……の、はずだ。

……言い切れない理由は……シビラに聞いていた話とは違い、鎧を着ているから。

遠くには、巨大なギガントもいる。そのギガントが、最も異様だった。

――青い、巨大ギガントだ。

巨大ギガントは、他の青ギガントと同様に、こちらを見ながら魔法を準備していた。

「まさか一度決めたフロアボスを、作り替えることができるなんて……！」

下層のフロアボスは、その全てが事前情報より遥《はる》かに強化されていた。

「――《ストーンウォール》ッ！」

その叫び声に、現実逃避しかけていた意識が一気に引き戻される。恐らく二重詠唱であろう大き目の石壁が、フロアの中央に現れていた。

その壁が、目の前で轟音《ごうおん》を立てて大きく削り取られる！

「青の攻撃、小規模爆風あり！　でかいヤツはアタシが防ぐわ！」

シビラは、間違いなくここの魔王に出し抜かれた。あのシビラが、だ。

しかしこいつは、そんなことをいちいち悲観したりはしない。

シビラの頭の中にあるのは、ただ一つ――今からでも『最良の結果』を目指すこと。

そう信じているから、俺もエミーもすぐに動けた。

「《ダークスプラッシュ》！」

「てえええいっ！」

俺は覚えたばかりの範囲攻撃の闇魔法を発射し、エミーは小型青ギガント（といっても十分すぎるぐらい大きい）に向かって盾を叩き付け吹き飛ばす。

「フロアの拡張ならまだしもボスの取り替えなんて、あいつ、本当に異常者ね！」

「《ダークスプラッシュ》！　そんなに有り得ないことなのか⁉」

「対策が裏目に出る変化、アタシが知る限りはないわ！　今回、アタシ達《たち》は防御力の低いギガントを相手にしてきた。その延長線上でフロアボスを相手にするわけだけど、切り傷つけるつもりで挑む雑魚が鎧着てちゃ、用意が裏目に出る！　更に問題はあの本体！」

説明しながら、シビラは再び石の壁を発動させる。エミーも盾で攻撃を弾《はじ》いているが、相手の数があまりに多い……！

「本来後回しでいいはずのヤツが、よりによって一番強い！　先に倒すには強すぎるから、常にあの攻撃を意識し続けながら戦わなければならない！」

確かに……今回は、近くの青ギガントが遠距離攻撃をしている間は、フロアボスが積極的に攻撃してくる可能性は低いはずだった。だが、あの巨大青ギガントは、明らかに周りのヤツより強力な遠距離攻撃を撃ってきている。優先順位が、根本から違っているのだ。

真っ先にシビラが対応したから何とかなったが、このストーンウォールなしであいつと相対する状況はあまり考えたくないな。

しかし、それはつまりシビラの防御リソースを全部ボスに取られるわけで——。

「つっ……！」

「ラセル⁉」

「問題ない！」

いくら二重詠唱だったとしても、ウィンドバリアで上層フロアボスの攻撃を防ぐことはできないらしい。盾で受けたが、あの魔法攻撃の余波が広がったようだ。腕に爪で引っかかれたような痛みが走る。

（《エクストラヒール・リンク》）

念のため全員を回復しつつも、俺は警戒を怠らずに相手を見る。とにかく遠距離攻撃が厄介だ。まずは数を減らさなければと、ありったけの魔法を青ギガントにぶつけていく。こいつらが鎧を着たところで、その防御力が俺の攻撃を防ぐことはないからな。

……それにしても、一体何体いるんだ？　フロアボスを除いて、敵は……見たところ十体以上か。やれやれ、上層のフロアボスだろ？　こんなに安売りしていいのかよ。

「くっ、《ストーンウォール》！　ラセル、ちょっと無理をしてもらうわ！」

「何だ、言ってみろ！」

シビラの方を向くと、ちょうどマジックポーションを飲み終えて口元を拭っていた。

「ダークスプラッシュ、最大威力の出し方、隣接して叩《たた》き込む！　広がる前の魔法が全部相手に当たる反面、あんたは青ギガントに殴られる！」

「青ギガントはドラゴンより弱いか!?」

「《ストーンウォール》！　ファイアドラゴンの体当たりよりはマシね！」

「死ななければ安い！」

シビラの提案を聞き、俺は迷いなく鎧に包まれた青ギガントへと突撃した。

『グオオオォォ――――！』

「《ダークスプラッシュ》！　ぐっ……！」

青ギガントはシビラの言ったとおり、接近した相手にまで魔法を使ってくるわけではないらしい。俺の魔法が青ギガントに集中し、痛み分けとばかりに青ギガントの拳が俺に伸びた。衝撃とともに鎧巨人の姿が一瞬で小さくなり、背中に衝撃と激痛が伝わる！

「《アビスネイル》！」

（《エクストラヒール》）

痛み分けにしてやるものかという俺の意思か、この土壇場にきて必要に駆られたからか、攻撃と回復の魔法を同時に使う。身体《からだ》の調子もいい……無詠唱回復魔法が成功している。

俺は一度、死地から還《かえ》ってきている。多少の痛みなら、耐えられる。あの日ドラゴンを倒したから今の俺があるのだ。

それに、まだこの先には魔王がいる。あの魔王だ。

俺は何としてでも、あいつを一度ぶん殴っておかないと気が済まない。だから――こんな図体《ずうたい》でかい癖に、魔法を使ってるような歪《いびつ》な魔物に負けるわけにはいかないんだよ！

「《エンチャント・ダーク》」

俺は自分の腰から剣を取り出すと、闇の魔力を付与して剣の色を黒く輝かせる。それを右手に持ち、左手を相手の正面に向けながら接近する！

「《ダークスプラッシュ》！」

『グオオアァァァ！』

青ギガントがダメージを受けつつも、鎧に覆われた拳で再び俺へと反撃してくる。その拳に向かって……剣をぶつける！

「さっきのお礼だッ！」

衝突する瞬間は当然俺も吹き飛ばされダメージが入る。しかし、鎧に覆われていた青ギガントのダメージは俺の比ではない。その手は真ん中からぱっくり割れていた。

怒り狂った青ギガントが左手を挙げて突撃してこようとしたところで、俺はもう一度ダークスプラッシュを至近距離で叩き付ける！

青ギガントはついに、身体をふらつかせながら倒れる。……ようやく、一体だ。

魔法でとどめを刺したところで、周りの状況も見えてきた。

「《ストーンウォール》！」

シビラの方を向いて初めて気付いたが、石の壁がかなりの数作られていた。どうやら一体仕留めるまで他の青ギガントの攻撃が来なかったのは、シビラのお陰らしい。

さすが相棒、こんな状況でも気の回し方は抜群に秀でている。

「シビラ、助かった！」

「勘違いすんじゃないわ、あんたに助けられてんのはアタシよ！」

お礼のつもりなのか照れ隠しなのかよく分からない激励をもらい、こんな状況でも少し余裕が出て口角が上がる。まだ親玉が残っているが、倒す道筋が見えてきた。

——だが、この状況で調子が出ない者もいた。

「ラセルがあんなに殴られて、シビラさんも凄くて……私、また役に立てないの……!?」

エミーは青ギガントを吹き飛ばしながら、剣を振る。さすがの攻撃力と防御力で、あの大きな鎧を凹《へこ》ませている……が、あくまで凹ませるだけだ。

今のエミーには、鎧を着たギガントはあまりにも相性が悪い。

心の曇りが原因なのか、盾の光がどこか弱々しくなっていた。ギガントもさっきまでと比べて、あまり吹き飛ばなくなってきているように見える。

「痛いのは、全部、受けるつもりだったのに、そのために聖騎士になったのに……！」

エミーの泣きそうな顔と、小さな呟《つぶや》きを聞いて……古い記憶の扉が開いた。

フレデリカの料理を手伝って、指を切ったときのことだ。

大したことない怪我だったのに、エミーは大声を上げて泣き出してしまったのだ。俺もフレデリカも怪我のことなどそっちのけでエミーの変貌ぶりに慌ててしまい、その時は確か……そうだ、ジェマ婆《ばあ》さんが治してくれたんだっけか。

俺の怪我が治ったのを確認して、エミーは徐々に泣き止《や》んだ。治った後もしばらく痛くないかと聞いて、妙にしつこいなと思っていた。

次に俺が手伝いをしようとしたとき、エミーはキッチンナイフを隠した。フレデリカは、困ったようにエミーに尋ねた。

『なんで、ナイフを隠したの？』

『だって……また、指切っちゃいそうだから……ちょっとでも痛いの、やだから……』

『ラセルちゃんが？　エミーちゃんが痛いのが、嫌なんじゃなくて？』

『……うん……』

『あらあらまあ……。ふふっ、エミーちゃんはもう女の子なのね』

その顔が、今の顔に重なって……。ああ……なんだ、そういうことだったのか。

たとえ世界でも最上位の職業《ジョブ》を得ていなくても。

あの頃から、エミーはずっと俺の【聖騎士】だったのか。

だから俺が無事だと分かっていても、俺が少しでも痛い思いをするような攻撃を、自分のことのように感じて泣きそうになっている。自分は黒ギガントの攻撃を受けても、それこそ腕が折れても痩せ我慢しそうなぐらい、根性あるのにな。

本当に、どこまでも優しくて……俺みたいな、自分の職業《ジョブ》に悪態をついていた身からすると、どうしようもなく眩《まぶ》しいヤツだよお前は……。

今なら分かる。お前が前衛になって俺が後衛になったのは、俺の『前に出て戦いたい』意志が弱かったからというより、お前の『前に出て守りたい』意志の方が圧倒的に強かったからなんだと。エミーは、俺のずっと先を行っていたんだな。

ジャネットがエミーに教えた物語の中で、気に入っていた作品が幾つかある。

勇者と『愛慕の聖女』のお話。そして、お姫様の危機に現れる、白馬の王子様。男と女の配役が逆なのは悩みどころだが……結局ごっこ遊びは両方やったように思う。

だが……王子様とお姫様の話で、俺が守られるままでいいのだろうか。エミーは、本当に強くなった。だが……その心は、子供の頃から何も変わらないのだ。

——王子様になりたいと思った。

その理由は、まあ……単純に、泣いている女の子がいると、どうにも心がざわついて、落ち着かなくなるというだけの理由ではあったが。それでも、ティアラをつけたエミーがお姫様に見えたのは本当で……自分が王子様には似合わないとも思っていた。

……ふと、ジャネットからのこぼれ話を思い出す。

『近頃はこの話、受けない女性もいるんだ。……守られるだけのお姫様は人形みたいだから嫌だっていう、自己の確立を望む女性が増えてるんだよ。王子様は、大切にして綺麗《きれい》に着飾らせてくれても、お姫様の自由意志《フリーウィル》まで気が回らないんだよね』

その話を聞いたときに、俺が真っ先に思ったのが、誰よりもお姫様っぽいのに、誰よりも男の子っぽかった、木剣を持つその顔だった。

聖者になってからは、聖騎士のエミーを守るなど無理だと、すぐに理解した。

王子様にはなれないと思った——ならば、俺のやることは一つ。


「シビラ！　すまない、壁を多めに出して全ての攻撃を防いでくれ！」

「ちょっ、無茶言うわね!?　でも任せなさい！　《ストーンウォール》！」

「エミー！　こっちに来い！」

「えっ、ラセル!?　わ、分かったっ！」

俺の声を聞いて、盾の輝きを幾分か取り戻したエミーが近くにいた青ギガントを吹き飛ばすと、俺の隣に来た。

汗の張り付いた顔を見て、すかさず回復魔法を無詠唱で使いつつ声をかける。

「エミーは、いつも俺の役に立ちたいと思ってくれていて、感謝している」

「あっ、あの……でも、今の私は……」

「そして、俺を助けることがエミー自身を助けることに繋《つな》がることも、長い付き合いで理解した。お前は本当に凄《すご》いヤツだよ」

「……えっ？」

俺は、エミーの後ろに回り込むと、後ろからエミーの手を包み込む。背中から抱きしめる形になってしまい、腕の中から小さな悲鳴が漏れたが、今は無視だ。

「今度は俺が、お前を……お前自身の心から救ってみせるからな」

世界最高峰の防御力を誇る、【聖騎士】エミーを蝕《むしば》むもの。

それが、エミー自身の高潔な心ならば——自分を責める心から、お姫様《エミー》を守るのだ。

「《エンチャント・ダーク》！」

エミーの手に持つミスリルコートの竜牙剣が、俺の二重詠唱による闇属性の魔力を吸って、全てを呑《の》み込むように黒く光る。それは、無力感に泣きそうになっているエミーの枷《かせ》を、問答無用でバターのように切り裂く、『完全防御無視』の最強の剣。

先程まで弱気に揺れていたエミーの瞳は、その黒い輝きに瞠目《どうもく》する。息を呑むと……柄《つか》を握るミシリという音と共に、次の瞬間にはその目に強い輝きが宿っていた。

そこにはもう、ほんの少しの悲観の影もない。

王子様にはなれそうにない。

ならば、やることは一つ——。

——俺が、物語の王子様を超えればいいだけだ。

07 エミー：お姫様じゃなくてもいい。だって、私には……

ラセルに後ろから抱きすくめられたとき、その優しい圧迫感と彼のどこか甘い匂いに対する興奮で、私の氷の泉は一瞬で湯気になりました。めでたしめでたし。

なんて冗談も吹き飛ぶぐらい、今、目の前にあるものに目を奪われている。

黒い剣。闇魔法を付与された、漆黒の光。聖者のレベルを幾つか犠牲にして手に入れた、戦う力を望んだラセルだけが使える、ラセルのための属性。

それを、私の持つ剣に付与された。

ファイアドラゴンの牙をドワーフが加工して、更に魔法銀とも呼ばれる金属を塗った、恐らく世界最高峰の剣のうちの一つになりそうな、綺麗な剣。その表面に馴染《なじ》んだ黒色を見て、これがこの剣の本来の力なのだと、すぐに分かった。

視線を横に向けると、ラセルと目が合った。昔と違う、鋭い顔。その中に、どこか昔のラセルのような気遣う表情が見え隠れする……のは、気のせいではないのだろう。

だから、私は。

「ありがとね」

大切な一言。

私を見る目から、緊張が緩んだように感じた。

そして、ラセルも。

「頼む」

一言のみ。

シビラさんとのそれよりも、短いやり取り。それでも……それだけで私達《たち》は、お互いの言いたいことが全て伝わったという確信を持つことができた。

今日一日、ラセルとシビラさんのコンビネーションを見て羨ましいって思っておいて、酷《ひど》いものだよね。私の方が、ずっと、ずーっとシビラさんが羨ましがるような、ラセルとの幸せな思い出のある幼少期を送ってきたのに。

——本当は、こんなやり取りで済むぐらいの基礎は、ずっとあったはずなのに。

私がラセルの相棒《バディ》たり得なかった理由は、たった一つ。【聖者】でも【宵闇の魔卿《まきょう》】でも相棒になってくれる素養のある、ラセル自身を私が理解しなかった。自分のことばかりで、相手を理解しようとしなかった。

視線を戦場に戻すと、シビラさんが時間稼ぎをしてくれていた。破壊された石の壁と、更に手前に増えた新しい石の壁。そして……次々に魔法を浴びて壊されていく轟音《ごうおん》。

シビラさんは汗だくで、マジックポーションを飲みながらまた新たな石の壁を作った。

……私のために、ここまで頑張ってくれたんだ。

なら、この頑張りに応えなくちゃいけないよね。

「シビラさん、お待たせしました！」

「はぁ、はぁ……大丈夫？　エミーちゃん。って、その剣は……！」

「サポートお願いします！　後は、私がやります！」

シビラさんの作った石壁に、いくつか衝撃とともに穴が広がる。一番近くにいる青ギガントの位置を把握すると、私は石壁が破壊された瞬間にその穴に飛び込み、目の前に現れた青ギガントを視界に収めて剣を振りかぶる！

「もう、いちど——っ!?」

先ほどの、分厚い鎧《よろい》に覆われてた青ギガント。その鎧に包まれた腕が……フレデリカさんの調理した野菜にフォークを刺すように、するりと入っていった。

不自然なほど綺麗に、鎧ごと青ギガントの腕が落ちる。完全防御無視、ここまで凄いとは思わなかった。これが、闇属性を纏《まと》ったミスリルコート竜牙剣の、本当の力……！

『グァァァァ！』

青ギガントの左腕が落ちると、当然至近距離にいた私へと怒り任せの右腕が迫ってくる。

私は、それを片手に持った竜鱗《りゅうりん》の盾で受け止めた。

防御力は、私の真価。魔法攻撃を専門とした青ギガントの拳が、私にダメージを与えることはない。だけど……その大きな身体《からだ》のパンチが弱いはずがないことぐらいは分かる。ラセルは術士なのに、この拳に打たれながらこいつを倒したんだ。

やっぱりラセル、何度も言うけどかっこよすぎるよ……。でも、あんなに自分を痛めつけるような戦い方、見ているだけで本当につらかったよ……。

……こいつらが私が活躍できないように……ラセルが無理してしまうように鎧を着たというのなら……！　私はもう、こいつらを許すわけにはいかない！

「てえいっ！」

私は盾を片手に飛び上がりながら、魔法を打ち払って青ギガントの頭を貫く。そのまま鎧などおかまいなしに、ばっさり二つに切り落とす！　当然、青ギガントは即死だ。鎧を装備した上層フロアボスは、今の私にかかれば下層途中の黒ギガントよりも軽い。

「次っ！」

どこか尻込みしているようにすら見えた青ギガント目がけて、私は迷うことなく真《ま》っ直《す》ぐに突き進む。私は自分の盾にさえ当てれば一切の痛みを感じない。

それに、今の私には頼れる人がいる。

「――《ストーンウォール》！　ラセル、そっちはどう!?」

「大分余裕あるぞ、先輩魔卿もやったんだろ?」

「もちろん！　遠距離攻撃の撃ち合いなら、【宵闇の魔卿】が負けることはない！」

「なら、俺は一体二体で満足しているわけにはいかないな！」

シビラさんが、私の死角から攻撃しようとしている青ギガントと、何よりフロアボスの魔法攻撃を全て石の壁を乱立させることによって完封してくれている。

フロアボス付近の青ギガントまで接近しても、ほぼ接触する距離じゃなければ遠距離攻撃を優先してしまうらしい青ギガントの性質が、ここに来て裏目に出てるみたい。これなら小さい青ギガントは全部接近して倒しても、フロアボスが動くことはなさそうだね。

そして……私と同じように、ラセルが戦っている。私とラセルが、今ちょうど同じことをしているのだ。これがきっと、初めての強敵との共闘。待ち望んだ、ラセルとの共闘！

「ええーいっ！」

気合いを入れた（つもりの）かけ声とともに、青ギガントの鎧を切り裂いていく。もはや布の服より柔な鎧と、中層の魔物よりは弱い筋力の青ギガントは、私の敵ではなかった。

着実に腕を切り落とし、身体の中央を裂くように青ギガントを倒していく。十体倒したかな、というところで横側の石壁が崩れ、視線の先にラセルの姿が見えた。

「……マジかよ、凄いな」

その周囲を見る限り、大差ない数の青ギガントを倒したラセルは、私の方を見ながらそんなことを言っていた。

私の倒した青ギガントの数を見てそう呟《つぶや》いたのだろう。……さっきまで鎧を斬れなかった私に力をくれた本当に凄い人はラセル自身なのに、彼にはそんな一番重要なことが既に勘定に入っていない。ただ私の結果だけを見て、手放しで賞賛してくれるのだ。

かつて活躍できなかったラセルが、今の彼自身を形成する上で一番大切な闇魔法の力。自分の【聖者】の力を捧《ささ》げてまで得たその力を、私に惜しげもなく使ってくれた。

――そんな彼が、私にはひどく眩《まぶ》しく映る。

『グオオオォォォ――――！』

最後の石壁が破壊され、そこに現れるは超巨大な青ギガント。私が三人……いや、四人分ぐらいの大きさだろうか。殴られるより、踏み潰されそうなほどの迫力。

「よっし、ここまで来たら後は余裕！　ぶっ倒すわよ！」

怖気《おじけ》づきそうになった心を、シビラさんのからっとした声が元気づけた。私とラセルは同時に返事をして、鎧姿の巨人を見上げる。

「《アビスネイル》！」

ラセルの闇魔法が、足元からフロアボスを貫いた。魔物を貫通するでっかい爪みたいな魔法は、肉体を直接削っているのではなく、生命力？　みたいなものを削っているみたい。

ラセルの攻撃を受けたフロアボスが、ラセルの方を睨《にら》んで狙いを定めて、手にあの巨大な攻撃魔法を準備している。もちろんそれを許す私じゃない！

「ラセルには、手を出させないんだからっ！」

魔法を投げつけるように動いたフロアボス目がけて、私は盾を前に飛びかかる！

ぐっ、痛い……！　さすが下層フロアボス、盾で防御したからといって、私でも完全に防げない！　でも……尚更《なおさら》、こんなに痛い攻撃をラセルに当てさせるわけにはいかない！

「吹っ飛べええぇぇ！」

さっきのラセルに包み込まれた感覚を思い出しながら（本当に恥ずかしいスキルだよこれ！）、フロアボスの手に殴りかかる！

私のスキルを受けて、フロアボスの右腕が背中側に引っ張られるように伸ばされた格好になった。そのチャンスを見逃すわけがない。

「このまま……っ！」

私は壁を蹴ってフロアボスの上半身に飛びかかると、右肩からばっさり斬るように剣を振り下ろす！　あまりに体格差があるから身体の中心までは届かなかったけど、ラセルが強化してくれた闇属性の剣は、鎧を着込んだ青ギガントだろうと容赦なく右腕を切断した！

続けて肩に乗った私を、フロアボスは摑《つか》もうとしてきた。だけどその左手も、闇魔法の剣を持った私には怖くない。思いっきり振り抜けば指先が宙を舞い、続けて剣を返せば肘までバッサリ。こうなっては、もう私の敵ではない。

盾を地面に投げて、両手で剣を持ちながらも、私はラセルのことを考えていた。

『今度は俺が、お前を……お前自身の心から救ってみせるからな』

私は、自分がやらかしてきた半年間を償うために、ラセルの盾になったのだ。これが貸しなら、返す必要のない一方的な貸しのつもりだった。

それでもラセルは、ずっと私に守られたということを気に掛けてくれていた。だから、あの言葉が出たのだ。

私の、願望。これはもう、私自身の勝手なエゴでしかないの。

ラセルが怪我《けが》するのが嫌。守りたい。だから私が強くなりたい。献身的なようで、自分勝手な願望だなーという認識はある。ラセルを男の子扱いしてこなかったんだもんね。

だから私が頑張って頑張って、そして頑張った果てにラセルを守る……それが私のやるべきことであり、やりたいことだった。


……だけど、ラセルはそんな私に足りない要素を、与えてくれた。

ラセルを守るための力を、ラセル自身に与えられた。

それが私を救うことだと、ラセルは分かっていたのだ。

何よりも。誰よりも。

それこそ……私よりも、私のことを知っている証《あかし》。

――その事実の、途方もない幸福感。

お姫様になりたかった。

王子様は、勝手にこの人だといいなーみたいな感じで、決めてた。

その当人は、ジャネットが話してくれた物語の王子様を、あっさり超えてしまったのだ。

「――やあああぁぁぁっ！」

かけ声とともに全力で振り回した剣が、フロアボスの首へと吸い込まれ、抵抗なく入った剣がフロアボスの頭部を切り離した。

これで、私の勝ちだっ！


頭の中で響く声に、長い戦いの終わりを実感――した瞬間、ぐらりと足元が揺れる。

……そうだよ！　私、今フロアボスの上に乗ってたね！

自分でボスの首落としたじゃん！　じゃあボスの身体が立ったままなわけないよね⁉

「わあっ……⁉」

あ、これ上手《うま》く着地できないな、なんて思いながら踏ん張りがきかずに、そのまま自由落下する。まあ私って聖騎士だし、地面に落ちたぐらいじゃ痛くもないけど――。

――そんなことを思っていたから、油断していた。

そりゃもー私だもん、最後の最後にめっちゃ油断するよね。

そんなんだから……心の準備ができていない時にやられるのだ。

「大丈夫か？」

なんか、ラセルの顔がめっちゃ近い。ていうかこれ近いの当然だ、何されてるか一瞬で分かったもん。だって、私はこのシチュエーションを百万回は妄想したんだから。

私、お姫様抱っこされてる。

「あわ、あわ、あわわわわ……」

言葉になってない。もうほんと私ってば、ポンちゃんがコツコツしててゴメン。

「やれやれ、まあいいか。エミー、よくやってくれた」

「は……はい……」

何とか震える声で返事をして、夢にまで見た一番してほしい相手からのお姫様抱っこに、場違いながらも遠慮なく胸を躍らせた。

……私は、自分がお姫様ではないと知っている。

ラセルが王子様でもないことも、大人になったから分かる。——だけど。

「ねえ、もうちょっとこのままでいい……？」

「ま、構わないぞ。術士でもレベルと回復魔法で、意外といけるもんだな」

良かった……もうしばらく、こうしていられる。

私はラセルに、今できる精一杯だけ顔を寄せ、その腕に抱かれながら思った。

私はお姫様じゃなくて、聖騎士。
だから、隣にいるのは王子様じゃなくていい。

……違う。

王子様なんていらない。
私の隣には……そう。
聖者様がいい。

――だって、私には『黒鳶《くろとび》の聖者』様がいるのだから。

ありがとう、ラセル。
私だけの、英雄譚《たん》の主人公《ヒーロー》。

08 今日初めて、俺は与えることができた。そして、待ち構える相手は……

腕の中に収まった、幼馴染《おさなじ》みの重さを感じる。……俺だって、『お姫様抱っこ』ぐらいは知っている。これがエミーの憧れる状況であることぐらいは、なんとなく分かる。鎧《よろい》を装備した人を持つのはきついが……ま、今日は本当に頑張ってくれたんだ。

かつて俺は、自分の無力感に苛《さいな》まれてきた。自分の得意分野には既に場所がなかった。シビラに、戦い方を教えてもらった。そして、俺だけの力をもらった。俺はあの日から、自分の足で歩くことができるようになったと思う。

——本当に、そうだろうか。

思えば、その全てはシビラに助けてもらったからだと思える。相棒である認識はあったが、それでも『与えてもらっている』部分が多いなと思っていた。

だから俺は、エミーの剣に闇属性を付与した。これは、俺が自分で考えたことだった。

シビラは既に、エミーの心のわだかまりを見抜いて、救っていた。だが、『昔の思い出と繋《つな》がった、エミーの職業《ジョブ》と焦り』に気付くのは、本来俺からでなければ駄目だったのだ。

――俺は今日、初めて『与える』ことができたのではないかと思う。

なあ、シビラ。これで俺も、お前の横に並び立てるようになっただろうか。

俺だろうが、イヴだろうが、手を差し伸べて救ってしまう、そんな誇り高いお前に――。

「……んっふふふ……フロアボスが十八体だなんて、ぼろ儲《もう》けね～。鎧付きは耳の形も違うし、特に親玉の質がいい！　ギルマスから大金ふんだくれるわよぉ～」

――そうだった。お前は肝心なところで、そういうヤツだったな……。

「はーい、お二人さんもそろそろその辺でいいでしょ」

空気を読んでか読まずか、ぱんぱんと手を叩《たた》いてこちらを見るシビラ。エミーと目を合わせると、さすがに照れくさくなったのか俺の腕から降りた。

「とりあえず、回収するものは回収したわ。二人ともお疲れ様」

「ああ、お前もな。シビラなしでこのフロアボスと戦うのは想像するのも嫌だな……」

「うん、ほんとだよね。シビラさん、ありがとうございました」

俺とエミーは、破壊された石壁の破片が散らばる地面を見ながら呟《つぶや》いた。

「結果から見りゃアタシは今回ダメージソースになってないんだから、あんたらの頑張りのお陰よ。アタシの想像を超えるなんて、やるじゃない」

シビラは嬉《うれ》しそうに、エミーと俺の頭をがしがしと撫《な》でる。……エミーは嬉しそうだが、俺はお前にそんな対応されたいわけではないぞ。

「……エミーちゃんは最高に可愛《かわい》いのに、ラセルときたら仏頂面よね。アタシに触れられただけで男はみんなメロメロになるべきなのに」

「自意識過剰にもほどがあるぞおい。そうじゃなくてだな……」

俺はシビラの手を腕で軽く除《の》けると、溜息《ためいき》を吐きつつ視線を逸《そ》らして答えた。

「こういう、上司と部下みたいなんじゃなくてだな……もっと対等な関係というか、そういうのでありたいんだよ」

シビラは少し驚いたように目を見開くと……ニーッと笑って口元に手を当て、いかにもからかい甲斐《がい》があるおもちゃを見つけたぞ、みたいな顔をした。

くそっ、俺は馬鹿か。シビラにこんなこと言うとどうなるか、結果は分かってただろ。

「んっふっふ……シビラちゃん今ので、ラセルが本格的にアタシにぞっこんと見たわ！」

「そういう意味じゃない」

「照れなくてもいいわよ～。ま、アタシに並び立とうというのなら……」

シビラは一歩下がって、不敵な笑みのまま親指を立て、背中側を指した。次の瞬間、惜しげもなく黒い羽が、ばさりと大きく開く。

「この『宵闇の女神』ができることを、あんたもやってみせることね！」

「とんでもねー無茶振りだなおい！」

神の能力とか、人間が持ってるわけないだろ⁉　どうせできないと思って言ってるんだろうが、そっちがその気なら本気で目指してやるからな！

けらけら笑いながら、あっさり羽を仕舞うシビラ。こいつ、見せびらかすためだけに女神の羽をこの世界に顕現させやがった。最早《もはや》女神の神秘性とかカケラもないな……。

……って、今更何を思ってるんだ俺は。こいつに神秘性とか、そんなの元からないよな。だってシビラだもんな！

「わわわ……」

エミーがシビラの方を見て驚いている……ってそうか、あれ見るのは初めてか。

「エミー、あれが女神の姿をしたシビラだ。まあ見ての通り、こいつの中身そのものがコレなんで、あまり女神って感じがしないが」

「ちょっと、それどーいう意味よ」

「そのまんまだ。大体近接冒険者の服で女神ってどうなんだ」

「毎回女神のキトゥン着た状態で顕現するけど、動きにくいんで即売っぱらってるわ」

新事実、シビラは元々女神らしい服装で顕現しているらしいぞ。それをやめた理由も徹底して実用重視、女神らしさみたいなものは、全部魔物の餌にでもしたような女である。

やれやれ、実にシビラらしい返答だと納得するしかないな……。

「さて」

シビラはおちゃらけていた雰囲気を止めて、視線を鋭くしながら扉の方を向いた。

「扉が……！」

魔力の壁に覆われていたボスフロアの出入口が、ぽっかりと下への階段を開けていた。

その先は、間違いなく最下層。別名、魔界——つまり、魔王《あいつ》がいる。

「余裕綽々《よゆうしゃくしゃく》じゃない。……ダンジョンで、ラセルの逃げ場なし攻撃から逃げられるわけがない。今度はアドリアダンジョンの『忘却牢《ろう》のリビングアーマー』の時と違って、エミーちゃんがラセルの前に出て攻撃を防ぐ。アタシも幾つか策あるし、魔法で援護するわ」

ずっと一緒に戦ってきていたのに、シビラは既に何かしらの対抗手段を考えているらしい。なるほど……頭の回転なら、まだまだ並び立つなどおこがましかったな。

「それぐらいできないと、ただの【魔道士】じゃ役目ないもの。任せなさい！」

シビラの言葉に何よりもの頼もしさを感じ、俺とエミーは頷《うなず》く。いよいよ、決戦の時だ。

そう思いながら開いた扉の先には……予想外な光景が広がっていた。

——誰も、いない。

怪訝《けげん》に思いながら、盾を構えるエミーを追い越したシビラが、部屋の中央へと向かう。

そして、中央に落ちている紙を拾うと……「またやられたッ！」と叫びながら、その紙を燃やしてしまった。俺とエミーは、慌ててシビラの近くに行く。

「シビラ、今の紙は？」

「あんたら、あの魔王が最後に言った内容、覚えてる？」

「最下層まで降りてこい、という内容だったと思うが……」

「少し違うわ。『孤児院の人間とは思えないほどの強さで、遊び甲斐があると判断したなら、暇つぶしの相手にする』という内容よ」

思い出した、確かにそういうことを言っていた。……嫌な予感がする。

「あいつーっ！　こういう状況だと、満を持しての最終決戦ってやつで盛り上がるところじゃないの普通はッ！」

「何と書いていたんだ⁉」

俺の問いに、シビラはその衝撃の内容を叫ぶ。

「たった一言、『遅い』って書いてたのよ！」

……遅い？　というのは……つまり……。

「俺達《たち》の到着が、ということか……？」

「でしょーね！」

緊張で力んでいた身体《からだ》から、一気に力が抜けるのを感じた。思わずエミーを見ると、俺と目を合わせて首を傾《かし》げ、シビラに近づく。

「……えーっと、シビラさん。じゃあ魔王はいないんですね？」

「アタシの魔法が索敵した範囲にはいないわね」

魔王との初戦だったはずのエミーは、緊張の抜けた顔で「はあ」と曖昧な返事をした。

あの魔王は、ずっと挑戦者を何年も待っているようだった。そんなヤツが『遅い』と書いていたということは、恐らく単に来るのが遅いという意味ではなく……俺達があの鎧を着たギガントのフロアボスを倒すのが『遅い』＝『期待外れ』と思ったのだろう。

自分でフロアボスを強化しておいて、なんつー我儘《わがまま》だ……段々と、怒りが湧いてきた。

ああ、シビラがここまで頭にきているのは、そういう理由か。

——ふと、当然の疑問が浮かんだ。

「なあ、シビラ」

「何よ」

「……この最下層にいないのなら……あの魔王は、どこにいるんだ？」

シビラは目を見開くと、ぐるりと首を回して最下層のフロアに通路がないことを確認し、俺達に向き直って叫んだ。

「最下層より下はない。ならば今、魔王は……ッ！　二人とも、戻るわよ！」

シビラの緊迫した声に急《せ》かされるように、俺達も後を追って走る。ダンジョンを作って別の場所に逃げたのでなければ、今の魔王が地上にいる可能性は……ゼロではない。

既に通ったダンジョンの道を踏みしめながら、俺は思う。今回の戦いで、得るものは大きかった。だが、同時に、あまりにもすっきりしない終わり方となった。帰り道を先導するシビラの背中を見ながら、俺は言葉にできない胸のもやを抱えて走った。

街に戻ると、すっかり日が落ちていた。何も事情を知らぬ宝石商は物を売り、貴族は物を買う。……あれは、前見た男だな、また買っているのか。金持ちは凄《すご》いな。

……生まれの富貴《ふうき》、貧賤《ひんせん》……か。いや、今考えるのはよそう。

ダンジョン探索を終えて宵闇となった薄暗い空の下、シビラは真っ先にギルドを目指す。

「帰ったわ！　すぐに……って、あんたは」

「おう、帰ってきたか！」

シビラが受付に声をかける前に、あの『疾風迅雷』のリーダーから声がかかる。

「待ってたんだよ、無事に戻ってくるのをよ」

「あー、ひょっとしてアタシらが戻ってこれるかどうかを？」

「当然だろ？　皆はもう帰ったが、それでも心配してそわそわしているからな。俺はリーダーとして、不安の種を除く必要がある、だから無事を伝えるために残ったんだよ」

そう言って笑った男は、なるほど確かに熟練パーティーのリーダーを務めるだけある器の人物だと思えた。

「そう……良かったわ。アタシらも、あんたたちがやられてないか心配になってね」

「さすがに上層じゃやられねーよ」

「そういう意味じゃ……いえ、何でもないわ。そうよね、戻り道に魔物もいないし！」

シビラは魔王の話題を出しかけて……伝えないように引っ込めた。それから受付で諸々《もろもろ》の話をして、すぐに用事も終えて皆で宿に戻った。


部屋に戻ると……三人は、静かにお互いを見る。

今日は、それぞれの能力を引き出して、互いの連携を上手《うま》く取ることができた。

孤児院出身の【聖者】であり、【宵闇の魔卿《まきょう》】である俺。

同じ出身であり、近接戦において攻守共に優れた【聖騎士】となったエミー。

かつての名も知らぬ【宵闇の魔卿】とともに挑んで敗れた、シビラ。

……俺達三人の中にある気持ちは、間違いなく同じだろう。

シビラは、孤児のイヴを救ったことはもちろん、アドリアの孤児院を守るために動いたほどの子供好きだ。シビラ自身が言わなくとも、そんなことは分かる。

そして俺とエミーも孤児院出身であり、その思い出は何にも代えがたい大切なものだ。

——安価。低俗。貧賤。あいつは、俺達の人生をそう言い切った。

【聖騎士】になったエミーの、その内面を全く見なかった。

魔王としては完全に常識から外れた規格外の能力。俺の不意打ちを後ろ向きでも避けるほどの強さ。ここから更に、予想外の手を打ってくる可能性も十分にある。

何が起こるか分からない、決して楽な相手ではないだろう。

……それでも、だ。

「倒すぞ」

「当然」

「うん、絶対に」

俺達の心は一つだった。

シビラは更に、言葉を続ける。

「セイリスの魔王は初めて見たけど、あんなヤツとはね。……いいじゃない。今回は二人がフロアボスや魔王討伐での要。となると、ヤツの作戦を暴くのがアタシの役目ね」

そして、虚空を睨《にら》みながら不敵に笑う。その口角を上げた顔つきはとても女神と呼べるようなものではなく、エミーも「おお……？」と驚きながら引き気味だ。

──そうだな。今から緊張しても始まらない。萎縮は実力の枷《かせ》になる、だったか？

それに、エミーはまだ知らないだろう。この顔をした時の、こいつの頼もしさを。

あの魔王が敵対した存在。魔王討伐を専門としてきた、『宵闇の女神』。

そして──自分の欲望には忠実、最良の結果まで一直線の強欲冒険者シビラだ。

「ふ、ふふふ……！　一番嫌な最期を迎えさせてやるわ……！」

第2章

09 そうであるはずという先入観により、一番見えているものが見えなくなる

照りつける太陽の熱、どこか不思議な香りのする風。さらさらとした、村で遊んでいたときには得られなかった足元の温かい感触。

「ラセルーっ！　こっちこっち！」

そして、湯浴《ゆあ》みにでも行くのかと言わんばかりの姿を堂々と見せている、幼馴染《おさなじ》みの姿。

隣で腕を組みながらニヤニヤしているヤツも確認しながら、俺はそちらへ足を進める。

――俺達は今、砂浜に来ていた。

セイリスは、主に二つの地域に分かれている。一つは漁船や交易船が出ている港エリアであり、もう一つは海に近い砂浜が広がる遊ぶ人たちのためのエリア……つまり、ここだ。

端的に言おう。俺達は今、シビラの提案によってセイリスの砂浜で遊んでいる。

何故《なぜ》こんな状況になったかというと、話は先日まで遡る――。

セイリス第三ダンジョンでの戦いを終え、俺が回復魔法と治療魔法を使うことで皆の身体の汚れを落とした。エミーとシビラは、宿の浴場へと向かったようだ。

二人を見送ると、そのままベッドに沈んで……意識を手放した。後から思えば、やはり精神的にセイリス第三ダンジョンでの戦いは大きな負担になっていたようだ。

耐久力が高く相性の悪い魔物、シビラの予想を覆すフロアボス。そして、何より……こちらの嫌な感情を呼び覚ます、金銭価値絶対主義の魔王。

あまりにも一度に、様々なことが起こりすぎた。

だから俺は、回復魔法で疲労を取っても、そのまま精神的な疲れで倒れてしまったのだ。アドリアのダンジョンを攻略した夜以来だ。

結局早朝に起きて、ぼやけた頭でベッドから起き上がる。目が覚めると、シビラがベッドでエミーに右腕を貸して腕枕をしていた。

「よっ」

その姿のまま、小声でシビラは左腕を上げこちらへ起床の挨拶をする。

「ん」

俺も短い返事で応え、シビラの腕の中のエミーを見た。まだエミーは眠っているが……眉間に皺《しわ》を寄せて汗を掻《か》いている。

「……エミーは？」

「昨日もお風呂でお喋《しゃべ》りしたり、いろいろしたんだけどね……やっぱ悔しそうにしてたわ。あんたのことは惚気《のろけ》全開でベタ褒めしてたけど……最後、取り逃がしちゃったから」

「やはり、気にしているか……」

「だから、多少心細いのが和らぐといいなと思って添い寝したってわけ」

そうか……俺が先に寝た後に、そこまで気に掛けてくれたんだな。俺ではさすがにそんなことをするわけにはいかないので、シビラには本当に助かっている。

……エミーが妹というより娘に見えてしまったのは、黙っておこう。

俺達《たち》は、眠るエミーを見ながらその安息を……と思っていたのは俺だけだったらしい。

シビラはジト目でこちらを見ていた。

「何だ」

「いや、あんたもこんな顔して眠っていたなって思って」

……俺が、今のエミーと同じように、か？　起き上がると、身体《からだ》は汗を掻いており、ベッドは明確に湿っていると分かるほどの水分を吸っていた。

「……本当らしいな」

「無自覚ねー。あんたって、そんなんだから——」

「ん……んん……？」

俺が自分の状態を確認してシビラと会話していると、エミーも起きたようだ。

「あ、ラセルおはよ……シビラさんも……」

「おはようエミーちゃん」

エミーが起き上がると、シビラは軽く腕を振った。……そりゃあ、腕枕を子供じゃない相手にして、疲れないわけないもんな。

「《エクストラヒール・リンク》、《キュア・リンク》」

疲労回復と、状態異常回復。分かるように声を出して魔法を使った。汗を吸った服にも効果があるため、すぐに二人も気付いた。

「わっ、身体がすっきり。ありがとね！」

「ん、助かるわ」

「こういう時にも、使わないとな。ところで、今日はどこまで潜る？」

俺がその話題を出すと、エミーの顔もすぐに真剣なものへと変わる。シビラは、腕を組んで難しく考えるようにしていた。

最難関であるセイリス第三ダンジョンを、改造下層フロアボスまで討伐できた。もう一度、そちらへ入るのも十分にアリだろう。

恐らくエミーも同じことを思っていたようで、俺と目を合わせて頷《うなず》きながら、自分の力を確かめるように拳を見ながら何度も握る。

考え終わったシビラは手を叩《たた》くと、予定を宣言した。それが――。

「今日一日、ぱーっと遊びましょう！」

――海での遊泳である。

手を振るエミーへと、他の客を避けながら向かう。

と、向かっている途中で別の男がエミーに向かっていった。

「うひょーっ、こんな所に見ない顔が二人！　どっちもイケてっけど、片方とびきりやべえ美人じゃん。どっかの令嬢？」

「ね、暇？　俺達と遊ばない？　お酒いける？　夜空いてる？」

いかにもな感じの男達が現れ、エミーは露骨に困ったような顔をした。ヴィンスでもそんなセンスのない誘い方はしなかったぞ……それで付いていくわけないだろうに。

対してシビラは、ニヤニヤしていた。誘いに乗る気はないのだろうが……一体何を考えているのかと思いきや、シビラはエミーと肩を組んで声を上げた。

「おおっと、後ろにいる彼！　君、みんなの引率？　感心ね！」

シビラは声をかけてきた男とは別の、すぐ後ろの男に向かって自分から声をかけたのだ。

急に男に対してシビラから誘いをかけるなど何を考えているのか、と思いきや。。

俺はすぐに、シビラの意図が分かった。

「あ、あ、あああ昨日の！　お前ら声掛けたか!?　じゃあ逃げろ！　そいつはヤバい！」

「え、Cランのモックランス先輩が見てヤバいってどんだけなんスか」

「そのマブい金髪、素手で骨を余裕で折れる女ギガントだからな!?　お前らも逃げろ！」

「えっ、ちょっ、待っ……逃げんの速!?　そりゃないっすよ～！」

昨日エミーが退治した男が大慌てで逃げるのを見て、声をかけてきた男達も急いでその男を追いかけていった。その背中を見送りながら、俺はシビラのところに辿《たど》り着く。

「この展開、読んでいたのか？」

「たまたまよ。でも遊び慣れてる男多いし、観光客狙いが結構いるのよね」

今日みたいなことがあった時のために、あの冒険者ギルドでのやり取りを目立つ形で計画的に行っていたというわけか。ここで下手にもめたら、あいつらが冒険者だと周りに分からない以上、さすがに外聞が悪いしな。

「ねえ、ラセル……。私、そんな怖くないよね？　ギガントみたいじゃないよね……？」

「お前みたいな可愛《かわい》いギガントがいてたまるか……。そんなことを言うヤツがいたら、俺が目を治療した上で、大金ふんだくってやる」

安心させるつもりで言ったが、エミーは「可愛い……可愛いって言われたうへへ……」と、完全に緩みきっていた。……そして、そんな俺達を見逃さないヤツがここにいた。

「やるわね～ラセル、うりうり——あだっ」

当然のように速攻でからかってきた隣の目立つ馬鹿に、いつものチョップを叩き込む。

周りで「うわ……」とか「暴力彼氏……？」とか言われているが、理不尽だ……。こいつはむしろ、叩かれることを理解した上で煽《あお》ってきてるとしか思えないからな。

——いや、そうじゃない。彼氏じゃないいっつーの。

「で、どうよアタシらの水着」

改めて言われて、俺は失礼のないように二人を見た。

エミーは、白を中心に青や緑の模様が入った、布地の多いタイプ。爽やかな雰囲気だ。

「エミーらしさが出ている、と言ったらいいだろうか。似合っていると思うぞ」

「えへへ……シビラさんに一番似合うのをってお願いして、選んでもらったんだ」

そうだったのか。道理で初めてにしては、着慣れているかのように似合っているなと思った。こういう部分に関しても、シビラは良いセンスだと思う。

対してシビラは、黒で上下に分かれたタイプの水着である。赤いワンポイントがありつつも、シンプルな水着だ。

布地は、エミーより少な目だ。身体は、エミーより成熟しているというのに、な。

というか、男も女もシビラの前を通りかかると振り向くというぐらい目立つ。本当にこの宵闇の女神、隠れる気など毛頭なさそうだな……。

「シビラも似合っているが、あまり目立つのはどうかと思うぞ」

シビラは、その胸をやや寄せながら楽しげに動くと……いや待て、動くな。今の一瞬で周りの海水浴客が数人足を止めたぞ。マジで目立ちすぎだお前。

「……ラセルって本当に、見ないわよね」

「なんだ、悪いか」

「まさか。フレっちが言った通りね、とても良いわよ。今まで見た中で、一番良いわ」

それは……褒められているということ、なんだよな。シビラならともかく、フレデリカが認めてくれたことなら……まあ、前向きに捉えていいだろう。

「ところで……」

俺は周りに人が減ったことを確認し、シビラに顔を寄せる。

「お前は一応身を隠しているんじゃないのか？　そんなに目立っていいのかよ？」

「あら」

シビラは腕を組んで、さも不思議なことを聞くのね、なんて言いそうな顔で俺を見た。

「あんたさ、空き巣ってどんな格好してるか知ってる？」

……シビラの唐突女神っぷりが二日ぶりに出た。急に問題を出してきた上に、どう考えても全然違う話題だ。何故空き巣なんだ、関係があるのか。

「……スリだった時のイヴみたいに、身を隠す布を被《かぶ》っているんじゃないのか？」

「正解は、『準男爵らあたりの服を着ている』よ」

……何だと？　準男爵といえば、貴族の中では低い爵位だが、平民からすると当然のことながら遥《はる》かに高い地位の者だ。そいつが、空き巣だと？

「そうよね、お金に困っている相手は、お金を盗みそうだから警戒する。だけど……お金に困っていなそうな相手は？」

「あっ！」

　隣で俺の代わりにエミーが驚きに声を上げた。もちろん俺も、その理由に驚いている。

「王都だと、新興の貴族は誰が誰だか顔が知られていない。だから準男爵の服を着て、人の少ない路地裏から侵入するの。金持ちそうに見えるから誰も警戒しない……実際は貴族の服を買ったことで財布の中はボロ布着てるスリより余裕ないのにね」

　……なるほど、盲点だった。お金を持っていそうに見えるから、危険を冒してまでお金を盗むように見えないというわけか。

　この情報、まさかシビラしか知らない、なんてことないだろうな？　あまりにも有用な情報で、今すぐジェマ婆《ばあ》さんやフレデリカに知らせておきたいぐらいだ。

　つまり、今のシビラを見ても、誰も連想すらできないのだ。この一番目立つ女が闇魔法の導き手の女神であると。同時に……俺が闇魔法を扱うような、誰かから隠れる必要のある男であると、誰も気付かないのだ。そこまで考えて動いていたとは……。

　……。いや、待てよ……シビラだぞ……？

「つまり、アタシは隠れてるの。この砂浜の真ん中で、目立つ格好をしていることで『隠れなければならない人物の行動ではない』とみんな思っちゃうわけよ」

　堂々と腰に手を当てて、胸を張ったシビラの自慢げな顔を見る。エミーは、隣で「シビラさん、ほんと頭いいなあ」なんて言っている……が。

俺はストレートに聞いてみた。

「嘘《うそ》ではないと思うが……本音は？」

「半分はイケてる水着で注目を浴びたいからね！　まーバレたらその時に考えましょ？」

そんなことだろうと思ったよ！　ほら見ろ、エミーも感心したばかりだから、反応に困って苦笑いしてるぞ。

な？　エミー。これがシビラなんだよ。俺の普段の対応も分かるものだろ？

ドヤ顔を俺に晒《さら》しているシビラを見ながら呆《あき》れていると——！

「——キャアアァァッ！」

浜辺から、突如女性の叫び声が聞こえてきた。俺達は互いの顔を確認すると、声のした方へと駆け寄る。

そこにいたのは、ここにいるはずがない存在だった。

「……ニードルラビット!?　こんな人だらけの浜辺に!?」

シビラの叫び声とともに現れたのは、砂浜にいるはずのない魔物だった。

ニードルラビット、それはつい昨日シビラから聞いた名前だ。確か、セイリス第二ダンジョンの魔物だったはずだ。

「二人は下がって。《ファイアジャベリン》！」

シビラはすぐに砂浜に現れた魔物に魔法を放つと、一撃で燃やし尽くした。目立つ外見で派手な立ち回りをしたものだから、周りの海水浴客が拍手する。

皆からの注目に、シビラは笑いながら指を二本立ててアピールしていた。

「すげえ……つーかとんでもねえ上玉……」「魔法も凄え……」「浜辺の女神様だ……」

思いっきり女神様って言われてるじゃねーか。お前も手を振り返すな。

前言撤回。シビラは『半分目立ちたい』じゃない。『九割は目立ちたい、一割女神だとばれないといいな』ぐらいしか考えてないぞあいつ。

燃え尽きた兎《うさぎ》の角を思いっきり根元から折ると、屋台の男の方に肉を持っていく。軽く交渉すると、肉を渡してこちらに戻ってきた。売買成立、といったところか。

「ま、すぐに反応できた方だな。お疲れ」

「……」

「無視かおい」

「え、ああ。何でもないわ。それで何だったかしら」

「……いや、お前大丈夫か？」

今までになく心ここにあらずといった様子のシビラを見て、さすがに俺も心配になる。

普段から、余裕綽々《よゆうしゃくしゃく》が服を着て歩いているような女だからな。

「シビラさん、えっと、お疲れ様でした」

「ああ、いいわよ。ラセルはここでアレを使うわけにはいかないもの。アタシみたいなのって、こういう時のために再降臨直後も一応最低限は戦えるようになってるわけ」

最低限とはいうが、既に今のシビラは……30以上だったか？　十分ベテランの域だ。僅か数日だというのに、いつの間に……。……いや、そういえばドラゴンの心臓という、経験値を得ることが可能な特別なものを食べたりしてレベル上げてたな……。

さて、まずはシビラがこうなっている原因に心当たりがあるので、直球で聞いてみよう。

「シビラ、この魔物の出現は予想できなかったのか？」

ダンジョンスカーレットバットがアドリアに現れたことを考えれば、海水浴場に魔物が現れるぐらい予想できそうなものだが……。

シビラは俺の問いに、表情を変えることなく口元に手を当てて考えていた。

「無理ね。セイリスの第一、第二、第三それぞれに鉄柵があって魔物が出て来られないようになっている。その上で移動途中には、三カ所ともそれなりに腕の立つ人が常駐してるの。例えば第三の門番さんは、アレ【盗賊】系ね」

「分かるのか？」

「装備と匂いでね。きっと足速いわよ、ギルドぐらいの距離ならすぐ連絡取れるぐらい」

なるほど、救援や皆の避難を促すために、足の速い人を常駐させているということか。

そこまで一目で看破できるというのに、今回の件はシビラも分からないと。

「第二ダンジョンの魔物だから、あっちから出てきたはずなんだけど……そう仮定すると分からないのよね、どうやって抜けてきたのか」

「そんなにか？　可能性としてあるんじゃないのか？」

「砂浜に来る前に門番はもちろんのこと、十中八九セイリスの兵士に倒されているわ。イヴちゃんも震えた、治安維持のセイリス兵士よ」

そういえば、来た直後にも見かけたな。丁寧でありつつも強さを感じる、セイリスの兵士達《たち》。仮に魔物が出たら、黙っているはずがない。

「……んんー……ま、いいわ」

シビラは最後に曖昧な切り上げ方をして、岩陰まで行き腕を組みながら黙ってしまった。その顔は、怒りも困惑もない、静かな顔だった。

当のシビラが遊んでこいと言うので、少し様子を気にしつつもエミーと一緒に海に入って泳いだり、海の物に触れて楽しんだりさせてもらった。

見たことのない海の生き物を岩の陰にいたシビラに見せると、以前ジャネットから聞いた名前が出た。知識の中にしかなかった海の生物を、お互いに見て触って感動した。

エミーがヒトデの実物を見つけて悲鳴を上げて飛びついてきたりと、ちょっとしたハプニングもあった。というか俺自身あの形が動く様を見て驚きに声を上げてしまった。そんな俺達を見て、シビラは楽しげに笑っていたが……。

……結局その日、シビラは一度も泳ぐことはなかった。

「遊んだわねー」

すっかり遊び終えた俺達は、浜辺に併設してある身体《からだ》を洗うための施設を利用した。水の魔石を使っているのか、綺麗《きれい》なものでよく管理されている。

セイリスは海の街。宿までの道を水着のまま歩いても、さほど目立つことはない。

「ねえ、シビラさん」

「ん？　なあにエミーちゃん」

「シビラさんって、頭いいって言われてて私もすごいなーって思ってるんですけど、それでも今回のってそんなに難しい感じなんです？　どれぐらい考えてるのかなーって」

エミーの質問は、シビラの考えていることに関するもの。俺もその辺りは気になるものがあった。シビラがどれぐらい考えているのか、想像つかないからな。

「そうね。ダンジョン内ならともかく、外に出ると難しくなりすぎるのよ」

どんな答えが来るかと期待してみると、こいつにしては珍しく、思いのほかあっさりお手上げ宣言を言い放ってしまった。

「例えば、魔王は最下層からアタシらに会わずにいなくなった。そしてあの最下層は、抜け道もなかった。……つまり壁を抜けたか、抜け道をダンジョンメイクしていったわけ」

ああ、確かに俺も魔王に出会わなかったことは不自然だなと思っていた。壁抜けを想像したことはあったが、そもそもダンジョンを作り替えてしまえるのか。

「帰るときにアタシは一応索敵魔法を使っていたのよ。でも、魔王らしい影はなかった」

……そうだったのか。慌てて走っていたようで、いろいろ考えていたんだな。

「すると、一つの可能性が現れる」

「……それは？」

「木を隠すなら、森の中。じゃあ……人形《ひとがた》の生き物を隠すには？」

――ッ！

俺とエミーは目を見開き、周囲を見た。そこには、普通の平民、こちらを不思議そうに一瞬振り返った通行人、屋台の人、露店の人。……今日は、宝石商の露店が一つないな。

「そう。この街の人全てに疑いがかかるし、同時に人質にもなる」

シビラに言われた途端、自分達三人以外が、まるで何か全く別の存在に見えてきた。隣を見ると、エミーも不安と恐怖を綯《な》い交《ま》ぜにした顔でこちらを見ている。

と、そこでシビラが手を叩《たた》いた。

「ま、言っても仕方ないわ。セイリスの魔王がどれぐらい前からそれができるのか分からないけど、未《いま》だにこの街に何もしてないってことは、何かにご執心なんでしょうね」

「街はともかく、俺達は？」

「トドメ自体面倒臭がったでしょ？　白昼堂々と暗殺とかも可能性は低いと思う。それに、アタシは幻惑の解除もできるから見つけさえすればすぐに分かるわ」

……なるほど、そこまで考えて……考えた上で、魔王に対する警戒を解いているのか。

「予想できるのはここまで……。予想と予言は違うわ。アタシは予言者じゃないから、的を絞れない。でも——」

お手上げという格好をしたところで、言葉を続ける。

「——予言者というのは頭のいい人じゃなくて、そういうスキルを持った人なの。だからある意味、それに頼ってしまうと危ないのよ。アタシが考えるのはあくまで可能性だけ」

それだけ言い切ると、シビラは再び歩き出した。

エミーがその背中を見ながら、ぽつりと呟《つぶや》く。

「責任、感じてるのかもなあ」

「……責任？　あのシビラが？」

「うん。海水浴客を危険に遭わせたの、自分のせいかもしれないって。だからなんだか今日、あんまり遊ばなかったよね。私、シビラさんとも泳ぎたかったのにな……」

そうか……俺から見ても二人はずいぶんと話し込んで仲良くなったようだったし、一緒に遊びたかったのだろう。シビラのこと、かなり気に掛けていたんだな。

俺も、今日のシビラは微笑《ほほえ》んではいたが、どこか思い詰めていたように思う。

……やはり、以前の【宵闇の魔卿《まきょう》】がセイリス第三ダンジョンで敗れたことも含めて、責任を感じているのだろうか。

本来は魔王の仕業か、もしくはダンジョン前を警戒しなかった人間の責を、よりにもよって本物の女神であるシビラに課すなど筋違いもいいところなのだが……それでもあいつは、自分の責任のように考えているのだろう。そういうところ、やっぱり誇り高いよな。

俺達はシビラの背中を無言で追いかけながら、宿へと戻った。

晩は宿の海鮮多めのビュッフェを食べて、エミーと一緒に舌鼓を打った。海の幸がこれだけ沢山食べられるのだから、セイリスに住んでいる人を羨ましく感じるな。

だが案外毎日この美味《おい》しい料理が続くと、村での肉と野菜の料理の方が恋しくなったりするものなのかもしれない。食べ慣れた味、というやつだろう。

……シビラはこの時も、ほとんど喋《しゃべ》ることはなかった。

部屋に戻ると、すっかり日が落ちていた。

俺とエミーはというと……この中で最も話の切っ掛けを作り、賑《にぎ》やかに茶々を入れてくるシビラが静かなこともあって、どうにも気まずい空気が漂っていた。同時にこの三人は、やはりシビラが中心になっているのだなと再確認できたように思う。

「――ふ、ふふふ……」

そんな中での、後ろからの笑い声に俺とエミーは慌てて振り向く。

そこには……待ちに待っていた、シビラの不敵な笑み。

「ラセル、回復と治療」

「任せろ」

言われたとおりに魔法を使うと、一日遊んだ疲れが吹き飛んだ上に、今日を休みにしたことで精神的な解放感も味わうことができた。

……やはり、自分で思う以上に思い詰めていたのだろう、エミーと一緒に海で楽しんで良かった。エミーも、朝にうなされていたとは思えないほど元気が感じられる。

「そんじゃ、全身きっちり装備してついてらっしゃい」

シビラの自信満々な言葉に頼もしさを感じながら、二人で晩とは全く違う気分でシビラの背中を追った。


果たして、着いたのは海水浴場。誰もいない砂浜だった。

「わ、綺麗……」

真っ暗な空に浮かぶ、大きな満月。海面に浮かぶ月が広大な水面に揺れて拡散し、こちらに向かって長い尾を引いている。

ふと、シビラが俺の隣に来た。

「ラセルも月が綺麗って言っていいわよ」

「何故《なぜ》お前に許可をされるんだ……。まあ一応、月は綺麗だな」

「よし」

俺が言われたとおりに感想を述べると、何故か頷《うなず》いて離れていった。あまりに意味不明過ぎて、エミーと目を合わせて首を傾《かし》げた。シビラが満足そうならそれでいいが……。

そのまましばらく砂浜を歩く。目印になるものが少ない砂浜は、あまり変わり映えしない。せいぜい近くの屋台跡や周りの建物で、位置を把握するぐらいだ。

どれぐらい歩いただろうか。砂浜のある部分が終わり、海水浴客が寄りつかなそうな切り立った岩付近で、シビラが足を止めた。

「ふ、ふふふ……！」

そんな何もない場所で、やたらと楽しそうに含み笑いを始めた。事情を知らなければ、誰が見ても危ない女である。……が、今日一日塞ぎ込んでいたシビラがこういう笑いをするのなら、何か意味があるはずだ。

「散々出し抜かれたけど、せめて原因を突き止めることぐらいは素早くできなくちゃいけないわよね」

「出し抜かれた……魔王関連のことか？」

「ええ。それじゃエミーちゃん」

シビラは近くの岩肌を、手の甲で軽く叩いた。

「ここの近くに来て頂戴」

エミーは言われたとおり、岩の近くに来ると「あっ」と小さな呟きを漏らした。

「気付いたわね」

「足元から、冷たい空気が……」

エミーがその岩に手を当てると……岸壁がミシリと音を立てた。

シビラは腕を組んでエミーを見ながら、考えを語り出した。

「ニードルラビット。セイリス第二ダンジョンの魔物。だから、今兵士や門番達が必死になって第二ダンジョンのことを調べているわ」

「当たり前だな」

「そう、当たり前なのよ。……木を隠すには、森だからッ！」

シビラが突然叫んだと同時に、エミーが岸壁を、その加護の力で押し飛ばした！

そして俺は……あの魔物が何故誰にも発見されず現れたか、そしてどこから現れたか
……その全てを、目の前の光景によって理解した。

あいつは、ニードルラビットの出現場所を、ニードルラビットが出現するダンジョンのある街に隠したのだ。

「同じ魔物だから、想像できない。そう——セイリス第四ダンジョンの可能性を！」

10 あの魔王らしさの滲《にじ》み出るダンジョンの探索と、予想外の再会

目の前にぽっかり開いた、ダンジョンの入口。

ただの洞窟ではなく魔物のいるダンジョンであることを証明するように、中はダンジョンの魔力で明るく、中が見渡せるようになっている。

夜の誰もいない海岸に、岸壁へ打ち付ける波の音が大きく感じられる。目の前に現れたあまりにも衝撃的な光景に息を呑《の》みながら、俺は腕を組んでこの秘密を暴いた女を見た。

「いつ気付いた？」

「昼よ。魔物が現れるルートを『第二ダンジョン』『海底』『地面』『それ以外』に絞って、速攻で前二つは切ったわ。地面の可能性も、砂浜だと有り得ないわ」

「何故だ？」

「細かい砂って、すぐに崩れるし、どんなに小さい穴でも砂が落ちていくし……何より隙間がない分、同じ空間の体積なら巨岩の如《ごと》く重いのよ。だから、ニードルラビットが現れるほどの穴は無理。砂の塊をかき分けるほどの力はないわ」

さらさらしていて、石に比べて柔らかく軽いイメージだったが、分からないものだ。

「だから、ダンジョンの入口は砂浜である場合は多分ナシ。そうなると岸壁。その上で、気付かれずに小さい魔物の一方通行ができるとなるとこの辺りかなって」

「……あっ、だからシビラさんは泳がずに、岩陰のところをうろうろ歩いてたんですね」

「そうよ。……昼はアタシのこと気に掛けてたわよね、一緒に遊んであげられなくて少し申し訳なく思っているわ」

「えっ!? あ、ううん、気にしないで！　ちょっと落ち込んでるのかなって心配してましたけど、やっぱりシビラさんは凄《すご》い人だって分かりましたからっ！」

エミーは昼のシビラが、ただ単に出し抜かれて落ち込んでいたわけじゃないと知り安心したようだ。そんなエミーの真《ま》っ直《す》ぐな言葉を嬉《うれ》しそうにシビラは聞いている。

エミーは今日一番の晴れやかな表情だ。砂浜でも随分と楽しんでいたが、シビラの本心を知ることが、エミーの元気を完全に取り戻す最後の一手だったのかもしれないな。

「元々この洞窟を探り当てるために索敵魔法も使っていたのよ。上の方はいないから、夜のうちにちゃきちゃき進むわよー」

すっかり余裕の笑みを見せたシビラが、ダンジョンへと一番乗りで入って行く。俺とエミーはその後ろ姿を見ながら、目を合わせた。

「やれやれ、こんなところにダンジョンとは。シビラと魔王の頭脳戦だな」

「うん……私、心から、シビラさんが味方でよかったなあって思う……」

全くだ。この二人の戦い、代役で出られる気がしないな……。俺達《たち》はそんな頼もしい我らが女神様の背中を追って、ダンジョンへと足を踏み入れた。

「……ん？」

「どうしたの、ラセル」

違和感を覚えて後ろを振り返ってみたが、夜の海が小さく視界に映るのみだった。

「いや、気のせいだと思う」

音が鳴った気がしたが……ここまで誰かが来たのなら、さすがに見えるはずだ。魔王が隠れたわけではないと思いたい。隣にエミーがいる以上は、危険ではないだろうが。

「……《ウィンドバリア》」

一応、不意打ちは警戒しておこう。


ある程度歩くと、左右に分かれる道でシビラが立ち止まっていた。

「索敵、敵が左右に引っかかった。さあて、とっても珍しい新規ダンジョン探索よ。久しぶり……でもなかったわね」

アドリアのダンジョンも、でき上がったばかりだったからな。

「エミーちゃんは右を進んで。ラセルは後ろを警戒。多分、アタシの予想だと左の魔物は移動後に動くから」

その指示通りエミーを先頭に右へ進もうとすると、目の前に現れた魔物を見てシビラが呟《つぶや》く。

「ニードルボア……！」

紫の猪《いのしし》の額に、太く短い角が生えた魔物だ。

「さすがにやってくれるわね、中層の魔物を第一層で出すとか、下手に弱いパーティーが迷い込んだらただじゃ済まないわよ」

……上層の魔物であるニードルラビットをダンジョンから送り出しておいて、中に入るといきなりこれほどの落差があるとは。その危険な罠《わな》を見て、俺は確信した。

——間違いなく、あの魔王がこのダンジョンを作り出した。

猪突猛進《ちょとつもうしん》の文字通りの、前進走行に全力を出す猪の魔物。エミーがそれを盾で受け止め、右手の剣で一刀両断する。

その様子を横目で確認しながら、俺は後方を注視した。

「来るわ、撃って」

「《ダークスフィア》！」

シビラの呟きとともに現れたのは……後方からもニードルボアであった。第一層から中層の魔物二体の挟み撃ち、しかもシビラが先に警告していたことを考えると、こちらの動きを完全に見切っていたように思う。……全く、嫌らしいことこの上ない。

ニードルボアは、見た目の通り一度直進を始めると軌道修正しない魔物であることは分かりやすい。下層の鎧《よろい》を屠《ほふ》ってきた俺の魔法に、ニードルボアは一撃で絶命しつつも、突進の勢いのまま転げるようにダンジョン壁面に衝突して止まった。

シビラが角を折っていくのを見ながら、次にどんな手を使ってくるのか想像を巡らせた。この場所でこの魔物なら、下層では一体どんな魔物が現れるのだろうか。

そして、何より……フロアボスだ。どういう姿になるのか、全く想像がつかない。

ただ一つ、俺は今から予感していた。一筋縄ではいかないだろうな、と。

それから順調に、ニードルボアを倒しながら第一層の魔物を仕留めていった。挟み撃ちにされることも多かったが、一度対処を覚えてしまえば問題はない。エミーに前衛を任せながら、確実に挟み撃ちを狙ってくる後ろの魔物を俺が倒していった。

そして、この層も恐らく終盤の頃。シビラは難しそうに、腕を組んで唸《うな》った。

「すっげえ数いるわ。右に五体、左に……何体いるのこれ、やばいわね……」

「そんなにか？」

「ええ。でも固まってる以上は、対処できるわ。念のためアタシは範囲攻撃、ラセルはスプラッシュ準備。エミーちゃんは右のを一人で担当してくれるかしら」

「はい、お任せくださいっ」

指示を聞き、シビラとともに道の先を進むと……その先は、想像とは違う光景だった。

「広い部屋に、魔物がいない。左右の細い道の壁に隠れているようね。……正面に出て撃ってこいってワケ？　塞いでしまってもいいけど」

「警戒するに越したことはないが、入ってみないことには分からないな」

皆で頷き合い、防御魔法を使ったところで部屋へと駆け込む。

エミー担当の右側は予想通りニードルボアで、左側は……！

「……ニードルラビット！　ここに来てランクを下げてきたわね！」

昼間見たニードルラビットが、岩陰になって見えなかった小さい穴から次々に現れた。

ニードルラビットは真っ先に不意打ちをせず、左右から取り囲むように横に跳んだ。

魔物だけの通り道が、悍《おぞ》ましい数存在する！

「《フレイムウェイブ》！　フォーメーションってワケ!?　生意気ね！」

「《ダークスプラッシュ》！」

明らかに魔物とは思えない動きに辟易《へきえき》しながら、俺は魔物に対処する。それからシビラが、舌打ちしながら驚くべきことを言った。

「ラセル！　上にスフィア！」

「《ダークスフィア》！」

その魔法を使った瞬間、ニードルラビットの死体が天井から落ちてきた。

「細い穴が、天井にも通じている！　《フレイムウェイブ》！」

　右にいるシビラがそちら側の魔物を倒しているが、俺が天井に魔法を撃っている間に、更にニードルラビットが横から囲むように広がる。

　防御魔法があるため焦りはないが、敵の出現手段が多く面倒すぎる！　この嫌らしさ、間違いなくあのクソ魔王だな！

　俺が再びシビラの指示で天井を攻撃したところで……視界の隅に銀色の光が映る。

　何だ、あれは、新たな敵か!?

「ラセル！　撃っちゃ駄目！」

　シビラからの指示に驚いているうちに、更に驚くべきことが起こった。

　――ニードルラビットが全て、鮮血をまき散らしながら倒れた。

　それを為《な》した者の姿を確認し、やはり後ろからの気配は間違いなかったのだと理解した。

　その姿を見て、既に魔物を倒し終えたエミーが俺の代わりに叫ぶ。

「イヴちゃん!?」

　茶髪のショートヘアに、動きやすそうな軽装服。宿で送り出した時とは違った、明らかに近接戦闘用の格好をしたイヴが、こちらに小さく頭を下げた。

「……うっす、どもっす」

　どう声を掛けたものか迷ったように、イヴはこちらの様子を窺《うかが》いながら何度も小さく頭

を下げる。シビラが見栄え良くカットしたから女性とはっきり分かるものの、元が少年っぽいから何だか舎弟みたいな雰囲気だな。

「イヴちゃん、やるわね！　助かったわ。……でも何故《なぜ》ここにいるのかしら？」

「いやぁ、あたしって目いいんでたまたま見つけたからついてきてしまったんすよ……。つってもあたしの助けとかいらねえかなってぐらい、お姉さん達ドチャクソ強いっすね。猪を盾受けして吹き飛ばすとかマジびびりましたわ」

「まあね、エミーちゃんは【聖騎士】だもの」

「せーきし……【聖騎士】!?　えっ、マジすか、いや確かにあんだけ強かったら……」

イヴのきらきらとした視線を受けて、エミーはぽりぽりと頭を掻《か》いてはにかむ。まずはシビラが軽く会話の切っ掛けを摑《つか》んだところで、俺は一瞬シビラと目が合った。シビラは、軽くイヴにハグをした三秒の間……片目を閉じて、口に指先を当てた。――了解だ。

「ところでイヴちゃん」

「なんスか？」

「あなた、女神を信じてる？」

剛速球の直球じゃねーか！　もうちょっと柔らかく入れろ！

俺が闇魔法を使うことに関連して、イヴに対してまずは黙って探りを入れるというのはアイコンタクトで分かった……が、いきなりこんな聞くか普通!?

いや、聞くよな。何故なら……こいつはシビラだからな！

……だが、シビラがいきなり聞くということは、何かしら確信を持っているともいえる。

エミーもイヴも、唐突すぎたのか驚いて固まってるが……イヴが先に言葉を絞り出した。

「……へ、女神？」

「そーよ。太陽の女神様ってばちょーステキ。女神様に逆らいそうなヤツは、信仰に身を捧《ささ》げたこの自分がグサーッ！　みたいな？」

「……あはは、なんすかソレ。女神様とか信じて……全くないわけじゃないスけど……。でも、結局あたしらを助けてくれやしなかったし。女神のために【アサシン】やれとか言われても、信仰より先に『まずは金もって来いや！』って感じスね」

イヴの口から出たのは、俺やヴィンスみたいな男の孤児にも負けないどころか、遥《はる》かに逞《たくま》しい返答。シビラはもちろん笑った。

「アッハッハ！　イヴちゃんイケてるわね、超いいわ！」

「むしろあたしにとっちゃ、お姉さんの方が女神って感じっすよ」

「……いいわ、あなたとってもいい。ああちなみに、イヴちゃんの銀貨袋、あれ勝手に渡したけどそっちの彼――ラセルの持ち物だったのよね」

イヴは驚きに目を剝《む》き、こちらを見ながらぺこぺこ頭を下げた。

「あっ、あ、えっとお兄さん、ラセルさん、ありがとうございました！　いや、その……

滅茶苦茶《めちゃくちゃ》入ってたんで、がっつりショキトーシっつか、ほとんど使っちゃって」

　初期投資とは、孤児にしては難しい言葉を知ってるな。教育をしていた担当神官が良かったのだろうか。イヴの身に何があったかは分からないが、頭は良さそうだ。

　俺の出身孤児院では、ジェマ婆《ばあ》さんやフレデリカが教えていた。それに何より、古い院の地下に眠っていた本を読み漁《あさ》った、同い年教師のジャネットの存在が大きい。

「いや、気にするな。元々俺も大金など持たない孤児の身で使い道に困っていたぐらいだ。こうやって俺を助けるために使ってくれたのなら、返さなくてもいいぞ」

「へへ……めちゃいいヤツっすねラセルさん」

「でしょでしょ！」

　俺とイヴの会話に突如エミーが乗っかったところで、イヴは驚いて止まり……エミーをじーっと見た。お互いに何かを察したのか、エミーは「あっ」と小さく言い、イヴとシビラは満面の笑みで俺とエミーを見比べる。

　実に勘のいい子であるが……俺が気まずいのは納得できない。

「いや、突っ込まないっすよ。お姉さん同じ孤児として嫉妬するぐらいめちゃかわっすね。

……ところでシビラさん」

「ふふっ。ええ、何かしら？」

「――さっきの『女神を信じるか』っての、裏ある質問なんスよね。無論どんな理由でもお姉さんの示す道はウマそうだからついていくっスけど、渡るのヤバめの橋っすかね？」

声のトーンを落として、イヴが一言を放った。明るく笑っていたシビラの顔が一瞬驚きに瞠目《どうもく》し……勝ち気で獰猛《どうもう》な、肉食獣のような笑みへと変わった。イヴは、初めて見るシビラの顔に息を呑《の》む。

……いや、俺も今の鋭い言葉には驚いた。厳しい環境で育った孤児が、ここまで鋭敏な感覚を持っているとは。比較的穏やかに育った俺達《たち》とは、知識や知恵というより根本的な部分での『警戒力』が違うように感じるな。

「いい……いいわ。あなたみたいな、理性を持った餓狼《がろう》みたいな子、アタシは好きよ」

そしてシビラは……遠慮なく黒い羽を顕現させて広げた。それは、シビラが秘密を共有する者にだけ見せる羽。部外者には、気楽に見せるはずのない女神の姿だった。

「アタシはシビラ。『宵闇の女神』っていうのよ」

「……うぇ……？」

「ああちなみに、別に太陽の女神を取って食おうみたいな怪しい宗教じゃないわよ。あっちと同じように魔王討伐してる、裏のチームみたいなもの。……みんなには秘密よ～？」

とりあえず、何とかこくこくと頷《うなず》くイヴ。まだ、驚いた顔で絶句したままだ。

「ラセルは闇魔法を使えるけど、回復魔法も使えるっていうか、つっけんどんだけど優しいお兄さんだから、イヴちゃんも仲良くしてあげて」

「保護者面するな」

一言多いシビラに突っ込んで空気が緩んだところで、イヴが再び動く。

「……いや、なるほど……確かに、太陽の女神を信仰してたらばらせませんわ……。でもお姉さん、マジもんの女神って言われて納得っす、つか美人すぎ、同じ人間だったら理不尽すぎっすよ」

驚きから復帰して、大分気が楽になったように笑った。

「むしろ……シビラさんが女神様なら、毎日のお祈りで初めて助けてくれた女神様っすね。だから前言は撤回っすよ――」

イヴはそれまでと違った優しい表情をして、両手を重ね合わせながらシビラへ向き直る。

「――女神様のこと信じてるっす。でも、あたしの女神様は、シビラさんだけっす！」

それこそ太陽のように、晴れやかな笑顔を向ける。今度はシビラが驚いたように目を見開き……羽を仕舞ってイヴの頭を優しく撫《な》でた。

「……うーん、今回マジでいい子ちゃんだらけ。アタシの方が困惑しちゃうぐらいだわ」

「へへ、そう言われると照れるっすね」

「でも最初はスリだったのは忘れてないからね」

「うっ……」

いい感じで終わりそうだったところ、シビラが最後に厳しく締める。未遂とはいえ、犯罪は犯罪だ。そういうところを甘く流したりはしないらしい。

「ラセルの前に、盗みは？」

「そ、それはマジにナシ！　誰にもやってねっす！　だからエミーさんに捕まったときは、もうほんと死にたいぐらい後悔したっす……」

「……アタシもこんなこと言いたいわけじゃないわ。一応信じるけど、償いとして探索を手伝ってもらうわよ」

「そ、それはもちろん！　タダ働きで問題ないっす！」

「いいえ、それで孤児院の子がひもじい思いをするのなら、逆にアタシらの方が落ち着かないわよ。倒した魔物はあんたのもの。だから……自分の金銭欲のままにガンガン働きなさい！　それが結果的に、アタシ達を助けることに繋《つな》がるわ！」

「シビラさん……！　はいっす！」

……上手《うま》い。犯罪を諌《いさ》めつつも、いい落とし所を見つけた上で、やる気を引き出す方向に持っていった。もしかしたらイヴも、乗せられてると分かった上で頷いているかもしれない。だが、お陰で二人の関係は、裏表なく良好だと感じられる。

思わぬ仲間が加入した。会うのは二度目だが、働きぶりは信頼できそうだ。

「さて、長話したけど今は夜なのよね。あんまり夜更かししてるとイヴちゃんの下の子も心配するだろうし。ちゃっちゃと降りるわよ！」

シビラの号令に皆で頷くと、俺達は第二層へと降りた。

次は第二層になるわけだが……階段が、妙に長い。横に広い階段をしばらく降りたところで、先頭のエミーが「うわ……！」と驚きに声を上げる。

「どうした？」

「下が見えたんだけど……な、なんか……すっごく広い……！」

エミーに次いで俺やシビラも降りると……岩の壁に囲まれた階段が、まるで宙に浮いているように高い位置に現れた。その長い階段を降りると、ようやく地面らしき場所に足がついた。ちょうど大きめの部屋ぐらいの広間があり……その四隅に、下へ続く段がある。

これ、何だったか……ジャネットが教えてくれたものにあったような……。

「うわっ、ピラミッドの頂上か何かなわけ!?」

そう、それだ。ピラミッドという建造物を彷彿《ほうふつ》とさせる。その頂上にいるような形だ。

そして、今のピラミッドの頂上から見て地表側には……赤い岩の空間が広がる。階層が広すぎるのか、遠くが暗く見えない。分かることはただ一つ。この第二層——恐ろしく広い。

シビラが頭を抱えながら溜息《ためいき》を吐き、叫んだ。

「めっっっっちゃ雑ゥ～～～～～～!?」

その心からの叫びに、俺達三人は苦笑しつつ同意した。まさかダンジョン第二層が、壁も何もなくひたすら広げまくっただけとは……。

シビラは内部を見渡しながら、いくつか分析を始めた。

「色から察するに下層。つまりできたてダンジョン……か、もしくはわざとこの形にしているか。ダンジョンメイクはダンジョンコアの魔力をかなり消費する。ここが第五ダンジョンで、第四ダンジョンを作り終えてるとかじゃなければ、多分最近作られたものよ」

そうだ、アドリアダンジョンも第二層が最下層だったが、翌日には下層になっていた。

ただし、翌々日も下層だった。それはあのダンジョンができたばかりだった情報と一致するし、シビラの言うように、すぐにダンジョンが拡張できるわけじゃないことを意味する。

「単純だけど、厄介。そして見たところ……魔物が、四方八方から上ってきてるわ。イヴちゃん、危なくなったらラセルの近くに戻るように。防御魔法に入ることができるわ」

「了解っす！」

イヴに確認を終えて、それぞれ下層の魔物に備えた。俺は腰から剣を抜き、ウィンドバリアを張り直す。

足元のピラミッドを上ってくる角付きの魔物が、眼下で蠢《うごめ》くのが僅かに視認できる。ダンジョン構成は雑ではあるが、ひたすら物量で押し潰してくる形は厄介だな。特に『一対一に持ち込みづらい』という辺りが厄介だ。強い魔物を複数人で取り囲む戦法はやったことがあるが、自分たちがそれをやられる側になるとはな……。

そういえば、昨日エミーに力を渡したことで、対象を選ばないことが分かった魔法がある。

「イヴ、あと二人も」

「ん、何スかお兄さん」

「《エンチャント・ダーク》」

俺は早速、イヴの武器に闇の光を付与した。その刃先を見て驚くイヴに「よく切れるから気をつけろ」と一言忠告し、二人の方を向く。

俺の意図を理解して、二人も武器を差し出した。

「……そろそろやってくるわよ！」

二つの刃先に闇の光を纏《まと》わせたところでシビラが宣言し、俺は後方に向き直る。うっすらとしか見えていなかった魔物の姿が、はっきりと見えるぐらいになっていた。

「……ニードルウルフ。いきなり第二ダンジョンにいない魔物が来たわね」

こいつがここの魔物か。その姿から、頭突きと噛《か》みつき両方をやってくる魔物であろうことは理解できるな。近づかれると厄介なタイプであろうことは分かる。

ニードルウルフは、こちらを取り囲むように広がりながら石段を上ってくる。……明らかに第一層のニードルラビットと同じように、魔王の手が加わった動きだろう。

普通はそれで俺達への対処は十分だろうが、相手が悪かったな。

俺相手には、その戦術は無駄だ！

「《ダークスプラッシュ》！」

剣を片手に、左手から自分の担当するピラミッドの一面を塗りつぶすイメージで撃つ。

黒い魔力の攻撃が、文字通り横殴りの雨となって、狼《おおかみ》たちの身体《からだ》へと叩《たた》き付けられた。

二重詠唱で密度の濃くなったダークスプラッシュは、回避しようと思って避けられるものではない。しかも近づけば近づくほど隙間は少なくなり、被弾範囲は増える。

防御も回避もできない。こういう障害物のない場所なら、この魔法は相性抜群だな！

「おっ、ラセルの魔法でこっちのヤツらも結構当たってるわ！　アッハハハうっけるー！

サイドステップ指令、やりすぎて完全に裏目ね！」

右側面を上るシビラ担当の魔物も、どうやらシビラを取り囲むように動いていたようだ。

それが仇《あだ》になったらしく、俺の魔法の範囲に入ってしまったようだな。

右側が範囲内ということは、当然左側も範囲内だ。

「クッソかっけえ……ラセルさんマジぱねーっす。よし、これだけ減ったのなら……！」

やはり左側の、イヴが担当する魔物も大幅に倒していたようだ。魔法が切れないように意識して連続二重詠唱をしながら、俺はイヴを観察する。

イヴの正面には、こちらと同じニードルウルフ。その機敏なサイドステップを凌駕《りょうが》する動きで、イヴ自ら魔物に近づく。手が自由になるよう小さな円盾を手首に巻いている。その盾を相手の口にねじ込むように素早く動いた。魔物が硬い盾に噛みつく音が鳴ると同時に、イヴのナイフが魔物の首を掻《か》き切った。鮮やかな手つきだ。

「うおっ、黒いナイフすげえ!?」

イヴは刃を入れて闇属性付与の威力に驚嘆しながら、俺の側《そば》まで戻ってきた。

バックステップで俺の隣に着地したと同時に腰から投げナイフで牽制《けんせい》をした辺り、最後まで油断がない。投擲《とうてき》も正確で、ナイフが目に刺さった魔物が怒りの声を上げる。

イヴは俺の闇属性付与に驚いていたが……いや、驚くのはこっちだ。

シビラがイヴのことを『餓狼』と喩《たと》えていたが、本当にイヴは独特の動きをしている。

第一層でニードルラビットをまとめて倒した技術といい、生半可なものではない。

「《ダークスプラッシュ》……いなくなっただろうか」

最も効率よく討伐できる俺が、担当していた方角から動くものが見えなくなったのを確認してイヴに声をかける。

「イヴ、厳しいようなら手伝うぞ」

「いえっ！　もうこっち少ないんで大丈夫だと思うっす。何より自分の取り分になる以上は、がっつり頑張らせてもらうっすよ！」

「分かった、だが無理はするな」

俺はイヴ自身の言葉を信じ、後ろ側だったエミーの方を向く。ピラミッドの頂上から天井へと不自然に伸びた階段、その側にエミーはいた。

「――やあああっ！」

その光る盾で、狼を遥《はる》か遠くに吹き飛ばしていた。……あれなら吹き飛んだ衝撃と、受け身を取らず落下しただけで死んでいそうだな。

盾がメインではあるが、剣の腕も決して悪いわけではない。エミーには木剣を打ち鳴らしていた経験と、聖騎士としての能力、それに闇魔法の付与もある。今のエミーを心配するなど、むしろおこがましいというものだろう。

下層といっても今のところ数ばかりで、魔物が強いわけではない、といったところか？　いや、あの魔王が作ったダンジョンだからな。今でも十分に厄介だが、油断はできない。

「ラセル！　アタシの方を担当して！」

「おいおい、お前が先に音を上げるのか？　分かった、経験値を貰《もら》っておこう」

やれやれ、イヴより先にシビラの方角を担当することになったな。俺は眼下の魔物目がけて、再びダークスプラッシュの連射を始めた。

俺の後ろに下がったシビラはマジックポーションを飲み、俺の隣へ……は、来なかった。

「……やってくれるわね、あのクソ野郎」

シビラはそう呟《つぶや》きながら、何故《なぜ》か何もないはずの天井に視線を向けた。

魔物を残らず掃討しながらも、その反応に嫌な汗が背中を伝う。

「《ダークスプラッシュ》！　おいシビラ、何がいたんだ!?」

「ここ、天井遠くて真っ暗よね」

「……ッ！　まさか！」

　シビラが次に天井に向かって放った魔法は、フレイムストライク。シビラの使える中でも高威力の魔法だった。その火が天井に近づくと——！

『ツガアアァ……！』

　遠いため小さく感じるが、ハッキリと『絶叫』だと分かる魔物の悲鳴が聞こえてきた。

「全員、ピラミッドの一番上の段から離れて！」

　シビラの宣言に、イヴとエミーも魔物に対処しながらすぐに動いた。次の瞬間、地面に巨体が着地した音とともに、風圧がこちらに届く。

「翼竜《ワイバーン》よ！　ラセル、首を！」

「ああ！」

　そこにいたのは、翼を持った小型の竜の魔物の焼けた姿だった。起き上がる前に、俺の剣が翼竜《ワイバーン》の首を切り落とす。同時に反対側のエミーが、尻尾を切り落とした。

「戦いにおいて、有利な上側を取るのは基本戦術！　だから普通は、ここに陣取って下側を向く。階段の隣、何かあるとは思わないわ。……だから気付かない。第一層と第二層の間に、魔物が通る隙間が空いてるなんてね……！」

　上からの襲撃を行うための、魔物が通るスペース……！　まさか、俺達《たち》が下にばかり意識を取られていた隙に、本命の翼竜《ワイバーン》が頭上から襲ってくるとは……！

「ここ、多分第三層だわ。アタシ達は二層分降りて、翼竜《ワイバーン》は第二層の穴から来た」

こんなヤツに後ろから不意打ちされたら、どんな熟練者でも危機に陥る。そして、何より恐ろしいのは……この明らかに上位の魔物である翼竜《ワイバーン》が現れた時点で、全員こいつの方を向いてしまうことだ。本来なら後ろからニードルウルフの襲撃を受けていただろう。

そう——このピラミッドの頂上という場所が、『ただの雑な地形』から『最も挟み撃ちに向いた地形』へと変わるのだ。

性格最悪の、ダンジョンメーカー。規格外の能力を誇る、最凶魔王。……だが。

「《ストーンウォール》！　これで通路を塞いだわ。……第三ダンジョンでは散々先手を取られたんだもの。『想定』のできるセコい方法全部、アタシが完封してやるわ。今回もアタシの索敵魔法を想定していなかった、あの魔王の負け。今あのクソ野郎が悔しがっていると思うと、それだけで気分いいわね！」

そんな魔王の、ただ一つの想定外——こちらには、シビラがいる。

ああ、そうだな。ここまで派手なダンジョンメイクをしておいて、肝心の作戦が先手を打たれて完封されるなど、ヤツにとっちゃそれはそれは腹立たしいだろうな！

俺はシビラと同じようにニヤリと口角を上げると、無言でハイタッチをした。シビラはエミーとイヴにも勝利のハイタッチをしに回る。

あの魔王が作った、第四ダンジョン。その隠し場所も、第二層の罠《わな》も読みきったシビラの勝利だ。

「ふっふっふ……！　ラセルの魔法も調子良さそうだし、このまま下行くわよ。このシビラちゃんをコケにしたこと、後悔させてやるわ……！」

その顔つきは、勝利への喜びを露《あら》わにしつつも、決して油断はしないぞという意志でギラギラと燃えていた。

魔王。お前はどうやら、最も敵に回してはいけない者を怒らせたようだな。


シビラがピラミッド最上段から光の魔法を投げるが、あまりに広くて何も見えなかった。こうなったら、諦めて自分の足で移動するしかないだろう。

皆で第二層改め第三層のピラミッドから降りつつ、シビラはイヴの方を見る。

「イヴちゃん、一つ大事なことを確認し忘れていたわね。女神の職業《ジョブ》は【アサシン】で合ってたかしら？」

「あ、そっすね。うちの院から大人がいなくなった後、なんか突然【アサシン】レベル1って一方的に言われて、あーこれかーって。さっき同じ声で4って言われたっす」

【アサシン】か、なるほど。先日目の前で、その動きを見たばかりだから納得だ。

「そういえばセイリス第三ダンジョンを攻略していた『疾風迅雷』にも回避タンクのアサシンがいたわよ？　上を狙えるいい職業《ジョブ》だから、しっかり育てなさい」

「えっマジすか、やったぜ！　うっす頑張るっす！」

　ガッツポーズをして飛び上がりながら、イヴはエミーと会話しに行った。

　ふと俺は、一つ気になったことがある。

「なあシビラ、【宵闇の魔卿《まきょう》】ってのは、【神官】や【聖者】からしかなれないのか？」

「ん？　んー……そうでもないわよ。だけど【神官】が一番『反転』に近いのよ。その落差の力で一気に変わる感じ。『高いところから落ちる方が、湖に深く沈む』みたいな？」

　高いところから低いところに……か。理屈は分からないが、表現は分かりやすいな。

「それに、【宵闇の魔卿】以外にも職業《ジョブ》はあるわ。相手の命を刈り取る方向に、職業《ジョブ》の特徴が全振りされてるようなもの。だけど……それらは簡単に変われないのよ」

「どういう意味だ？」

「『魔法』は、身体に宿る魔力を使うわよね。反面、戦士系を含めた近接職は、『肉体』に職業《ジョブ》の力が宿っている。だから、変換の負荷が大きい。駄目そうな場合は……」

「場合は？」

　シビラは咄嗟《とっさ》に答えず、視線を外して言い淀《よど》んだ。まさか、他の宵闇の職業《ジョブ》への変換は、想像よりも遥かに危険なのか？　そんなことを、過去にシビラは……

　俺がじっと見ていると、シビラは諦めたように、眉間に皺《しわ》を寄せて呟いた。

「途中で、激痛に叫んでしまう。その時点でアタシは変換をやめたわ」

その答えに……俺は安堵《あんど》の溜息《ためいき》を吐く。

「……今の話で、なんでそんな顔なのよ」

「いや、死亡したり欠損したり、加護そのものがなくなるようなものかと思っただけだ」

「そんなに危なかったら、最初からできるわけないでしょ!?　そもそも宵闇の職業授与《ジョブグラント》だって、自己申告者しかやってないわよ！」

「だよな、気にしないでくれ」

俺は軽くそう返して、少し怒ったように腕を組むシビラとの話を切り上げた。エミーとイヴがこちらに振り返り首を傾《かし》げたが、俺はなんでもないと首を振る。

……なに、少し安心しただけだ。お前が、他者を危険に晒《さら》してまで宵闇の職業《ジョブ》に変換させようとしたわけでないと分かってたな。もちろん、最初からそんなことしないだろうと分かっていたが、ハッキリ言ってもらえるのとでは天と地ほどの差がある。

それにしても『宵闇の女神』と宵闇の他の職業《ジョブ》か。

どんな職業《ジョブ》なのか興味はあるが……今は俺が【宵闇の魔卿】だ。

一人で他のヤツらの分まで、しっかり働いてやるさ。

それからしばらく歩くと、壁に突き当たった。何もない、平坦《へいたん》な壁である。ある意味予想通りの行き止まりに、皆疲れたように溜息を吐いた。

「シビラ、どう思う？」

「みんななんとなく予想してると思うけど、多分このクソ雑ダンジョン、ピラミッドの他は何もない部屋よ」

その表現に後の二人も苦笑したあたり、皆想像したこの第三層の構造は同じなのだろう。

上から見たら四角いだけの滅茶苦茶《めちゃくちゃ》広い第三層に、巨大なピラミッドがぽつんと一個ある。後は、壁まで迷路らしきものもなし。

雑の一言……だが、その面倒くささは最悪の一言だ。出口を探すにあたって、頼れるものが何もないのだから。危険はないが、最大の敵は『徒労感』だろうな。

「ラセル。エクストラヒール・リンクを、定期的に無詠唱し続けて」

「了解」

「エミーちゃんは私と並んで、一緒に走ってちょうだい」

「は、はあ」

それだけ伝えると、シビラは走り始めた。エミーが慌ててついていき、俺とイヴも一瞬目を合わせて追いかける。

しばらく走って、ふとイヴが「そういえば」と話を切り出す。

「シビラさん、ピラミッドを四方からエミーさんに叩《たた》かせたり蹴らせたりしてましたけど。あれ何だったんすかね？」

それは、先ほどの魔物を全て倒した後に、シビラが最初に行った指示だった。エミーは首を傾げつつもシビラの言うことなら何か意味があるのだろうと判断し、シビラの言われるがままに何カ所かで思いっきりピラミッドの壁石を蹴った。

何も起こらなかったわけだが、シビラは結果に満足した後、ピラミッドを降りて現在の第三層地表部（地表というのも変な表現だが）を探索し始めた。……あの行為の意味、か。

「それなら俺でも分かるぞ」

「……マジすか？　ひょっとしてラセルさんも結構頭いい？」

「どうだろうな。あくまで俺も予想に過ぎない」

イヴは、まだあの魔王を見ていない。その嫌な話の内容を聞くと、どれぐらい性格の悪いヤツなのかすぐに分かるだろう。それを考慮した上で、自分の考えを話す。

「この、下の階を探す作業で、どこに下の階段があるか分からない状態。普通は壁のどこかに下の階への道があるだろうが……」

「ふむふむ」

「この『退屈』と『徒労感』との戦いとしか思えない、第三層。一番『徒労感』を覚えるのは、どういう場合だと思う？」

分かりやすくヒントを出す。イヴは俺が見ても賢いと分かる。この言い方ならすぐに思いつくのではないだろうか。

その予想通り、イヴは走りながらも考え、すぐ理由に思い当たったようだ。

目を見開いてこちらに向き直り、その考えを披露する。

「……ピラミッドに下への階段がある場合っすね！」

「それだ、俺が思った可能性は」

そう、ピラミッドは出発地点。もしもこのだだっ広い場所を延々探索させられた後に、最初の場所に戻って地下の入口があったとしたら、その精神的苦痛は計り知れないだろう。

だからシビラは、探索前にそれを予測し、その可能性を最初に潰したのだ。

言われると思いつくような方法だが、最初にそれを思いつくかどうかとなると難しい。

それは間違いなく、あの女神が魔王との知恵比べに執念を燃やしている証左。

「遠くを照らしたが、地下への道は見えなかった。だからシビラは、『最速』で見つけるために走っているのだろう。あいつなら、すぐに見つけられるだろうな」

「うっす、シビラ姉さん美人なだけでなくメチャかっちょいいし、頼りにしてるっす！」

イヴがすっかりシビラを気に入って褒める姿に微笑《ほほえ》ましいものを感じつつ、俺達は先を行く二人の姿を見た。

視界の先で、エミーが何とも嬉《うれ》しそうな顔で、シビラの方を見ている。シビラは、走りながら頭をぼりぼりと掻《か》いていた。

壁を伝うかと思うとすぐに反転して、部屋に雑巾をかけるように移動を始めるシビラ。とても地味な探索を繰り返すこと、幾度か。

魔法で疲れないとはいえ、ピラミッドの場所まで戻り、立ち止まらずにその先まで探索に入るとは。本当にこの広い第三層、一気に全て見るつもりだな。

どれぐらい回復魔法を使ったか分からなくなった頃。

「……ふふふ！」

シビラから、再びあの声が聞こえてきた。俺がその先を覗《のぞ》く前に、シビラの魔法が地面を攻撃して破壊音が響く。それと同時に「ああーっ！」とエミーが叫んだ。

「何だ、エミー。何があった？」

「あったーっ！」

エミーが指差した先の床には、なんとぽっかり穴が空いており、その場所から下への階段があった。ようやく、この第三層も終わりか……！

「ノーヒントで、壁もピラミッドも見えない離れた中途半端な場所！　アタシみたいに頭の中でどこ走ったか覚えられる人がいないと、完全に詰むわねコレ！」

……全くだ、どこまでも意地の悪いダンジョンだな……！

壁からもピラミッドからも、階段まではかなり距離があるはずだ……。俺でも、一度は『下の階はないかもしれない』とすら思ったからな。

正直一人でこのダンジョンに挑戦などする気にはとてもなれないな……。

……だが、それでもシビラの記憶力と感覚の方が上だった。何の目印もない場所で正確に塗りつぶすように走り、下の階を探し当てたのだ。

意外な罠《わな》だろうと、単純な難しさだろうと、今のシビラの前では無に等しい。

「ラセル、エミーちゃん、防御魔法！」

そしてシビラの宣言通りに、俺とエミーが魔法を使う。更に俺は、すぐに戦えるよう闇属性の付与も忘れない。

「もう退屈だわ、みんなもそうよね」

俺達《たち》は、さんざん魔物もなく走らされた鬱憤を溜《た》め込んだように、皆で頷《うなず》いた。

「エミーちゃんを前に、下へ行くわ。次もきっと厄介、でも必ず勝つわよ！」

そして俺達は、第四層への階段を降りた。

階段の下から、下層を更に抜けたことを証明するように、紫色の光が漏れる。

その階段を全て降りた先に……いた。何度も俺の中で討伐を願った、あの姿が。

「宵闇の分際で、まさか、まさか。この最下層が、こうも早く見つかるとはッ……！」

「アタシの方が上だっただけよ～？　安いダンジョン、残念でした！」

「このッ……！　闇の、低劣な癖に、女神でありながら安物まみれの癖にッ！　あまりに粗野、無作法、不仕付けの極み！　到底許されませんね……！」

魔王が腕を左右に広げた瞬間、その左右の地面から魔物が出現する。

大きな角と、大きな体を持つ巨竜のような魔物だが……退屈と戦ってきた俺から見ると、倒し甲斐《がい》のあるいい獲物にしか見えないな。

今すぐあの魔物を餌食にしたいと、剣が武者震いに音を鳴らした。

今日はずっと、シビラばかり良いところを見せていたように思う。

頼れる相棒のことは誇らしいが……それだけでは納得いくはずもない。

せめて最後ぐらいは、俺に出番を残してくれてもいいだろう？

さあ、【宵闇の魔卿】の時間だ。

11 第四ダンジョンでの戦い、そして魔王を追い詰めるシビラの一手

左右の魔物を見る。第二ダンジョン下層の話でしか聞いていなかった鹿に比べても、明らかに強いと分かる巨体。

出現したばかりのそいつらは、こちらを睨《にら》み付けながらじっとしている。

「コソコソ隠す、不意打ち攻撃する、物量にモノを言わせる。……どれもこれも、いかにも育ちの悪そうなやり方よねぇ～」

フロアボスが出てこようが、続けてシビラは煽《あお》りにいく。魔王は応酬するつもりなのか、出てきた二体の魔物はまだ動かさない。

「……随分と余裕ですね。私に攻撃を避けられた程度の、安い眷属《けんぞく》を連れている身で」

「んー、届くんじゃない？　あんた、頭に血が上りやすそうだし。そういうのって御しやすいっていうわよねー」

「……減らず口を」

魔王の言葉に、シビラはくつくつと笑い出す。本当に余裕綽《ゆうしゃく》々《しゃく》といった様子で口に手を当て、肩をすくめながら更に煽る。

一体この会話に何の意図が……。

「口が減ると大変だもの～！　いや～ん可愛《かわい》いシビラちゃんの女神の声が聞けなくなるなんて世界の損失だわぁ～ってのがアタシを含めた普通の人の常識だけど――」

……意図が、あった。こんなさり気ない会話ですら、こいつの手の平の上なのか。

シビラは次に、とんでもないことを言い放ったのだ。

「――あんたは、一つぐらい減っても声は出せそうよねェ！」

「ッ！」

魔王の輪郭である黒いもやが、揺れ動いた。こいつ今明らかに動揺したぞ！

しかし、なんだ……？　口が、一つぐらい減っても声が出る……？

俺の疑問を余所《よそ》に、シビラは更に重ねて煽る。

「アッハッハ！　小物小物！　エミーちゃん左！　ラセルは右！　すぐにキレて襲いかかってくるから構えて！　あーもー精神ガキンチョのまま力持ったヤツは面倒よねー！」

「グゲ……ッ！」

シビラが宣言したと同時に魔王が両腕を前に出し、巨竜が動き出した。まだ理由は分からないが、ここまで全て、シビラの予定通りか。

詳しいことは分からないが、こちらが有利に傾いていることは相手の反応で分かる。

よし、ここからが俺の役目だな。

俺は指示通り、右側のフロアボスに向かってダークスフィアを放つ。

暗い緑の鱗《うろこ》に覆われた竜は、多少エラが生えて角が出た程度の差はあれど、巨大なトカゲのような見た目をしている。

羽を持たずただ突進することのみに特化したフロアボスは、俺の魔法を受けて大きく巨体を揺らす。ダメージは与えているが、抑えきれない。

それでももう一度、ダークスフィアを正面にねじ込む！

「《ストーンウォール》！」

俺が次の魔法を直撃させたと同時に、シビラが得意の石の壁を出す。

しかし、このフロアボスはその程度で止まらない……と思ったが、石の壁が現れたのは、竜の右足部分。片足が上がった状態で踏み込むように力を入れると、当然左側——俺から見て右側——に重心が傾く。

結果、フロアボスは壁に向かって減速できないまま正面衝突した。

「《アビスネイル》」

シビラが生んだ絶好の機会を逃すまいと、俺はその腹部を貫くように魔法を放つ。

ダークスプラッシュを至近距離で叩《たた》き込むこともできそうだったが、ギガントに比べて動きが素早い上、尻尾が厄介だ。以前のファイアドラゴンではそれに苦戦したからな。

ストーンウォールで、アドリアのフロアボスであったリビングアーマーを打ち上げた時にも思ったが、シビラは効果的な使い方をここ一番の場面でする。

発想力一つで魔法はいくらでも便利になる。もちろん判断するスピードも速い。

これで心置きなく、相手を削ることに集中できるな！

「《アビスネイル》」

もう一発の魔法でフロアボスが痙攣《けいれん》したと同時に、背中側から轟音《ごうおん》が聞こえる。

そちらを横目に一瞬見ると、壁にフロアボスが叩き付けられて、白い腹部を晒《さら》していた。

……あの巨体を、聖騎士のスキルで吹き飛ばしたのか。さすがエミーと言う他ない。

顔から黒い水滴が流れている。反撃と同時に、闇属性を付与した剣で斬ったようだ。全く、頼もしいことこの上ない。あちらの心配は要らなそうだ。

こちらの担当フロアボスが起き上がると、怒りを表現するように足を踏み鳴らして頭を低くした。さて、次はどうするか。

「ラセル、次、足は動かさないで！」

ふむ、何か思いついたな？　いいだろう、お前に任せる。

俺はシビラの次の一手を信じて頷き、正面の魔物に対して魔法を叩き込む。

吹き飛ばされても回復はできるが、こいつは純粋に物理攻撃のみに特化したようなフロアボスだろうな。防御魔法がなければ、一撃で潰されかねない。

「《ダークスプラッシュ》」

この距離なら、俺に向かって直進して来るのだから、この魔法が一番被弾するだろう。

そろそろぶつかるぞ。さあ……シビラ、どうする？

「《ストーンウォール》！」

その魔法を聞いた瞬間、先ほどと同じようにフロアボスが左右に軸をずらされると思っていた。成功した方法をもう一度やろうと思うのが、普通の人間の戦術家だ。

だが、シビラは普通の人でも、普通の戦術家でもなかった。

打ち上げられたのは、俺だった。

「……！《ダークスフィア》！」

足元で俺を打ち上げたストーンウォールが、俺の代わりに突進を受けて粉々に砕け散る。

──こう来たか、面白い！

勢いを殺せないフロアボスの、隙だらけの背中に俺は魔法を叩き込んだ。

天井の高い最下層フロアを宙空から俯瞰《ふかん》した瞬間、魔王と目が合う。その顔は、大きく見開かれていた。間違いなく、驚愕《きようがく》の顔だな。

……ああ、そうだろう？　散々シビラに馬鹿にされて、それでも自分の方が強いつもりでいたんだろう？　たまたま運良く罠を全て破っただけだと。

違うんだよ、根本から。

お前は、俺達『宵闇《よいやみ》の誓約《せいやく》』を敵に回した。そのことを後悔させてやるからな。

当のシビラの方を見ると、俺の方を見て親指を立てた。その後イヴの耳元に口を寄せて、何か喋《しゃべ》っている。

自然落下しているので、地面に着地する瞬間ウィンドバリアを再度重ねがけする。最後に足が地面に接触したと同時に回復魔法を使った。

多少の痛みは響いたが、すぐに魔法で治した。あのフロアボスの突進をもろに受けることに比べたら、遥《はる》かにマシだからな。

イヴの方を確認すると、シビラは腰のポーチから黒い布を取り出し、イヴに被《かぶ》せる。それから肩をぽんと叩くと、イヴは後ろに下がった。

「シビラ、さっきは凄《すご》い判断をしたな。さすがに驚いたぞ」

「アタシの方が、アドリブで打ち上げたのに魔法撃つ余裕を見せたあんたに驚いたわよ」

互いの息の合い方に軽く言葉を交わしたところで、幾分かスピードを鈍らせたフロアボスが再び立ち上がる。俺はふと、シビラに気になる疑問を聞いた。

「何故《なぜ》あいつは……魔王は攻撃してこない？」

魔王は憎々しげに、こちらを見ながらも一切動く様子がないのだ。

「あの黒いもやを身体《からだ》に纏《まと》ってるときは、チャージモード。魔物召喚と魔力蓄積の形態なのよ。だからアドリアのヤツも、剣で攻撃する時に解除したでしょ」

「ああ、それでか」

「そういうこと。ホラ、昨日も大した攻撃しなかったわよね。だからお供の『ペット』たち改めフロアボスを倒したら、多分姿を現すわ！　攻撃するのは、その後ね！」

シビラが叫び、それを聞いている魔王が腕を組……んでいるにしては、妙な輪郭だな。

「ふむ……とにかく分かった。先にフロアボスを倒す」

「ええ、頑張ってちょうだい！」

それから俺とシビラは何度も連携し、フロアボスに闇魔法を叩き込む。

エミーの方は、元々相性的に有利なのか、近接戦だと打ち負けないという感じだな。

かなりの高頻度でエクストラヒール・リンクを使っているため、腕が一撃で使い物にならない限りは負けないだろう。毎度回避するのは危険ではあるが、シビラは何度もサポートをして俺から攻撃を逸《そ》らせる。

魔王は、イライラしているように腕を組んだまま足で音を立てていた。

さすがにフロアボスは、完全防御無視の闇魔法攻撃に耐えられなくなっているようだな。

エミーの方のフロアボスも、底の抜けた水瓶《みずがめ》のような勢いで、ボタボタと顔から血を流す。

そろそろ、最後だ。

「《アビスネイル》！」

最早《もはや》避けるのもままならないフロアボスに魔法を叩き込むと同時に、エミーもフロアボスの巨体を登って飛び上がる。剣を下に向けた着地の瞬間が、フロアボスの最後だろう。

その着地を見届けていると――！

「ギャアアァァァァ！」

――なんと、魔王が叫び声を上げた！　エミーもフロアボスを刺しつつ驚いて魔王の方を見る。何が起こった……いや、よく見ると、いる！

黒い布で全身を覆い、黒い刃を持った少女が、フロアボスの陰に隠れて魔王を後ろから切り裂いている。間違いない、イヴがやった！

「おのれ！　お前！　お前……なんだ、お前は！　ナイフ、フード……な、何故こんな安い女がここに……！」

もちろんこの最後の一手は、シビラによるものだろう。……やはり、そうだったか。

先ほど、わざわざ大声で後から倒すと魔王に聞こえるように叫んだのが、おかしいと思っていた。あれはこちらの順序を伝える必要性がないからだ。

フロアボスが倒される瞬間、互いに意識をそちらに集中してしまうその一瞬を狙って、イヴに指示を出していたんだな。俺もエミーも知らなかったから、気付かなかった。

「安いからって、勘定に入れないのは貧乏になる人の発想よぉ～？　大金賭ける人より、日常で『今日ぐらいは高めでいいかな』を毎日やっちゃう人の方が破滅するの。その中でも……その子はとびっきりの、破産案件よ」

「ま、まさかこの女……！」

「現在金銭トラブル中のセイリス孤児院にいる、孤児の【アサシン】よ。安いと思い込んで勘定に入れ損ねた時点で、こうなるのは当然ね」

その言葉を聞いた瞬間……魔王は今日最大の怒りを爆発させた。

「――アアアアアア！　アアア安イ安イ！　こんな、こんな安物が！　この俺様に、最初に傷を付けたなど、断じて、断じて認められるかあアアアア！」

その直後、そこら中から魔物が現れた。まるでフロアボスのように喚《よ》び出したが……それはヤケクソとしか言いようがないひどいものだった。

額に三本の角を生やした、大型の鹿のような魔物。その魔物の上に、同じ魔物が折り重なるように喚び出された。明らかに冷静さを失った、雑な召喚。

ただ、数は異様に多い。その全ての魔物は……イヴの方を向いていた。

――危ない！

「ラセルは雑魚対処！　エミーちゃんはイヴちゃん守って！」

「了解！」

「任せてっ！」

「第二ダンジョンからニードルムースを喚んだわ、本当に能力だけは凄《すさ》まじいわね……」

シビラが苦々しく舌打ちする。イヴは武器を構えて警戒するも、角にばかり警戒していたため、その鹿の足に蹴られて打ち上げられた。

ボールのようにイヴの身体が天井付近まで吹き飛ぶ姿を見て、背中に冷たいモノが伝う。

「《エクストラヒール》、《ダークスプラッシュ》！」

イヴを空中でエミーが抱き留め、俺は未《いま》だにイヴを狙っているであろうニードルムースへと闇魔法を叩き込む。多少回数は必要だったが、それでもフロアボスほどではない。それにイヴを狙ってエミーへと殺到するため、倒すのは容易だった。

無尽蔵の魔力で魔法を浴びせた後は、もう生きている敵はいない。だが、全てが終わった頃には、あの魔王もいなくなっていた。逃したか……俺も一撃は入れたかったが。

舌打ちしそうになったところで――シビラが、笑っていることに気付いた。

「魔王は逃がしたけど、戦果はあったわね」

シビラがそう言い切るということは、少なくとも悪い結果ではなさそうだ。シビラは魔王のいた辺りで足元をごそごそと漁《あさ》り、エミーの背中で青い顔をしたイヴへと向かう。

イヴ……ダンジョンに潜り始めたばかりなのに、あの数の巨大な魔物から一斉に襲いかかられたんだもんな……怖くて当然だ。

シビラはイヴを抱きしめ、頭をぽんぽんと優しく叩いた。

そして次の一言は……恐怖に震えていたイヴ本人ですら、驚きに目を見開く言葉だった。

「イヴちゃん、ありがとう。本当に本当に、すっごいお手柄よ。……もしかしたら、あなたがついてきてくれたお陰で、あの魔王を倒せるかもしれないわ」

さて、ある程度回収できるものを回収していきたいが……どう考えても、このフロアボスの素材を持っていくのは無理だ。

理由はただ一つ。第二層の、ヤケクソみたいなダンジョンメイクで作られたマップを抜ける気が起きないこと。そして、この重い素材を持ってジョギングした後に、あの巨大なピラミッドを登る気が起きないことだ。

本当に、シビラが最初に言った通り『雑』の一言で済ませる他ない場所だったな……。

シビラの提案により、俺達《たち》はフロアボスであるドラゴンの肉を食べることにした。

「はい、あーん」

「あ、あ～ん……んぐっ……。……！　うわコレ、やっべ、今まで食べてきたモンと違いすぎっスよ……チビどもにも食わせてやりてー、ちょいとわりィ気がすんなぁ……」

「これは、アタシの無理を聞いて頑張ってくれたご褒美よ。もちろん持って帰ってもいいけど、自分の分は手で持つよりこの場でお腹《なか》の中に入れた方がいいわよ～？」

「な、なるほど……！　うっす、明日の食事はいらねーってぐらいメチャ食うっす！」

シビラが次々と調理していき、イヴが焼き上がり次第手を伸ばす。エミーも沢山食べる上に美味《おい》しいものには目がないので、イヴと一緒にシビラの焼いた肉を次々食べていた。

食欲旺盛な二人だが、それでもさすがに食べる速度には限界がある。シビラは、これでもかと言わんばかりに焼き肉の串を作ったところで立ち上がった。

「ラセル」

俺もその一言に立ち上がり、シビラが無言で進んだ方に付いていく。これで二回目だ、目的は分かる。

シビラの目当ては、やはりドラゴンだった。地を這《は》う竜の姿をしたフロアボスの胸の辺りを、シビラは手慣れた様子で切っていく。

やがて小さな肉の塊を取り出すと、それを無言で火に炙《あぶ》り差し出した。

「こいつもいけるわよ」

「それは楽しみだな」

そう——ドラゴンの心臓である。

前回ファイアドラゴンの心臓を食べてレベルアップした以上、このドラゴンの心臓にも似たような効果があるのではないかと思っていた。

「ニードルアースドラゴン、多分片方は第二ダンジョンよね。二体同時はさすがに内心ビビったわ……エミーちゃんなしだと、到底捌《さば》ききれなかったわね」

ああ……全く、恐ろしいことこの上なかったな。ただでさえドラゴンのフロアボスは強いというのに、そいつが二体はいくらなんでもあんまりだ。

闇属性を付与したとはいえ、エミーは一人であのドラゴンを力で抑え込んで勝ったのか。第三ダンジョンの時も思ったが……本当に、強いな。

そんなことを考えながら、俺は手元の心臓を食べる。

……いい味だ、本当にこれは最高の報酬だな……。

しかし、味より何よりも……。

――【宵闇の魔卿《まきょう》】レベル12《アビストラップ》――

……この経験値の入り方が凄まじい。

青ギガントのフロアボスでそれなりに獲得していたとはいえ、倒した瞬間ではなく食べた瞬間だもんな。

「……【宵闇の魔卿】という職業《ジョブ》だから上がりにくくなっていると思うが、もしかすると本来はもっと上がるものなのか？」

「いいところに気付いたわね。そうよ、だからドラゴン相手のジャイアントキリングを成功させたドラゴンキラーは、その瞬間を境に、一段上の存在になる。街のAランクはそういうものを経験している人が多いわ」

「なるほど、な。そりゃ皆ドラゴンキラーに憧れるわけだ」

「そういうこと。……もちろん、倒した数の数百倍は、倒せなかった人がいるけどね」

そうか、そうだよな。皆、英雄に憧れる。俺だってそうだったし、ヴィンスだってそうだった。職業《ジョブ》を得る前から、自分がその英雄の物語のように活躍できるのだと。

――だが、現実は甘くない。

あの時は完全回復魔法によって何とか持ち堪《こた》えたが、未だにあのファイアドラゴンとの戦いを正攻法で切り抜けられる気はしない。

一体どれほどの人が、その英雄になる瞬間を夢見て、そして散っていったのだろう。

……闇魔法を使うこと、そしてシビラにサポートしてもらうことに慣れていた。だが、特別な力を得ても、俺は俺でしかないのだ。油断すれば、負ける。

シビラの本領は頭脳で、エミーの本領は防御力、イヴは暗殺や攪乱《かくらん》。このパーティーの攻撃担当は、間違いなく俺だ。気合い、入れ直さないとな。

「……ん？」

俺が握り拳を固めながら決意を新たにしていると、何やら妙な胸騒ぎを覚えた。

前も、何かこんな油断をしたような……。

「あ」

そして、その予感はすぐに確信に変わった。

——シビラがもう一体の心臓を、もっちゅもっちゅ食べている。

「おい、それはエミーの分だろ……？」

「エミーちゃんはもう上を目指す必要ないぐらい強いし、あの子はむしろ教えると食べないと思うわよ……優しいもの。だからアタシが食べちゃう」

少し遠い目をしつつも、最後には美味しそうに食べるシビラ。

「お前には遠慮ってものがないのか？」

「むしろラセルは、よくアタシが遠慮すると思ったわよね。シビラちゃんは宵闇の誓約を行ったみんなのための女神だけど、アタシ自身は自分の欲望第一だもの！」

ああ……全く、その通りだな……。

この中で一番付き合いの長い俺が、その理屈に一番納得するしかない。むしろ、それでこそシビラって感じだよ。

俺はこの面白残念駄女神に慣れる日が来るだろうか。自分で思っておいて、全く来る気がしない。少なくとも頭脳で出し抜くということに関しては、早々に諦めている。

やれやれ、気が向くままに振り回されてやるか。

そして、そんな日々に対して……慣れない方が楽しそうだな、とも思い始めていた。


ダンジョン下層でやることをある程度終えて、俺達はこのセイリス第四ダンジョンから出るために動く。正直、シビラなしでは魔物がいなかろうが歩く気にすらならない上の階のことを考えると、セイリス第四ダンジョンは二度と入りたくはないな……。

シビラの先導により、迷うことなく俺達は外に出ることができた。一安心、だな。

「ちょっと夜更かししちゃったけど、イヴちゃん本当に今日はありがとうね」

「いえいえ、いいっスよ！　シビラさんの頼みとあらば、いくらでも何でもするっスよ」

その言葉を聞いて……シビラは無言になると、ニィ～っと歯を見せながら口を開いた。

……ああ、悪い顔だ……。

「そう……そうなのね。何でもしてくれるのね」

「え？　ええっと、まあ、できることなら何でも……」

シビラはこちらに向くと、俺とエミーに淡々と指示を出した。

「先に戻ってて」

「は？」

呆気《あっけ》にとられる俺達を振り返ることもなく、シビラはイヴと肩を組んでさっさと行ってしまった。マジで解散か。傍目《はため》に見たら誘拐だぞおい。

同じように展開についていけない顔をしたエミーと目が合い、溜息《ためいき》を漏らす。

「……戻るか」

「あはは、そうだね……」

俺はシビラが去った方面を見ながら、あのシビラのとてもとても楽しそうな表情を見て、確信に近いものを感じていた。

——絶対何かしらの苦労をさせられるな。

頑張れイヴ、厄介なのに目をつけられたことはマジで同情するが頑張れ。

その面白残念女神に対して、俺ができることは、ない。

さすがに宿で休むはずだった夕食後の出撃は、精神的に疲れた。

先日ほどもやもやしてはいないが、まだすっきりとはしない。

もう少し、眠るのに時間はかかるだろうか。

「わあ……おふとん様がきもちぃい……たべすぎた……おやすみぃ～」

「ああ、お疲れ」

「おやすみ、黒鳶《くろとび》の聖者様ぁ～、えへへへぇ～……」

一日の最後に、なんとも不思議な呼ばれ方をして面食らう。俺がどう返そうかと思っているうちに、もう寝息が聞こえてきた。

シビラとは方向が違うが、こいつはこいつで滅茶苦茶《めちゃくちゃ》マイペースだよな……。

食い意地の張ったエミーは、結局男の俺から見ても相当な量の肉を食べた。先日といい、身体《からだ》のどこにあれが入るんだろうなっていうぐらい食べていた気がする。

今日は特に頑張っていたし、そりゃあ眠気も来るだろう。


俺は、今日のことを振り返る。シビラの提案で朝は海で遊んでいただけ。俺とエミーは、本当にそれだけだった。

だが……シビラは違った。

砂浜で遊ばせたことそのものが、シビラの気遣いであり戦略。そしてシビラは、俺達と同じように第三ダンジョンの探索で働いたのに、今日の朝からずっと魔王と水面下で戦っていたのだ。

隠されたダンジョンを暴き、魔物の出現場所を暴き、広い第三層を調べ尽くし、フロアボスでも活躍した。この間、シビラはずっと頭脳フル回転で全く休んでいない。

……本当に凄《すご》いヤツだよ、あいつは。とても代わりが務まる気がしないな。

そして、イヴ。あれほどの才能を持ったアサシンが、俺達の味方になってくれた意味は大きい。あの時シビラが、あそこまでハッキリと『成果』があったと断言してみせたのだ。

状況的に考えて、あの作戦はイヴなしでは不可能だっただろう。

……そうか。全く休んでいないシビラは、今も休んでいない。イヴと会っているのだ。

それは決して、私利私欲で頼み事をしているわけではないだろう。

あのシビラのことだから、確証は持てないが……。

ああ……少し、眠気が来た。もしかすると、これは安心から来るものなのかもな。

下り始めた眠気の暗幕を受け入れつつ、あの魔王を徹底して出し抜いたシビラによる『次の一手』を期待しながら睡魔に身を委ねた。

翌朝、すっかり日が昇ったところで明るい室内の天井を認識し、俺は目が覚めた。部屋の白い壁に太陽光が反射し、俺の目の奥を少し突き刺す。

寝ぼけた頭が覚醒した頃、段々と現実を認識する……かなり遅い時刻だぞ、これ。俺はベッドから起き上がり——当然のように部屋の椅子でくつろいでいる女と目が合う。

「おはよう、その様子だと精神的な疲れもなさそうね」

「……ああ、おはよう」

明らかに働き詰めで、俺より遅く寝たはずのシビラは、俺より早く起きていたようだ。

「本当にお前は、よく頑張るな。たまには休んだらどうだ？」

正直にそれを伝えてみたところ……むしろ鳩《はと》が豆鉄砲を食ったような顔をして驚いた。

「……歴代【宵闇の魔卿】の中でも一番無茶させてるあんたに言われるとはね」

「そうなのか？」

「そーよ。術士で前衛って時点で結構無茶なのに、魔法で打ち上げられても合わせてくるあんたが一番無茶な頑張りしてるわよ？　はーやだやだ、無自覚なんだから……」

褒められているのか呆《あき》れられているのか分からないが……俺が一番頑張っていると思っているヤツからそう評されて、悪い気はしない。

「あっ、ラセルおっはよー」

外に行っていたのか、エミーが部屋に入ってきて明るい顔で手を振る。

「おはよう。エミーの方が早かったんだな」

エミーが頷《うなず》いたところで「んっふふふ」と含み笑いが聞こえてきた。

「そーよ？　エミーちゃん寝顔じーっと見てたもの」

「ひゃう!?　そ、それ言わないでって言ったのに！」

「確かに言ったわね。でもアタシがそういうの、守ると思う～？」

……朝から実に、シビラがシビラらしい平常運転であった。いよいよエミーも、こいつとの付き合いを覚悟してくる頃だろう。

「まあ、俺もエミーより早く起きたときは必然的に見ているし、おあいこってことだな」

「えっ!?　あ、そ、そうだね！　うん！」

これでいいだろう、と思いきやエミーは随分しどろもどろな返事だった。

「エミーちゃんは結構近くで長時間……」

「そ、それは駄目っ！」

「いい反応ねー、アッハハハ！」

シビラの悪戯《いたずら》っぽい笑いが響いてエミーに同情したところで、シビラの手首に日光からの光を浴びて輝くものに気付いた。……あれは、ブレスレットか？

「あれ？　シビラさんそのブレスレット、昨日はしてなかったですよね」

ブレスレットは比較的幅広で目立つもので、エミーも当然気付いたようだ。その問いに対して、シビラは……実に楽しそうな笑みを浮かべて、不思議なことを言い放った。

「これはね……勝利の鍵よ」

12 女二人でも姦《かしま》しい、宝飾品店巡り。勝利の鍵が、扉を開く

シビラのブレスレット。エミーに買った物に比べて、明らかに高級品と分かる逸品だ。

それにしても、どこかで見たことがあるデザインだな……。

「似合ってるでしょ？」

腹立たしいぐらい似合っている。が、意地でも似合っているとは言いたくない。

「シビラさんとっても似合ってます！」

しかし、そんな俺の気持ちがエミーに通じるはずもなかった。

「ん〜っ、やっぱりエミーちゃんはアタシの天使ちゃんね！　はい、ラセルもエミーちゃんの可愛《かわい》さを見習うこと。アタシが学園の面接官なら入試で落としてるわよ」

実に理不尽な面接官だなおい、何の学園なんだよ。

正午前、宿の外に出ると、太陽の熱が肌を焼く。今日のシビラはワンピースだ。

『恐らく、今のセイリスには第一ダンジョン以外に最下層のフロアボスはいないわ』

とは、宿を出る前のシビラの弁。想定外を何度か考えたシビラに対して、本当にそれで大丈夫なのかと聞いてみた。その返答は、納得のいくものだった。

『あいつが一番キレたの、いつだったと思う？　その時出したのは、何だった？』

あの魔王が怒ったのはイヴに斬られた時。選んだのは、ニードルムース。

——そう、黒ギガントでも、青ギガントでもない。

あの状況で、第三ダンジョンの魔物を選ばなかった。それはつまり、ギガント系の魔物がまだ補充できていないこと、フロアボスを呼べなかったことを意味する。

「その間に、ちょっと寄りたいところがあってね」

以前イヴに服を買った店もある、服飾系の店舗が集中した大通りを歩き、目的地へ。

「エミーちゃんも素敵な宝飾品が並ぶお店、興味あるわよねぇ～？」

「え？　え？　あの、えっとまあ、そりゃありますけど……」

「はい二対一！　さー行くわよ！」

反対する暇もなく、多数決で行き先が決定してしまった……。気まずそうに身振りで謝るエミーに、お前のせいじゃないと首を振る。別に行くのが嫌なわけじゃないしな。

シビラが選んだのは、周りより幾分装飾過多な建物。

「いらっしゃいませ、お客、様……!?」

俺がぼんやりと見ていると、女性店員がシビラの方へと目を輝かせて近づいた。

「お客様のような美しい方、初めて見ました……！　当店の品々は、きっとお客様を更に輝かせ、引き立たせるでしょう！　よろしければ、わたくし自らご案内しても？」

「目の付け所いいわね！　世界一の美少女たるアタシの買い物、付き合ってくれない？」

「是非とも！」

……そうだよな、シビラみたいな女がワンピースを着てたら、お忍びのお姫様みたいに見えるよな。エミーは店員とシビラを見送ると、俺の方へと戻ってきた。

「うう……分かってたけど、シビラさんと並ぶと同じ女として劣等感で心が死ぬ……」

「別に負けているとは思わないが……比較対象が女神だからな、人間じゃ敵《かな》わないだろ」

「人間なら、かあ……」

エミーが、ふと不思議なところで引っかかる。

「どうした？」

「ううん、一人シビラさんに対抗できそうな冒険者を知ってるなって」

……マジかよ？　あのシビラと比べて遜色《そんしょく》のない、令嬢じゃなくて……冒険者？

「ラセルがいなくなった翌日に、ヴィンスのところに来た魔道士の人なんだけど、女神像が動いてるような感じの、ものすーっごい美人で、しかもジャネットよりも、その……迫力すっごいの。私より背が高いのに、その上で……こう」

身振り手振りで、胸の所に両手を持ってきて、ぐるっと球体を抱えるように動かす。

おいおい、エミーより背が高くて、ジャネットより胸が大きく見えるって、それどんな女だよ。つーか冒険者とか絶対無理だろ。……というか、待てよ？

「ヴィンスは警戒とかしなかったのか？　それとも……」

「ケイティさんに対してヴィンスが拒否するとか有り得ないよ。ていうか布少なすぎだし、ずっとガン見だったよ。……あ、その人ケイティさんっていうんだけど」

「ケイティ、か……」

聞いたことない名前だな……まあ容姿の特徴に心当たりがなかった時点で、知るはずもないか。しかし、初めて聞く話だ。

「話から察するに、ヴィンスが積極的に絡んでいったであろうことは想像つくが……今まで話さなかったってことは、エミーとの仲は悪かったのか？」

……少し思慮に欠けた質問だったかもしれない。エミーはあのパーティーから離れたんだもんな、何かしらその理由がパーティーにあってもおかしくない。

エミーは顔を伏せて、悲しそうな顔をした。しかし……その答えは意外だった。

「とても良かったと思う。……色々教えてくれたし、私のこと憧れてくれて、すごく良くしてくれた。独り言が多いけど、欠点なんて外面も内面も全く探し出せないぐらい、いい人だったよ……」

……じゃあどうして、そんなに辛《つら》そうな顔をしているんだ？

俺が質問を重ねようとしたところで——二階からシビラの緊迫した叫び声が、突如俺達《たち》の下《もと》へと届く！

「——ラセル！　エミーちゃん！」

その緊迫した声にエミーと目を合わせると、会話を切り上げてシビラのいる二階に駆け上がった。

シビラが詰め寄られているのは、先ほどとは別の店員だった。雰囲気から察するに、店長クラスの人間ではないだろうか。

ただならぬ様子に、エミーがすぐに飛んでいって二人の間に入る。

「セイリス冒険者【聖騎士】エミーです。彼女は私のパーティーメンバーですが、何か問題がありましたか？」

「せ、聖騎士様……！」

シビラに手を伸ばそうとしていた男が腕を摑《つか》まれて、身動きができずに冷や汗を流す。

……あの手に摑まれたら、全力で動かそうとしても本当に石の中に埋め込まれたように動けなくなるからな。経験者であるが故に、その力はよく分かる。

俺はエミーが止めている間に、シビラのところへと向かう。

「シビラ、何があった？」

「アタシが、セイリスの偽造通貨を利用した人だと疑われたのよ」

偽造、通貨だと……!?

シビラは、普段一切の硬貨を持ち歩いていない。全てギルドタグに登録されてある自分の登録記録から決済をするようにしている。

以前も『時代はキャッシュレス』と言っていたとおり、シビラは現金《キャッシュ》で支払わない。俺が店の男に反論をしようとしたところで、シビラの手の平が目の前に来る。

「ラセル」

「何だ」

エミーが男を止めている姿を横目に見つつ、シビラは俺に顔を近づけて……声を潜める。

「やっと、手がかりを摑んだの。下手に疑いを晴らさず、話を聞いていくわ」

……手がかり？　この偽造通貨騒動とシビラの目的に関係があるのか？

俺は疑問をもちながらも、シビラの方針に任せる。

「とりあえず、奥で話を聞いてもいいかしら。何か問題が起こったなら、アタシも助けられることがあるかもしれないし」

「わ、分かりました……」

男はエミーが手を離したことで安心したように大きく溜息《ためいき》を吐くと、俺達を店の奥へと案内した。

内装は白い壁を中心としながらも、至る所に金色に光り輝く調度品と、額縁の方が高そうな絵画が飾られた廊下。

だが、シビラどころかエミーですら、それらの高価そうな品々に目を奪われることはない。警戒心を互いに隠そうともせず、奥の部屋へと入っていった。

大きな来客用のソファに俺達を促し、男は対面に座る。ソファにはシビラが中心となり、俺とエミーが左右でシビラを挟む形となった。

目の前の男を観察する。赤と金の派手な服を着ている、初老の男だ。

「わたくしが店主でございます。まずは、謝罪させていただきたく……わたくしどもは、そちらの聖騎士様と敵対するつもりは全くございませんことを、改めて……」

「何言ってるんですか」

「……え？」

「私じゃなくて、シビラさん——この人に謝るべきです。違いますか？」

普段の明るさを潜めたエミーが相手の言葉を止めた。……エミーの言うとおりだな。相手を疑ったのなら、まずはその相手に謝るべきだろう。

エミーへ最初に謝ったのは、やはり【聖騎士】が代表だと思っているからだろう。実際のところは、どう考えても『女神』のシビラの方が身分的にも遥《はる》かに上なのだが……。

「……そうでしたね。お客様……シビラ様、一方的に疑ってしまい、申し訳ありません」

シビラは男の頭を見ながら、腕を組んだまま黙っていた。その目つきは非常に鋭く、今現在の段階で和解しようという姿勢は見えない。

続く声はなく、男が不安そうに顔を上げたところで、シビラはぶっきらぼうに言い放つ。

「理由」

「……な、なんでしょうか？」

「アタシを偽造通貨の犯人だと言い張ったのなら、それなりの確証があるんでしょ？　かなり断定的だったもの。だから、その理由」

シビラは、エミーの髪を梳《す》くように撫《な》でた。エミーは驚きつつもシビラを信頼するように微笑《ほほえ》み、仲の良さを――そして、シビラが上の立場であることを――見せつける。

その二人の様子に、やはり男は焦り始めた。

「も、もちろんです。お客様を疑った以上は、その大本となった事件を共有させていただきます。まず、お客様を疑った理由ですが――」

そして男が放った一言に、俺は一種の予感を覚えた。

ここまでシビラの予定通りであったのではないかと。

「――お客様が手首につけていらっしゃる、そのブレスレットです」

その『勝利の鍵』とやらのブレスレットに言及されて……この勝利の女神が、この部屋に入って初めて小さく口角を上げた。

それからいくつか話を聞く中で、シビラが一つの言葉を聞き返した。

「――出張露店？」

「はい。当店は海を見に来た観光客はもちろんのことですが、『観光区』と『港湾区』の間である、ここ『中心区』に、貴族や役人をターゲットとして店舗を構えております」

「ま、そりゃそうよね。金細工の宝飾品なんて、平民向けじゃないもの」

「はい。ですが街の運営が正しく行われているか、お忍びで市場を見るような令息もいらっしゃれば、平民向けの食事に興味を示される令嬢も、また【剣聖】などの職業《ジョブ》を得た資金のある方も『中心区』より『観光区』の方に行かれる方が多いのです」

その街を知るには、平民の生活を見る方が良い、と考える貴族もいるのだな。

シビラは並ぶ宝飾品をいくつか手に取りながら、その形を指でなぞる。

「あー、こりゃアタシのによく似てる意匠ね」

「分かるのか？」

「エミーちゃんのブレスレットは風のような流線型のデザインで、表面の光沢を大切にしたもの。対してこのお店の……ホラ、この指輪とか特にそうよね」

シビラは指輪を手に取ると、ブレスレットと隣接させて並べながら説明を続ける。

「このお店のものは、使う材料も多いし手間もかかる。高価にならざるを得ないわ」

言われたとおり見比べてみると、エミーのブレスレットよりはシビラのブレスレットの方が、この店の商品に近い印象を受けるな。

シビラの解説に、店主は驚いたように頷《うなず》いていた。

「はい、シビラ様の仰《おっしゃ》るとおりです。そちらのブレスレットは、わたくしどもの出張露店に並べてあった商品に相違ないと思ったのです」

「アタシもそう思うわ。……で、その購入者が偽造通貨となんの関係があるのよ」

「出張露店の担当販売員が所持していた売上金を、セイリスの兵士が抜き打ちで調べまして。結果、中から偽造通貨が出たためセイリスの兵士に捕まってしまったのです……」

店主はそう言って、がっくりとうなだれた。

セイリスの兵士といえば、俺達に真っ先に偽造通貨の話をした厳しいと評判の兵士達だ。

「……普通、偽造通貨を使ったのが誰か分からないんじゃ、アタシを疑うのはおかしい。でも、あんたは言ったわよね。『確かにこの商品だったと聞いていた』って」

「はい。高価な商品を取り扱う店舗を『観光区』に出す以上、数は出ません。牢《ろう》に入れられた店員から、その日に売ったものはそのブレスレットのみであったと。つい数日前のことです」

そうか、俺がエミーにブレスレットを買いに行った日のことだな。

男の話を聞きながら、シビラは腕を組みながら一つの提案をした。

「じゃあ、その店員にアタシ達が会いに行けば、きっと分からないことも分かるようになるんじゃないかしら？　エミーちゃんもラセルも、それでいいわね？」

その言葉は、あくまで決定を見せつけるものでしかない。俺もエミーも頷き、シビラの提案に乗る形で『真犯人逮捕に協力する』という姿勢を見せる。

「ああ、ちなみにパーティーメンバーの、こっちの朴念仁は【聖者】よ」

「一言余計だ」

シビラがタグを触って俺の職業《ジョブ》（聖者のみ）を見せ、店主は驚きに飛び上がりながら俺に慌てて何度も頭を下げる。少し哀れに思うほどに必死な様子の店主を見て、シビラは実にシビラらしくニヤニヤと笑っていた。

やれやれ、頼りになる女神様だことで。


店主を連れてやってきた先は、街でも特に大きな役所。砂浜のある街とは違い、反対側の『港湾区』には、船が何隻も出ている。

貴族の領地には簡単に入っていけないように、大きな柵が作られていた。

なるほど、この辺りが街の『中心区』か。

「手続きをしますので、少し待っていてください」

役所に入って店主が幾度かやりとりを行い、兵士を一人連れて戻ってきた。

「そちらの者が、同行者ですか？」

「はい。手がかりがあるため、真犯人逮捕に協力していただけると」

「分かりました。くれぐれも同行者は発言や行動に気をつけるように」

なるほど、話に聞いたとおり厳しそうだ。

段々と光が少なくなる建物の奥。先導する兵士と見張りの兵士が敬礼をし、二人は言葉をいくつか交わして俺達を牢の中へと誘う。


兵士に連れられた牢の一つに、その男性はいた。

「店長……！」

少しやつれた様子の店員が、店主の姿に声をかける。

「件《くだん》のブレスレットをした方を連れてきた。……このブレスレットで間違いないかね？」

シビラが前に出てブレスレットを見せつけたところで、男性が目を見開く。

「ま、間違いありません！　このブレスレットを買った人が、偽造通貨を使用した犯人です！」

「……やはり。シビラ様、このブレスレットをどこで――」

「で、ですが違います！　その人ではありません！」

「――……何、だと？」

男性は、困ったように店主とシビラを交互に見ながら、ぽつりと呟《つぶや》く。

「……男、なのです」

「は？」

「私からブレスレットを買ったのは、男なのです……！」

その証言は、明確にシビラが犯人ではないという証《あかし》。細かい要素に気を取られていて、犯人の情報に関する肝心な部分が抜けていた。

偽造通貨を使用した真犯人は、男。これでシビラに対する疑いは晴れただろう。

しかし……やがて、ブレスレットが実物である意味を、皆が理解し始める。そして店主と兵士が、シビラと同行している俺へと疑いの眼差《まなざ》しを向けた。

——それにしても……この店員の男、どこかで見たことがあるぞ。

店員はこちらを見ると、目を細めた。俺もその店員が誰であったか思い出そうと見返す。

「……この者、会ったことがあります！」

目を見開く店長と、おろおろと視線を彷徨《さまよ》わせるエミー。

シビラは……落ち着いた様子だな。

「俺も、この店員は見たことがある」

店長と兵士は、余計に俺へと疑いの眼差しを強める。……まあ、こうなるのは分かる。

どう考えても、この状況なら俺が犯人だもんな。

三日前の、露店の店員……といっても、当たり前だが街の人の顔をいちいち覚えていたりしないんだよな……。ただ、エミーのブレスレットは意匠が違うので、俺ではない。

「……話を聞いてもよろしいですかな？」

「ああ、無駄よ」

シビラがそこで割って入り、店長の言葉を遮る。

「その時にはラセルは全部手持ちの銀貨を宿に置いていたもの。冒険者ギルドには、タグで支払った場合の情報が残っている。これを偽ることはできないわ」

冒険者ギルドの管轄は、王国だ。タグと連結したギルドの記録を疑うことはできない。

「シビラはどう思う？」

話を振ってみると、シビラはエミーを指した。件の店員は、その手元に反応する。

「……すみません、そのブレスレットをよく見せていただけませんか？」

自分の店舗の商品と関係ないブレスレットに、何か意味があるのだろうか。

エミーは言われるがままに、ブレスレットを牢に近づける。その意匠を食い入るように見つめた後、店員はふと頷いた。

「これは、露店で隣に構えていた店のものですね。恐らく個人店舗だと思いますが……」

エミーに買ったブレスレットの店……の、隣の店員が正面の男。

「そうか、思い出した」

「……ん？　私と会ったのを、ですか？」

「ああ、俺がエミー……こいつのブレスレットをタグで買ったんだよ。その時も同じ格好をしていたから、隣で買っていた俺を見ていたんじゃないのか？」

あの日は食事をして帰る途中、イヴに会った日だ。当然今日のように軽装だったし、イヴの身なりを二人が整えていた間、俺はシビラから外に追い出される形で街に出ていた。

その時に、初めてのタグ決済で買ったのが、エミーのブレスレットだ。後日あの露店がなくなっていたのは、逮捕された直後だからだったんだな。

「……そうですか、どうりで……。髪も目も黒い人は珍しいので、隣で商品を買ったときに覚えていたのを、自分の客と思ったのでしょうなあ……」

男の話をまとめると、こうだ。

この店員が、宝飾品店の出張露店を市場でやっていた。

俺が、その隣でエミー用のブレスレットを買った。

黒髪黒目の俺が隣で買う姿を、自分の客と間違えた。

「なるほど、辻褄《つじつま》が合うか……。やれやれ、振り出しに戻ったな」

「そう、ですね……」

落胆した様子で、店員ががっくりと項垂《うなだ》れる。まあ、そうだよな。真犯人が見つかると思ったところで、結局何でもなかったのだから。

——いや、待てよ。

「シビラ」

「ええ」

「結局お前は、そのブレスレットをどこで手に入れた？　俺が買ったのはエミーのブレスレットだけ、そして犯人は今お前が着けているブレスレットを買っていた。だが真犯人は男で現金払い。お前がそれを持っているのなら、真犯人から手に入れたのか？」

「んー、今日のラセルは冴《さ》えてるわね。スッキリしたからかしら」

皆からの注目を集めて、実に愉《たの》しそうにニヤニヤと笑うシビラ。

こいつ、どこまで分かっているんだ……そろそろ教えろ。

「別に犯人を知っているとかじゃないわよ。ただ……なんていうのかしら。これは落とし物だから着けていたのよ」

「落とし物、ですか」

「そ。どっかで無造作に落としちゃった、誰かさんの持ち物をご拝借したってわけ」

偽造通貨を使用した犯人は、こんな高価な品を落とした、だと……？

高価な品なら、よっぽどの金持ちか精神の未熟な貴族でもない限りは、保管にも気を遣うはずだろう。

俺なんて、自分の買ったブレスレットを再びイヴみたいな身体能力の高いスリに盗まれないか、かなり警戒していたからな。

そう、それこそ貴族ですら無造作に……。

……無造作に、ブレスレットを……。

貴族の……貴族……。

ふと、突然海岸で水着姿のシビラが、楽しそうに笑っている姿を思い出した。

シビラの格好から急に話が飛んだ、空き巣の服装の話。あの時、シビラは何と言った？

『正解は、『準男爵らあたりの服を着ている』よ』

何故《なぜ》なら、誰も警戒しないから。

『目立つ格好をしていることで『隠れなければならない人物の行動ではない』とみんな思っちゃうわけよ』


——今、全ての破片が合わさって、扉になる。

俺は、その鍵穴を勝利の鍵《ブレスレット》が開けた音を聞いた。


俺はシビラのブレスレットを見る。

高価なブレスレット。金を贅沢《ぜいたく》に使い、その表面を職人が彫ったブレスレット。

そして……無造作に袋に入れられた、ブレスレット。

盗まれることなど考えずに、袋に入れられたブレスレットだ。

「シビラのブレスレットを買った人物を、思い出した」

「……。……え？」

俺の回答に、シビラは目を見開いて唖然《あぜん》とした。おお、久々に見るシビラの間抜け顔だ。

この表情を自分で引き出すと、気分がいいんだよな。

シビラは絶句していた状態から、少し間を置いて復旧した。

つーか噴火した。

「――いや、ちょっと待ってよ！　このブレスレット買ったヤツ、ラセル見たわけ!?」

「知っている。というか、会話している最中に思い出した」

俺の言葉に抗議するシビラをなだめつつ、俺は話を聞いていた店員の方へと向く。

「なあ、あんた。俺が隣の店でブレスレットを買った直後に、シビラが着けているブレスレットが売れた……だったよな？」

「そう……だったかもしれません」

俺がブレスレットを買った瞬間を覚えているということは、それだけ印象に残ったということだ。だが、随分と曖昧な言い方だな……。

その男を一瞬、見たことがあるからという理由で知り合いかと思ったが……あまりに無造作に袋にぶち込むものだから、絶対あんな知り合いはいないと思ったんだよ。買ったものを袋に入れて警戒もしなかったんで、金持ちは違うなと思ったこと、よく覚えている」

「背の高い貴族だよな。フードを被《かぶ》っていた、顔の見えない貴族だ。買ったものを袋に入れて警戒もしなかったんで、金持ちは違うなと思ったこと、よく覚えている」

「……！　はい、確かにその男です！　そうだ、忘れていた……貴族が金貨を払えぬはずがないと、油断しておりました。まさしく、その男に偽造通貨を摑《つか》まされて……！」

新たな供述を聞き、店長はもちろん、兵士の男が驚き叫ぶ。

「君、間違いないかね!?」

「は、はい！　もちろんです！　彼とこの自分の記憶が一致した以上、真犯人はその貴族の男です！　なぜ、自分は今まで忘れて……いや、むしろなぜこの男を疑って……？」

ぶつぶつと独り言を牢《ろう》の中の男が呟く中、兵士がこちらに向き直り、深く頭を下げる。

「情報提供、感謝します。この情報をもとに、兵士を集めて街の貴族から偽造通貨を使用した犯人を洗い出します。偽造通貨の犯罪は、以前よりこの街で報告されております故、セイリスといたしましても必ず見つけ出して捕まえよと、領主と役人も躍起になっているのです」

セイリスの兵士が頭をもう一度下げて「それでは自分はこれで」と一言告げて出て行こうとしたところで、シビラが止めた。

「待ちなさい！」

「っ！　如何《いかが》されましたか。自分はこの情報をすぐに提供し……」

シビラは男の話を聞かず、エミーのタグに触れた。そこに現れるは、最上位職の名前。

「せ、【聖騎士】様！」

そしてシビラは、俺のタグにも手をつけた。

「【聖者】様まで……あなたたちは一体……」

「アタシたちは、『宵闇の誓約』という冒険者パーティーよ。セイリス第三ダンジョンの下層まで潜ってきた、現在Aランクの正真正銘最強チーム。なんなら『疾風迅雷』に確認してもいいわよ」

できたばかりなのにAランクなのかよ、初めて聞いたぞ。知らない間にSぐらいにはなっていても驚かないな。

「こ、これはとんだ失礼を……！」

「いいのよ、アタシらが隠してたんだから。……で、ここからが本題」

シビラは腕を組んで、兵士を睨《にら》み付ける。それまで軽い雰囲気だったシビラの大幅な変化に、俺以外の皆が息を呑《の》む。

「アタシたちは、ギルドの依頼で、ずっと偽造通貨を使用した真犯人を追っている。……真犯人を相手にするのなら、最低限セイリス第三ダンジョン中層の魔物を相手にできるような実力がないと、ハッキリ言って無駄死にするわ」

「第三の中層など、まさか……」

「隣の聖騎士の子は、ギガントの攻撃を片手で受け止められるわよ。それでも、厳しい戦いになる。前任者はどうなったか……聞きたい？」

エミーが話を振られて、それが事実であることを伝えるため首肯する。脅し同然のシビラの言葉に兵士は真っ青になり、小さく首を振るのがやっとだった。

「でも」

皆が震える中で、シビラは腕を組みながら再び笑みを浮かべる。

「今度はアタシ達《たち》が担当するから大丈夫。これ以上ない戦力を投入するわよ」

「なんと、あなた方が……！」

「アタシらが負けたら偽造通貨作ったヤツは、しばらく無視した方がいいわね。まー倒すつもりだから、大船に乗った気でいなさい？　アタシからの要求は、街に魔物が溢《あふ》れたり、砂浜で魔法のぶつけ合いが始まったら、全ての民を魔物から守ること。その場合、兵士も全員その場から離れること！」

そしてシビラは、男なら誰でも魅了できるウィンクを兵士に向け、ワンピースを揺らしながら男の鎧《よろい》の胸板を手の甲で鳴らした。

「ダンジョンは封鎖して。アタシらは赤いローブを頭から着る。セイリスの兵士が優秀と知っているから、アタシ達も街を守る方に戦力割かずに済むって信頼してるわ。できるわね？」

「……ハッ！　了解しました！」

シビラに至近距離まで近づかれて一瞬呆《ほう》けていた男は、シビラの言葉を頭の中で咀嚼《そしゃく》すると、扉の前で見張りの兵士にしたのと同じように敬礼をして外に出た。

……上手《うま》い。闇魔法を使う際の人払いを、他人に自然に任せたぞ。

しかし、男の性《さが》とはいえ……残念女神の内面を知っている身としては、兵士の手玉に取られっぷりは見ていて少し同情してしまうな……。

「ってわけで店長さん、アタシらはもう行くから、あんたもしばらくは店の中に隠れてなさい。店員さんも、案外ここが一番安全かもね。終わるころには出られると思うから、まあ気楽に構えてなさい」

手際よく話をまとめたシビラに対して、店長は手を組んで目を輝かせる。

「女神様だ……！　なんとお礼を言ったらいいか……！」

「そうよ～、アタシは可愛《かわい》い女神様なの！　拝む権利をあげるわ！」

やっぱり隠れる気ねーだろお前。

役所を出ると、周囲に誰も居ないことを確認して大きく溜息《ためいき》を吐く。

……やれやれ、こいつは……。俺が何か突っ込む前に、エミーが歓喜の声を上げた。

「シビラさん凄《すご》い……！　真犯人のこと、ギルドと協力してずっと追ってたんですね！」

「ああ、あれ嘘《うそ》」

「えっ」

予想外の返答に、エミーは笑顔のまま凍り付く。

俺はシビラの答えが予想通りであったことに苦笑しつつ、説明を促す。

「どうせギルドの依頼を受けたとか前任者がどうとか、その辺り含めて全部その場ででっち上げたんだろ」

「あら、Aランクになったことは事実よ？」

「小さく事実を交ぜる辺りが厄介だな……」

シビラの言い分に呆《あき》れていると、今度はシビラの方が呆れたように溜息を吐いてこちらをジト目で見てきた。

「それよりラセル、あんたがもうちょっと真犯人に早く気付いていたら、アタシもこんなにあっちこっち行かずに済んだのに」

「自分以外の人間の買い物とか、覚えていない方が普通だろ」

「……まあ、そうよね。家で食べた二日前の夕食とか、案外思い出せないものだもの」

それは……確かに、ぱっと思い出せる自信がないな……。

ジャネットほど優秀ではない自分にしては、他人の買い物客などよく覚えていたものだ。

「あと、店員の男がラセルを自分の客だと混同してたでしょ。アレ、認識阻害の魔法の影響を受けてたわ。指摘したことで暗示が解けたわね」

「なるほど、それであの反応か」

うわ言のように自分の記憶に困惑していたのは、魔法の影響か。

「それにしても、木を隠すなら森の中、か……」

「ええ。貴族の服を着た男が、金に困っているとは誰も思わない。これは言ってなかったけど、貴族の服にはもう一つ有利な点があるの。それは『疑いづらい』ことよ。仮に無罪の王族を逮捕なんてしようものなら、無罪確定の時点で担当の首が飛ぶわ。準男爵でも、疑いをかけづらいから積極的に動かない。皆、自分が可愛いもの」

そりゃあ、そうだよな。貴族が犯罪をしている疑いがあったとしても、証明できるものが出揃《でそろ》うまでは、家の中を捜索するのは非常に厳しい。

逮捕するなら、現行犯以外有り得ないだろう。

「でも、今回ばかりはラセルが『勝利の鍵』を回す係になったわね。アタシの予想を超えてくるなんてすごいじゃない」

「偶然だ」

「偶然も必然であり、運も実力。その全てを重ねて人間は進んできたのよ」

シビラは妙にはっきりと言い切った。

——運も実力、か。

きっとこれも、シビラの女神というより冒険者としての経験則によるものなのだろうな。

「ところでラセルは、もうトラップは覚えた？」

「ああ、次の魔法だろ？　ちょうど覚えたところだ」

「結構。それじゃその貴族の男、探しに行きましょ」

他にも質問を重ねようと思ったが、シビラは先に行ってしまった。そんな姿にエミーと目を合わせて肩をすくめるのも、これで何度目やら。

エミーもすっかり、シビラというヤツのことを理解しただろう。

エミーがシビラの後を追ったところで、聞き覚えのある声が聞こえてきた。

「うぃーっす、みんな話したっす！」

「さすが先輩！」

あれは……そうだ、エミーにナンパして痛い目見せられたヤツらじゃないか。

見たところ、人海戦術で住民に今回の件の説明をしているようだ。軽薄な連中だと思っていたが、ああいう連中も、こうやって街には必要なヤツなんだな。

……と思ったんだが。

「おい、あんたら」

「ん？ってうお、あんたもしかしてあのやべー女に振り回されてる男か！」

エミーは力が強いだけで、そんなヤバいヤツじゃないぞ。

シビラには……振り回されているわけではないと思いたい。

「さっきから女ばかり助けてるが、平等に助けてやれよ」

「いやいやお兄さん、そりゃ必要ないってもんですよ。セイリスの男は自立あるのみ！　海の街の男はみんな、女子供を助ける側に回るもんでさぁ！」

当たり前のように返されて、その考えを頭の中で咀嚼する。ふむ……なるほどな。この男達にも、そういうルールがあるというわけか。

そうしてこの街は逞《たくま》しく育ったのだろう。

「分かった。お前達も危なくなったら逃げろよ」

「俺等《ら》みたいなのを心配するなんて、さすがモテる男は違うね！　心配無用だぜ！　要領がいいのも、海の男達の自慢だからな！」

「先輩それ自慢じゃねっすよ！」

「ちげーねーわ！　ハハハ！」

笑いながらも、若い女……だけでなく、その母親や子供らしき人々も助けていく。

なるほど、確かに助けるべき人を助けている感じだ。伊達《だて》にCランクをやっているわけではないということか。

俺自身が言った言葉を、自分に責任を持たせるように改めて意識する。

――平等に助ける、か。

そうだな、この街にもいろいろと世話になった。お前らナンパ野郎も含めて、街の人は全員俺達が魔王から守ってやるよ。

街の様子を一通り見た後、俺達は宿に戻って戦うための装備を調えた。途中でシビラが、俺達に赤い布を渡してきた。

「これは何だ？」

「話したでしょ。赤会の服の一つ。コイツ等を知ってる人は、見て見ぬ振りをするわ」

これは『赤い救済の会』のフリをするためのものか。あまり被《かぶ》りたくないものだな……。

だが、こういう時には非常に有利だ。迷惑かけられている分、利用させてもらうぞ。

俺とエミーは、シビラに続いて赤いローブを被り、街に繰り出した。

いざ街を歩くと、なるほど確かに人の視線が集まるような、集まらないような、不思議な感覚がある。目に付くが、係《かか》わりたくない……というところか。

宝飾品の露店近く。まさか、そこにその人物がいるとは思わなかった。

「あれが、そうだ。……誰と見間違えたんだろうな」

「……なによ、あれ……モロじゃない……。二人とも、静かに」

何かシビラにだけ見えているものがあるのか、不穏な呟《つぶや》きをしている。俺達もシビラの後についていき、建物の陰に隠れるようにしながら男の後を追う。

途中、相当数の兵士が街に出てきて、住人に説明をしながら屋内へと促していた。

事前に連絡が行き渡っているためか、兵士達は俺達の姿を見ると軽く頭を下げて、再び住人の避難や警告に向かっていった。

なるほど、厳しいだけあって優秀そうだ。俺達も俺達の役目に集中できるだろう。


貴族の男は一人で砂浜の岩陰に来ると、袋の中からジャラジャラとネックレスの束を取り出した。なんつう買い方だ。

「ま、帰って来るならダンジョンの見張りがいないここよね。ラセル。あの貴族の右側……そう、奥側ね。その岩陰にアビストラップ」

「いいんだな？」

シビラは無言で頷《うなず》く。初めての魔法と、間違いだったらという感情に挟まれながらも……シビラが言い切るのなら大丈夫だろうと、俺は砂浜に魔法を放つ。

「《アビストラップ》」

二重詠唱で、指定された場所。

貴族の男は、ゆっくりと足を進めていく。

「……腹いせです……全く……」

ぶつぶつと呟きながら、次の足を踏み出した瞬間――。

「――アアアアアア!?」

黒く濃密な魔力の円柱が、光を吸って現れる。これが、アビストラップか……!

明確に高威力と分かる『罠《わな》』の攻撃魔法。貴族の持つネックレスが千切れ飛び、周囲に散らばっていく。ぱらぱらと破片が落ちる中で、黒い柱は収束した。

それを確認して、シビラが赤いローブを脱ぎ捨てた。俺とエミーもローブを脱ぎ捨てたところで、岩陰にいた男と目が合う。

「き、き貴様等はアアアアァァァ!」

そこには、砂浜には似つかわしくない、確かにあの魔王がいた。人間にしか見えなかったのに! 恐らく、今の瞬間にシビラが何らかの魔法を使い幻覚を破ったのだろう。

最後の最後に、シビラは魔王をここまで追い詰めたのだ。


前半戦、散々手玉に取られた規格外の魔王。後半戦は、シビラの圧勝だ。

フル回転し続けた、相棒の頭脳の役目は終わった。だったら最後ぐらい、役に立たないと相棒じゃないよな。

さあ、これで三度目の正直――魔王の命に牙を剥《む》く闇魔法の出番だ。

13 シビラが宣告した、魔王の価格。その規格外の魔王との最終決戦

　こちらを睨《にら》み付ける手負いの魔王と、人払いを終えた魔法使い放題の砂浜。まさに、絶好のタイミングだ。

　自分だけは気付かれないと、油断していたのだろうな。あれだけ振り回してくれた知略の魔王が自ら罠《トラップ》に嵌《は》まる姿は、実に滑稽で気分がいい。

　この状況になったと同時に、シビラのブレスレットが何であるかを理解した。

「なるほど、確かにイヴのお陰だな」

「ええ、ほんっとあの子は最高だわ」

　エミーがこちらを向いて「え？」と首を傾《かし》げる。俺は状況を摑《つか》めていないエミーに、全ての種明かしをした。

「ブレスレットだが、シビラがあんな高価な物をいきなり買うとは思えなくてな。だとしたら、あれをいつ手に入れたか。……正解は、セイリス第四ダンジョン最下層だ」

「って、あのボスフロアの？」

「そうだ。そしてこのブレスレットは……」

「――あああアアアア!? そ、それは私のものおおオオオ!?」

シビラが腕から外したブレスレットをこれ見よがしにカチカチと打ち鳴らすと、魔王がそのブレスレットを指差しながら叫ぶ。エミーはその反応に、はっと気付いた。

「え? だって貴族の真犯人が、ブレスレットを……あっ!」

「そうだ。あいつはさっきまで、貴族の服を着ていたよな? その姿で偽造通貨を使って、散々この街で買い物をしていたのだろう。……そう、金を持たない貧乏人魔王を、貴族の服の中に隠したんだよ。だから誰も疑えなかった」

「じゃあ、シビラさんが今持っているのは……」

そう。普通に考えて、魔王が買っていったブレスレットを回収して足がかりにするなど、とてもではないが不可能だ。だが……その不可能を可能にした人物がいる。

「イヴが、最下層で一度ナイフを振るった。その時に腰の袋から落ちたものを、シビラが拾ったんだろう。……俺がエミーのためにブレスレットを買った時、隣の出張露店で魔王が買ったブレスレットを入れた袋をな!」

俺の一言で魔王は愕然《がくぜん》と後ずさり、エミーは全てを理解して「ああーっ!」と叫ぶ。

シビラに言われるまで、本当にただの貴族の男にしか見えなかった。一瞬見たことがある気がしたのは、この魔王がアドリアの魔王と同じ雰囲気をしていたからなのだろう。

何かしらの魔法を使って人間にしか見えないようにしていた。

まさに、シビラの女神の一手。

しかしその鍵は、イヴなくして手に入らなかった。

この魔王は、ただの一度ナイフを振るったイヴに負けたのだ。

「貴族の服なんて、何着も用意できないわよね～？【宵闇の魔卿《まきょう》】の魔法で跡形もなく吹き飛んじゃって、買ってきた宝飾品ごと吹き飛んじゃって残念ねぇ～！」

シビラが、追い詰められた兎《うさぎ》を見る虎の如《ごと》く、実にいい笑顔でニヤニヤと見下す。魔王はうめき声を上げながらも、魔物を砂浜に召喚しようと動き出した。

エミーが俺を守るように前に立ち、剣を抜いて盾を構えた。瞳には、ここで絶対に倒すという決意の光。そして、自らを侮辱した者への怒り。

俺もきっと同じ表情だ。

砂浜まで降り、魔王と対峙《たいじ》したが……前々回のこともあるので、あまり迂闊《うかつ》に攻撃魔法を叩《たた》き込む気にはなれないな。後ろを向いたままだったあいつが、どういう理屈で俺の魔法を避けたのかが分からない以上、その謎を知るまでは攻撃しづらい。

無言で闇属性を、三人の持つ剣に付与している最中で、魔王が口を開いた。

「……まさか、安物揃《ぞろ》いの貴方《あなた》たちにここまで追い詰められるとは……。私も油断していたようですね……」

「まー準備していても、防げたかは分からないわね。イヴちゃん、最初メンバーでなかったんだもの。あんたの手がかりである、コレを取った子ね」

シビラは自分のブレスレットをコンコンと強めに指で叩いた。表面が凹《へこ》みそうなブレスレットの扱いを見て、魔王は不機嫌そうに眉間に皺《しわ》を寄せる。

「チッ、気品あるものの扱いを知らぬ俗物が。……傷が付きます。宵闇の卑俗な手で触っていただきたくないですね。それは本来私のものです」

「あ？　ざけんじゃないわよ、お前の物なわけあるかっつうの」

「……何？」

急に雰囲気を変えたシビラ。エミーも少し驚いて息を呑《の》んでいる。

シビラは、魔王の今までの行いを全て否定するように、怒りを声に乗せて叩き付けた。

「金は行動に宿るもので、高貴さは精神に宿るもの！　金は、どんな貴族でもかつての活躍をした先祖によるもの。たまのプレゼントで女の子を喜ばせるのも、その男の子が頑張った末に得たお金で買うもの！」

シビラはエミーのブレスレットを見て、次に魔王が先程まで着ていた服の残骸を見る。

「お金を得る手段、決して高潔なだけではないわ。でも、辿《たど》れば手順は必ずあるものなの。……お前は、その過程を全て踏み躙《にじ》って、偽造通貨に手を出した！」

シビラは砂浜に散らばった、ネックレスの紐《ひも》が切れた破片を、足で海へと飛ばした。

「だから、お前にはこれらを着ける権利がない！　時間に宿りし努力に対しての、マイスターの尊敬の念がない！　今時この手のものを作れる人、平民未満から上がってることなんてザラなのに！」

「……」

「金貨は贋物《にせもの》、実績は皆無、全てが虚飾！　セイリスのダンジョンメーカー。これらを手にするための『価格』が、お前自身に皆無、ゼロなのよ！　だから――」

そしてシビラは、最後に言葉を放つ。

「――どんな孤児とだろうと、比較すりゃ絶対お前の方が『安い』」

それは、魔王の格を明確に決定づけるものだった。


エミーのために買った、金のブレスレット。

それは、かつて活躍できなかった俺が、ファイアドラゴンの素材を売り払った時に得た金で買ったものだ。シビラが今持っているものに比べると安物だが、それでも確かに自分の手で稼いだという『価値』である金と引き換えに手に入れたもの。

セイリスの領主も、先祖が最初から金持ちだった、なんてことはないだろう。

宝飾品店の商品一つ一つも、マイスターが地道な毎日を積み重ねることでそれらを作り、店員が毎日接客し、それぞれが自分の金を得ているだろう。

戦う人、上に立つ人。そして買う人、売る人。その全てが行動に価値を持っている。

偽造通貨には、その全てがない。

皆無。

価値ゼロなのだ。

「…………。……ふ、ふふふフフフ……」

魔王は、静かに笑い出した。シビラに言い返せずに、怒りを通り越してしまったか？

次にそのもやのかかった両手を広げ、召喚陣から魔物を出してくる。現れたのは、羽の生えた……大きな蜻蛉《とんぼ》のような、不気味な容姿の魔物。

その見た目に違《たが》わず、どこか不安になる音を放ちながら、魔物が浮き上がる。

シビラに言われてキレたからか、自分のしたことがバレたからかは分からないが。

ただ、明確に言い切れることが一つある——。

「セイリスはもう滅ぼします」

——この魔王は、絶対ここで仕留めなければならないということだ。

魔物が一斉に空へと動く。……速い！

俺は手を上に向けて、恐らく最適であろう魔法を放った。

「《ダークスプラッシュ》！」

飛沫《しぶき》のように広がる魔法は空に向かって飛び、虫の魔物を襲う。

だが、当たった様子がない。俺が魔法を放ったと同時に、こちらを見ながら空の上の方へと逃げていったのだ。

ある程度の距離を稼いだ後、ダークスプラッシュの隙間を縫うように回避すると、散開しながらこちらへの接近を再開する。

「《ダークスプラッシュ》！　シビラ、どの手が有効だ」

「チッ、やってくれるわね！　ここに来て、第一ダンジョンの最下層にこんなクソ厄介なボスを隠していたなんて！」

「どういうことだ！」

「こんな強いフロアボス、第二から第四にはいない。だとすると、第一の奥に隠してたってわけ。やっぱバカじゃねーわ、あの魔王」

……なるほど、強い魔物の出るダンジョンを優先的に攻略していったが、中層から難易度が上がる初心者用の第一ダンジョンにあいつらがいたと。

第一ダンジョンが簡単という話だったのに、下層を攻略した話は聞かなかったものな。

「『マンイーター・ドラゴンフライ』。強い方だけど、本来そこまで厄介な相手ではないわ。細い尻尾の先端が蜂と同様に攻撃手段で、爪みたいな形をしている。あと顎は危険、絶対にやられないようにして」

シビラの情報を咀嚼《そしゃく》しながら見てみると、確かに尻尾が俺を狙っているように見えるな。

《ダークスプラッシュ》を撃つと、その尻尾をこちらに向けるように伸ばして当たる範囲を小さくし、空へと逃げた。

素早く動くだけならまだしも、空中静止の巧《うま》さが他の生物とまるで違う。蜻蛉は、こうも動き方の不規則な虫だったか。

「《ダークスプラッシュ》！　容易な相手とはとても思えないぞ！」

「ダンジョンで出るからよ。当たり前だけど、空から雷を落とすとか、雨を降らせるとか、そんな魔法は【魔道士】にはない。だって使うのダンジョンだもの」

ああ、段々と言いたいことが分かってきたぞ……！

「ダンジョンでは『空に逃げない』から、それほど厄介ではない！」

「そう！　こいつら、自由に動き回るとこうも……ッ、《ファイアウェイブ》！」

シビラが魔法を放つが、ファイアウェイブもダンジョンのための範囲魔法。左右に広がっても、上下には広がらない。

その魔法をかいくぐって、フロアボスが俺を狙い、エミーが攻撃を弾《はじ》く！

「チッ、《ダークスプラッシュ》！」

至近距離で魔法を放つと、さすがに回避しきれなかったのかヤツの尻尾の関節に当たり、緑の液体が吹き飛ぶ。……だが、倒すにはほど遠いダメージだな。

こういう敵には、逃げ場を埋めるダークスフィアが有効だったが、当然それはダンジョン内部に限った話。

空を自由に動き回れる魔物相手に、どこで爆風が広がるか分からないダークスフィアで広い空を埋め尽くすのは、無謀にも程がある。

俺とシビラが会話している中で、エミーは盾を構えて俺の近くにいる。

「……これで私もしばらくは使い納めです。溜《た》めずにいきましょうか」

「エミー！　フロアボスじゃなくて魔王を警戒しろ！」

「え……っ!?」

エミーが驚きつつも俺に言われるまま、魔王の方を向いて盾を構える。そして……黒いもやがなくなり、遂《つい》に魔王の姿が現れた。

――その姿は、まさに『規格外』の一言。

顔が、なんと横に三つ並ぶようについている。手は、三対……六本あるのだ。

この魔王の今までの異様な能力の数々を体現したような、常識外れの姿だった。

シビラは、この異様な容姿を予想していたかのように落ち着きつつも舌打ちした。

更に、アドリアの魔王とは違う部分がある。以前の魔王では背中にあったダンジョンコアが、胸の中心に埋まっている。

腕の多さが、正面からの攻撃を防ぐ絶対の自信に繋がっているのだろうな。

「チッ、やっぱりあんた、『阿修羅《あしゅら》』みたいなタイプだったってわけ」

「……よくご存じですね、本当に今回のマーダラーは面倒です……」

俺はフロアボスへと攻撃を撃ちながらも、シビラに「どういうことだ」とヤツの姿に関する説明を促す。

「本物とは似ても似つかないけどね。金色のトンビの話、その国の話の一つで……戦闘の守護神よ。姿だけ真似《まね》たんでしょうね」

なるほど……戦闘の守護神か。確かにあの容姿は、戦いに向いていそうだな。

「……ラセルの後ろからの無詠唱魔法攻撃を避けるには、魔法が来ることを事前に察知していないといけない。足元からのアビスネイルを避けるには、未来予知でなければ……『ラセルが腕を上げた瞬間が見えていた』以外に有り得ないと思ったの」

それで、口が一つ減ったところで喋《しゃべ》れるとカマをかけたということか。魔王が姿を隠すのをやめるほどの、洞察力と知識。さすがが頼りになるな……。

「さて、種が分かったところで……防げますかねえ！」

そして魔王は……三本の腕を前に出して、魔法を放った！

「《アイスニードル》」「《アイスニードル》」「《アイスニードル》」

その三つの口から、同時に魔法の名前が放たれる。氷の針はこちらへと高速で飛んできた。エミーはその一つを盾で、二つを剣で同時に叩《たた》き切った。

「素晴らしい。さすが聖騎士と竜の武器……それだけに安い出身というのが勿体《もったい》ないですが、我慢してさしあげましょう。さあて、安物どもは放っておいて……フフフ」

俺は、魔王と対峙《たいじ》することになったエミーを気にしつつも、最早《もはや》フロアではない場所のボスを相手に苦戦していた。厄介だが、手こずっている場合ではない。

魔王との最後の決戦であり、総力戦。両者全ての手札を出してぶつかり合う。

ここからが本番だ。勝ちに行くぞ。

14 エミー：今日が私の、始まりの日

左手に、再び魔法を防いだ衝撃が走る。ラセルに闇属性を付与された右手の剣も使い、後ろに魔法が行かないように三つ全てを防ぐ。

勇者と魔王の戦い。まるでどこか遠い伝説のようなものだなと思っていた。物語の中にしかない、自分とは無縁の世界なのだと。

それでもヴィンスは【勇者】になったし、私は【聖騎士】になった。

……あまり深く考えていなかった。ただ、最上位職を手に入れたという喜びと、日々の忙しさと……あと……ラセルとの関係にばかり気を取られていた。

だから、考えなかった。見て見ぬ振りをしていただけなのかもしれない。

――勇者が実在するのだから、魔王も実在するのだと。

最初に魔王を見た時は、真っ黒な影に目がついた、明らかに他の魔物とは違う生き物だなと思った。というか、あんなに普通に喋る存在だと思っていなかった。

後ろを向いているときにも闇魔法を避けた瞬間、ラセルが倒したのはこんな恐ろしく頭脳を使う謎の敵なのかと思った。

……それすらも、甘い考えだった。

魔王の本当の姿は、人間と同じ部分はシルエットだけ。

それ以外は、まるで違う生き物だった。


いやもう怖いとかそんなレベルじゃないでしょ！　なんなのあの紫の肌に瞳のない目！

同じ人間の形をしているのに、ここまで印象が違うなんて！

私は、本当に魔王と対峙しているんだという事実を、改めて突きつけられる感じがした。

その上で、この魔王はシビラさんから見ても異常な存在らしい。

「《アイスジャベリン》」「《アイスジャベリン》」「《アイスジャベリン》」

まさかの、頭も腕も三人分。もう不気味とか人外とか、そんな感想すら生ぬるいヤバさ。

でも本当にヤバいのは、頭三つと腕三対が見せかけではなく、当然のように魔法を三人分撃ってくること。反則！　ズルい！　ルール違反！

先ほどよりランクを上げた魔法が、私の盾にぶつかる。この威力の魔法を剣で二つも弾くのはきつい。盾を素早く動かして二つの魔法を防ぐ。

……盾が二つ目を防ぎ損ねて、軌道が逸《そ》れた氷の槍《やり》が海に突き進んでいき、巨大な水柱を上げる。……ラセル達《たち》の方に飛んで行ってない、よかった。

こういう一瞬の判断は苦手だ……私は難しいこととか、すぐに考えられないから。

「なるほど、さすがに聖騎士となるとなかなかやりますね。いやあ、その職業《ジョブ》だけは大変素晴らしい」

「……人間は腕二つなのに、三つも同時に撃ってくるとか卑怯《ひきょう》でしょ……」

「あなたたちが三人いるのだから、むしろこれで平等なぐらいだと思うのですがね」

「だったらあのでっかいトンボを取り下げてよ」

「フフフ……取り下げるとでも？」

思ってないですよーだ。言ってみただけ。

……しかし厄介だ。

こちらから攻めようにも、あの魔王が平然と魔法を三人分撃ってくること、その魔法が私だけでなく、ラセル達を平気で狙えること。

防御を専門とした職業《ジョブ》は、私だけなのだ。ラセルが怪我《けが》することは、やっぱり嫌。

ましてや、あんな性格の悪い……お金お金言いながら偽造通貨で金ぴかアクセサリーを買い占めて……その上で孤児と、その世話をしてくれた人まで見下すような魔王だ。

許せない。

「チッ、連携を始めたか」

「ラセル！　片方はアタシがやるわ！」

「無茶するな！」

背筋に冷たいものが走り、ラセル達の方を見る。そこには、あの虫が砂浜と海面スレスレまで降り立ち、挟み撃ちにするようにラセル達に接近していた。

あ、あんなの、範囲魔法で防げるはずが……！

「《ダークスプラッシュ》！」

「《ファイアウェイブ》！」

ラセルは、後ろに立ったシビラさんの背中側から肩越しに腕を突き出し、両腕を左右に大きく開いて魔法の名を叫ぶ。その瞬間、右手と、時間差で左手から魔法が放たれた。

あれってもしかして、無詠唱で左手から撃ってるの!?　あんな器用なこともできるんだ、すごい……！　シビラさんは、更にそこから魔法を重ねる形で正面のボスを遠ざける。

だけど、それでも相手はボス二体。

どんなに上手《うま》く対応しても、それを上回ってくる。

「ぐっ……！」

ラセルの首から、血が……！

第三ダンジョンでのギガントとの戦いの時とはまた違う、急所への一撃。ラセルはそれでも片手で魔法を撃ち返しながら、その時にはもう既に全回復していた。

ラセルの怪我が治るその瞬間に、私の方にも盾受けしていた腕に活力が漲《みなぎ》る。

今の、回復魔法……!?……そんな……ラセルはあんなに危険な状況に陥りながらも、私のことを気に掛けてくれながら戦っているの……!?

「フフフフ……宵闇の女と奴隷が藻掻《もが》き苦しむのを見ているのは楽しいですが、よそ見はいけませんね。《アイスジャベリン》」

そうだ、魔王から目を離すわけにはいかない！

私は慌てて盾で魔法を防ぐ。魔法を後ろに通すわけにはいかない。海面付近に打ち飛ばすのなら、もしかすると海面のボスへの牽制《けんせい》になるかも……！

「隠れる場所でも作るわ！《ストーンウォール》！」

シビラさんが叫んで、あの頼りになる石壁を作った音が聞こえてきた……けど、その希望は一瞬で崩された。

大きな破壊音が聞こえてきたのだ。

「ちょっ、体当たりで壊せるわけ!? ああもう、《ファイアウェイブ》！ これじゃ隠れてるつもりがいいマトになるだけだわ！」

「《ダークスプラッシュ》！ 強いな……！」

「ええ、ダンジョンの魔物と外で戦うのは本当にやってられないわね……！」

魔王とにらみ合いながらも、二人の会話を聞く。

私が動けないのをいいことに、ニヤニヤとラセル達の苦戦を楽しんでいる、嫌な魔王。

「――ぐっ！《ダークスプラッシュ》！ くそっ、選択肢が他にないとはいえ、今使える魔法はこれぐらいしかないな！」

後ろからの声と同時に、目の前の三つの顔が、同時に歯を剝《む》き出しにしながら、気持ち悪い嘲笑を浮かべる。

間違いない……ラセルが、ラセルが怪我をした！　すごく痛がる声を出した！

さっきみたいに、首を……まさか、首以外も……！


……私は、なんて……なんて無力なんだろう。

確かに今は、魔王からラセルを守っている。

でも、それだけ。

ラセルはあんなに必死に戦っていて、それでいて怪我もしている。

自分に不利な状況でも、頭脳と能力をフルに使って戦っている。

私は、いくら怪我してもいい……でも、ラセルの指にナイフの先が当たるのを想像するだけで脚が震えるぐらいなのに……。

そんな私が、こんな嫌な魔王に対して攻めあぐねている。

また……私は……守れないの……？

そう思った瞬間——何か、私の中に、どこか既視感のある『黒い何か』を感じた。

これは……悪い何か？　それとも、もっと別の……。

そう、だ。思い出した。

これは以前、ハモンドの街からアドリアの村へと一人で戻る時に、絶望した際に生まれたものだ。あの時も、突然頭の中が、すっと冷静になったのだ。

……何か、私は。とても大事なことを忘れている気がする。

そう、だ……あれは、ジャネットとの話と、それを踏まえた上でのラセルの行動だった。


男の子よりも『活躍したい女の子』の話。

お姫様でも、ちゃんと自尊心のある、活躍できる女の子の話。

お姫様を超えた、聖騎士としての私をラセルに認めてもらった。

根本的な部分を忘れていた。

活躍したい女の子の話。

ラセルに認めてもらった話。

どちらも、結局私は、私のための話ばかりじゃない。

そう……どうしてこんなことに気付かなかったのか。

ラセルだって、『一番活躍したい』はずなのだ。そのために闇魔法を手に入れたんだ。

……だけど、結果はどうだ。恨んでもいい筈《はず》の私を、その力によって救ってくれている。

私はいつも、与えられてばっかりだった。

これでラセルとシビラさんの隣に並び立っているつもりなのだから、本当にお笑いだ。

いつまでも守る守るって、母親にでもなったつもりなのか。

私が、まだラセルを信じていないんじゃないのか。

今、心の中に再び顔を出した『何か』が、言葉のない言葉で私に語りかけてくれている。

この状況を、私の中にある『何か』が解決してくれる。

この私に宿る『何か』を、あの人なら解放してくれると。


「シビラさん」

私は、魔王の方を向きながら、シビラさんの方へと下がってきた。

「ちょっ、余裕ないわよ！　どうしたの、エミーちゃん！」

私は、私の中にある『何か』を、シビラさんに聞く。

ラセルと並び立つ力。ただの能力ではなく、名実ともに横に並ぶもの。

そして、この『宵闇の誓約』というパーティーの一員として、相応《ふさわ》しいもの。

「可能性……私に【宵闇の魔卿《まきょう》】以外の宵闇の職業《ジョブ》、備わっていませんか？」

シビラさんが、息を呑《の》む。

「なんで、それを……」

「あるんですね？」

否定をしなかったシビラさんに、食い気味に言葉をかぶせる。

よかった……。私は、シビラさんに手短に要件を伝える。

「その職業《ジョブ》で、この状況を打破できるんじゃないですか？」

シビラさんは驚きからすぐに落ち着くと、私の中の『何か』を話す。

ラセルが戦っている声が聞こえる。だけど、今はラセルを信じる。

「エミーちゃんの【聖騎士】のスキル、想定よりも威力が低いように思ったのよ。ラセルへの一途《いちず》っぷりと、そのレベルなら、もっと強いはず。だけど生き返らせる時に、エミーちゃんの真っ白な心はズタズタに絶望で傷つけられて、闇の力が顔を出しかけていたの」

……そうか、やっぱりそうだったんだ。山の中であの時急に冷静になったのは、この闇の力だったんだ。


私は、いろいろなことに対して受動的だった。ラセルを守りたいから、聖騎士になった……のではない。女神様に『してもらった』のだ。

だから、ラセルを守れる。

ラセルを守るための力が欲しいと思った。

だから、鎧《よろい》のギガントを切れる闇魔法を、ラセルに『与えてもらった』のだ。

だから、ラセルを守れる。


……いつだって、自分の意志で『これだ』と選んだわけじゃないのだ。

「私は、もう待っているだけなんて嫌なんです。いつまでも、このままでいられない」

「……。そう、分かったわ」

シビラさんも、あまりゆっくりしている時間はないと分かっているはず。

私が魔王の姿を視界に収めながら待っていると、目の端から黒い羽が現れた。

シビラさんが、女神の姿になったのだ。


今日一日走り回って、いつの間にか夕日が落ちていた。

砂浜の赤が、綺麗《きれい》な青へと変わっている。


ああ、ジャネット。

これが、宵闇なんだね。

「『宵闇の女神』シビラ。【聖騎士】維持……ほぼ不可……ッ、了承。《転職拒否《チェンジ》》……魔力、消費、消費、消費……。《魔力変換》……《天職授与《ジョブグラント》：【宵闇の騎士】》！」

視界が急に開けた。

自分の頭に鳴り響く女神の声を聞きながら、私は理解した。

――そうか、今分かった。

私はちゃんと、自信を持って、並び立てる人になりたかったのだ。

主役《ラセル》の、隣に。

これで、きっと……！

「そうだ、シビラさん」

私は女神様をまっすぐ見て、直球を投げてみる。

「ぶっちゃけラセルを茶化すの、半分は照れ隠しだったりします？」

シビラさん、目を見開いてびっくり顔。

あ、初めてシビラさんに一杯食わせた感じがした。

なるほど、ラセルがシビラさんのこと、こういう扱いしてるのちょっと分かってきた。

きょとんとしてるシビラさん、普段が普段だけにめっちゃ可愛《かわい》い。

……あーあ。

折角ラセルの一番になってやるぞーって気持ちで、その隣に並べるぐらいの自信を得たというのになー。

ラセルより先に、私がシビラさんのこと大好きになっちゃったんだから、そういう最後の締めがちょっとずれちゃうところ、いかにも私って感じだよね。

でも、ここまでいろいろもらったんだ。

ラセルのいいところ、もっとシビラさんに知ってほしい。

そしてもっと、一緒にいて素敵な人に思ってほしい。

今は素直に、そう思えるんだ。

「まさか……ッ！　おのれ卑俗な宵闇がッ！　許されない、許されないいいィィ！」

魔王が震える声で、こちらを指差す。

徐々に眉間に皺《しわ》を寄せると、叫びながら魔法を放ってきた。

「《ストーンウォール》！　女の子の一大決心なのよ！　茶々入れんじゃないわよ、つくづく下品なヤツね！」

それをシビラさんは、防いでくれた上に言い返してくれた。やっぱりシビラさんってかっこいいし、頼もしい。ほんと、女の子として憧れちゃうなあ。

「ラセル」

「……エミー？」

私は、ラセルに短く一言伝える。

「厳しいと思うけど、でも……魔王を一時ラセルに任せます」

ラセルは、無傷で済まないかもしれない。この選択は、私にとって何よりも怖いもの。

だけどあの魔王を倒すのは、ラセルであるべきだ。

危機を乗り越えるには、【黒鳶《くろとび》の聖者】ラセルという過去に魔王討伐を成し遂げた術士の彼を、私自身が認めて、信じなければならない。

大丈夫。ラセルはいつだって、すっごく格好いいんだから。

ラセルは驚きつつも、すぐに頷《うなず》いてシビラさんとともに魔王の方へと向かった。

さっきから、空をぶんぶん飛び回っているボスを睨《にら》み付ける。こいつらが、ラセルをあれだけ危険に晒《さら》したんだ。絶対許さない。

私は、そのボスが近づいた瞬間に盾を構えて……スキルを発動する！

今まで白く光っていた盾が、黒く闇の光を纏《まと》う。

その能力は、光の盾の正反対。

私から逃げようと思ったであろうボスは、黒い盾に吸い寄せられてきたのだ。

その力に逆らえず、トンボのボスは苦し紛れに尾の爪で攻撃してきたけど……私は敢《あ》えて避けなかった。肌に、ラセルと同じように傷がつく。

その痛みすらラセルと同じ自分の物だと心に刻みつけて、お返しに右手の剣を振るう。

苦戦していた魔物は、ラセルの黒い剣と私の黒い盾の前に、一撃で真っ二つになった。

「——まずは一匹」

さあ、私を始めよう。

15 因果応報という言葉が、限りなく相応《ふさわ》しい

ダンジョンという狭い場所から解き放たれた、空を飛ぶ魔物の数々。それらに苦戦している途中で、シビラとエミーが何かしらのやり取りをしていた。

はっきりとは聞こえなかったが、この状況だ。一大決心をしたのだろう。

再びエミーを見た時……明確に雰囲気が変わったのが分かった。だが、俺がエミーに対して驚いたのは、次の一言だった。

「厳しいと思うけど、でも……魔王をラセルに任せます」

それは、聖騎士の力を得る理由であった俺を守ることに固執することを、やめた一言。

そして……間違いなく、俺を信じていなければ出て来ない一言。

そうか、エミー。お前は『前に進んだ』んだな。

守るための能力を得るほどの強い想《おも》いすら振り切って、俺のためにそこまで変わってくれたんだな。やっぱりお前は、凄《すご》いヤツだよ。

シビラとともに、魔王の前に立つ。

向こうからの憎々しげな視線を見返している最中、後ろから小さな呟《つぶや》きが聞こえてきた。

マジか、エミーはあのボスを一人で仕留め始めているのか。俺の周りはつくづく頼りになるヤツばっかりだ。

「まずは一匹」

やれやれ……俺もそろそろ大きく活躍できないと、『宵闇の誓約』というパーティーの形だけのリーダーをしていることすら、自分で許せなくなりそうだな！

「……やってくれましたね、まさか【聖騎士】から、その聖なる力を奪うなど……！」

「ふん、お前には分かんないでしょーね。エミーちゃんは、ラセルのためなら地位も名誉もプライドも、全部スライムの夕食にシュートしてしまう子なの。……強い女の子よ、ほんと、僅かな生であそこまで格好良くなれるんだから、眩《まぶ》しいわね」

シビラと魔王の会話で、俺も全てを察した。

間違いない。エミーは、『宵闇の職業《ジョブ》』を選んだのだ。それも、俺のために。

非常に難しい、相性次第では激痛を伴うほどの職業《ジョブ》。胸に熱い物がこみ上げる。

これは、好意とか愛情とかそういうのとは全然違う。

そう——一体感すら覚えるほどの、信頼だ。

その事実に、前よりもエミーを近く感じる。

だが、やはりこの魔王は気に入らなかったらしい。

高貴な職業《ジョブ》と、高価な剣。そういうものばかりに興味があるって感じだったものな。

「……」

魔王は、それまでの睨んでいる顔から、ふっと表情を消す。それは今までの威圧的な顔よりも、獰猛《どうもう》な顔よりも、攻撃的な表情に映った。

「……もう殺す価値もないですが、それでもあなた方は私をここまで追い詰めた人間。全力を尽くさせていただきます」

ここでようやく、魔王が積極的に攻撃に転じてきた。

さて、俺の出番だな。


魔王の攻撃を先程からエミーが防いでくれていたわけだが……対峙《たいじ》してみると、本当にシビラの常識が通用しなかったのも無理ないな。

三人分の武器と魔法を一つの頭脳が操っているなど、厄介というか卑怯《ひきょう》極まりない。相手と全く同じことをやっていては、絶対に勝てない相手だからな……。

頭も三つなんだから、思考も三つあるのか？　考えてもしかたないか。

「ラセル、恐らく魔法から来る」

「撃ち合いか？　ふん……なるほどな」

シビラの判断に、魔王の意図を察する。魔王は手を三つ前に出し、俺を値踏みするようにじろじろと見る。

「【魔卿《まきょう》】は消費魔力の特に激しい職業《ジョブ》。ましてや闇魔法、どれぐらい持つでしょうね。【聖騎士】の高貴さに比べて、闇魔道士など私の相手の役には不足にも程があります。《アイスジャベリン》」

魔法の言葉になった瞬間、三人同時に口が動く。

その手から現れる、三つの氷の槍《やり》。

「《ダークスフィア》」

（……《ダークスフィア》）

俺は頭の中で少し時間に差をつけ、氷の槍を二つ弾《はじ》く。

三つ目は──。

「《ファイアジャベリン》！」

──俺の相棒が、足りない部分を支えてくれる。

このコンビネーションを無言でやってくれるのだから、やはりこいつは頼りになるな。

「一人で二人分の魔法を、しかも闇魔法でカバーするわけですか。……実に愚かな選択です。《アイスジャベリン》……どこまで持ちますかね？」

同じように撃ってきた魔法を、同じように《ダークスフィア》で削る。

シビラも炎の槍を放ちながら、剣を腰に差してマジックポーションを手元に準備する。

撃ち合いか……いいだろう。

魔王が相手だろうと、シビラにもらった【宵闇の魔卿】の力を持つ俺が負ける可能性など、万に一つもありはしない。

何を狙っているかは明白だが、お前の気が済むまで付き合ってやるよ。


……それから、どれほどの時間が経過したか。


「《アイスジャベリン》」

「《ダークスフィア》」

「《ファイアジャベリン》ッ！　んぐっ……ぷはぁ」

魔王と俺とシビラの、魔法の撃ち合いは続いていた。

シビラはずっと右手で魔法を撃っている。汗を滲《にじ》ませながらマジックポーションを左手に持ち、飲んだ後は砂浜に落とす。その一連の動作も、これで五回目だ。足元には五つの空瓶が落ちている。

マジックポーション一つで、ファイアジャベリンはそれなりの回数を撃てる。それ故に空瓶の数が、この戦いの長さを物語っていた。

何度も何度も、魔法を相殺していく。

魔王の氷の槍、細くなっていないか？　これは、気のせいではないな。どうやら明らかに魔王が、俺と魔力の削り合いをして競り負けている証拠だ。

「思ったよりもう一匹に手こずっちゃった、ごめん！」

「《ダークスフィア》。俺がやるより早かっただろ、十分だ」

エミーが、あのフロアボスを二体とも討伐し終えたのだろう。後ろを警戒することなく俺の前に立ち、剣を使って氷の槍を弾いた。

それまで無表情で攻撃魔法を撃ち続けていた魔王の攻撃魔法が、ぴたりと止《や》む。その顔が、じわじわと目を見開き驚愕《きょうがく》を形作っていく。

「……おかしい。何故《なぜ》……何者なのですか、お前は……」

魔王は、六つの手のうちの一つで、シビラの足元を指差した。状況の摑《つか》めていないエミーは指差すままにその空瓶を見て、それからシビラの汗だくの顔を見る。

「その男のダークスフィアは、ファイアジャベリンの数倍の消費魔力。しかも交互に魔法を放つことで、私の魔法を二人分相殺しています。……私は、枯渇を狙いました。そして五度……ただの火炎魔法使いの女だけが、魔力の補充をしました」

エミーが、後ろにいる俺の方を恐る恐る見る。当然こっちはまだまだ余裕なので、肩をすくめて「問題ない」と返事をした。

「何故……何故なのですか！　有り得ない！　お前の魔力はどんなに少なく見積もっても、数十人分は消費している！　レベル三桁でも到底足りる魔力ではない！　気絶していてもおかしくないはずです！　お前は一体……」

「ああ、そういえば」

俺は魔王の言葉を無視するように、シビラの方を向いて別種の魔法を使った。

「《エクストラヒール・リンク》、《キュア・リンク》。回復させ忘れてすまん、汗かく前に気付けばよかったな」

肌や服の汚れがなくなったシビラが、窺《うかが》うように俺の顔を見て腰のポーチを叩《たた》く。

「……一応聞くけど、魔力補充はいる？」

「どちらかというと、ただの飲み物の方が欲しいな。お前はがぶがぶ飲んでたから水分補給は十分だろ？　羨ましい限りだ」

「はは、あんたらしいわ……」

俺とシビラのやり取りを見て、魔王は初めて一歩、後ずさった。

「……なん、なんですか……聖者の、魔法……？　闇魔法を無限に撃ち続けて、聖者の魔法を全て使える……？　そんな、そんな存在がいるはずが……お前は一体、何者……」

その一歩を埋めるように、俺はシビラとエミーの間から一歩踏み出す。

「俺が、何者か？」

魔王は俺が、どういう存在かを聞いているのだろうな。

ならば、こう答えよう。

「──『黒鳶《くろとび》の聖者』ラセル。闇魔法を極める聖者だ。アドリアの魔王は、俺が倒した」

魔王は遂《つい》に、戦う者としての余裕をなくした顔で目を見開く。静かに目を閉じると、俺を『敵』と初めて認識したように睨《にら》み付けた。

眉間に皺《しわ》を寄せた三つの顔が唸《うな》りながら、砂浜から……というより地面の魔法陣から現れた剣を取り出す。アドリアダンジョンの魔王が持っていたようなのとは違い、妙に装飾過多な金色の剣だ。

右手に二本、左手に一本。

そして空いた手は、魔法を用意している。

「……油断していた、とは言いません。恐らく全ての『可能性』を想定していたとしても、常識を超える頭脳程度では、お前の存在を予想できはしなかったでしょう」

その怯《おび》えの一歩を埋めるように、魔王は一歩ずつこちらに踏み込み始めた。

「この力を得てまで、負けるわけにはいきません。一つの頭脳が、しっかり一人を担当させてもらいます」

「いいだろう」

そして俺も、シビラも、エミーも。

魔王を見て剣を構えた。

シビラがエミーの近くに行き、ぼそぼそと喋《しゃべ》る。……何だ？

そしてシビラは、俺の方に来て不思議な指示を出した。

「ラセルは、左から。絶対に後ろに回り込まないように」

後ろに回り込んだ方が有利に感じるのだが……。

「相手の余裕がなくなるぐらい、攻撃して。必ずチャンスは来るわ。だけど、アタシじゃ駄目なのよ。エミーちゃんでもね。……ラセル、あんただけが頼りよ」

いつになくはっきりとした指示。どういうことかは分からないが、恐らく何か仕込んでいるのだろう。ここに来てこいつに策があるとなると、実に楽しみだ。

それが俺にしかできないとシビラが断言するのなら、期待に応えてやらないとな。


魔王が一気に踏み込み、俺達《たち》の方へと魔法を放ちながら剣を振り上げてきた。

「させないっ！」

エミーが右から受け止め、剣の一つを防いで魔法の二つを盾で吸い寄せる。

シビラも剣を持ちつつ、正面を取った。

俺は、左側の二本の剣のうち、一本を担当する。左手は空いているが、迂闊《うかつ》にエミーへと誤爆するのは避けたい。

エミーの新しい職業《ジョブ》が、闇魔法を無効化できるかは分からないからな。

膠着《こうちゃく》状態ではあるが、うまく防げている。俺達それぞれが、自分たちの力を出しているが故に、これほど規格外の魔王と戦えているのだろう。

「……やはりそれなりに強いですねえ。ですが！」

魔王は接近した状態から一度離れて、魔法を再び放とうとする。

「《アイス——」

「ええいっ！」

そこでエミーが魔王を追うように一歩前に出て……盾が黒く光った。その瞬間、魔王の脚が砂浜で踏ん張れず、少し引き寄せられる。

そうか、これがエミーの新しい職業《ジョブ》の力か。攻撃魔法などの遠距離攻撃手段のないエミーが、あれだけのスピードでボス二体を討伐できた理由がようやく分かった。

相手を弾き飛ばす技と対照的な、相手を吸い寄せる技。その能力は、魔王にも十分に通用するようだ。

「……ぐうっ！」

エミーにバックステップを封じられ、魔王は再び剣を打ち合う状況に陥った。

俺が剣をぶつけると……闇属性を乗せ直した効果なのか、【宵闇の魔卿】の持つ俺の剣だけの特性なのか……魔王の剣が折れる！

「まだまだァ！」

チャンスかと思った瞬間に、魔王が一瞬で次の剣を召喚する。戦いのためのものではない、明らかに俺の買ったブレスレットなら数十個分にでもなりそうな高価な剣だ。

くそっ、またこんな高そうなものを折らなければならないのか！　元貧乏暮らしとしては、ますます憎しみを重ねられていいなおい！

俺は再び現れた魔王の剣を強めに叩き折り、目の前に突き出された腕を魔法で飛ばす。無詠唱の闇魔法で魔法の腕を跳ね飛ばし、次を撃たせない。

ついでにシビラの方に伸びた剣も払ってやろう。

「……お前は……」

魔王が再びこちらに剣を突き出し、シビラ担当分の剣もこちらに向ける。だが……手数《てかず》が多いだけで手数は大したことないな。多少マシ程度、まだヴィンスの方が大分上手《うま》い。

「こんなものか？　久々に剣技をぶつけ合えると思ったのだがな」

「有り得ぬ……術士の方が、騎士より押されているなど、想定外……」

水平に構えた剣を、魔王に突き立てるように動く。その動きを見た魔王が俺の腕を斬るように動くが、フェイントだ。魔王が動こうとした動作を察知し、一歩引く。

空振りした魔王の腕を切り落と……すには、追撃する速度が足りなかったな。落とすつもりで振り抜いたが、結果は腕に少し傷をつけただけだ。

「剣技は俺の方が上だが、お前は肉体の能力に助けられたな？」

「……グッ……！　お前は、お前は一体……」

僅かだが流血して焦りが出たのか、再び二本とも俺の方に狙いを定める魔王。最早《もはや》シビラの方に剣を向ける余裕はないらしい。

その温《ぬる》い剣先を両方とも弾《はじ》くと、魔法を撃つ腕に重ねてもう一発魔法を叩き込む。

至近距離でも交互詠唱は片手で可能だ。片手で一人分では、俺に及ばない。

何度か撃ち込んでいるうちに、すっかり魔法の腕が上がらなくなった魔王が叫ぶ。

「お前は一体、何者だッ!?」

「『黒鳶の聖者』ラセルだっつってんだろ。無駄口叩いて、もう魔法はいいのか?」

再び俺の方へと鋭く突き出された剣を、軽く打ち払いながら折る。ついでにシビラの方に伸びた剣も、返す剣先で折ってやる。腕に傷は……つけられなかったな。

「聖者……術士……勝てるはずだった……フロアボス任せのメーカーの中でも、この私は特別な力を選んで持ってきた……魔法も、剣も……」

「ああ、それは認めるぞ。アドリアのヤツと比べたら、お前は相当強い」

「……ならば、何故! 俺が、剣を……この剣を持ったというのに!」

叫びながら、魔王が何本目か分からない剣を空間から引っ張り出す。あの魔法、便利そうだな、後でシビラに聞くか。

「魔力が枯渇しない【魔卿《まきょう》】が、何故【聖騎士】より剣が使えるのだ……!」

何故、か。

「俺自身が、剣の道を選んだから。女神から【聖者】にされようと、【宵闇の魔卿】で術士になろうと、俺は俺自身のために、剣士以上の剣の力を望み、進んだ。それだけだ」

「……想定外、だ」

お前にとって、この程度のことが想定外なのか？　だったらシビラにしてやられるのも納得だな。

「シビラ、もうあまり接近しなくてもいいぞ。俺一人で剣二本ともなんとかなる」

「その余裕、いいわね！　じゃあアタシはダメダメ魔王をコケにする係やるわ！」

「おのれ宵闇風情がアアアアア！」

「いえーいバーカバーカ！　あと《フレイムストライク》！　もひとつバーカ！」

この場で、実に緊張感のない声が飛んできた。急に煽《あお》りのレベルが大幅に落ちまくったように感じる。しかし合間合間に叩き込む魔法は、かなり強力だ。

「もうちょっとマシな煽りはできないのか？」

「相手の知能レベルに合わせてるんだって。あいつ馬鹿だし、これぐらいで十分でしょ」

「――アアアアア！」

聞いてるこっちが笑ってしまうほどの煽り方。当然魔王は怒り心頭だ。つーかエミーは『ブフッ』と我慢できずに笑っていて、それが余計に魔王の神経を逆撫《さかな》でした。なるほど、これ以上ない煽り方だなこれは。

すっかりシビラのペースだが、その間も俺は魔王の剣を何度も打ち払う。怒り心頭で動きが乱雑になった分、かなり楽だ。間違いなくシビラの計算の内、だな。

折る度に新しい剣が出るが、最早最初のような装飾の剣は現れない。そろそろ限界か？

魔王が次の剣を持った瞬間。


——とす。


と、どこか場違いな音とともに、魔王の背中に見慣れないものが見えた。俺はその瞬間……これがそうだと理解して、その『女神の一手』を摑《つか》んだ。

魔王の剣を右手で押さえ込み、左手に意識を集中しながら全力で叫ぶ！

「《エンチャント・ダーク》！」

その瞬間、背中のものはずぶずぶと魔王の身体《からだ》に入り込む。

「——ああああああアアアアアアア！」

叫び声を聞きながらも、俺に剣を押しつけてくる右腕を押さえ込む。残りの腕が全て俺に狙いを定めて襲いかかってきたが、エミーが全て器用に打ち払った。

その一瞬の隙に、俺は左腕を押し込みながら……散々言われ続けてきた怒りと、こいつに致命の一撃を喰《く》らわせた達成感とともに、肩口まで切り上げる！

「ア——あ……！」

魔王は斬られた背中から紫の噴水を噴き上げて声にならない叫び声を上げる。

俺は続けざまに左手の武器を引き抜き、今度は魔王の胸に深く突き立てる。

そう——このセイリスに四つも生まれたダンジョンを管理するであろう、大きなコア。その中心にナイフを突き立てると、闇の光が宝玉に大きな罅《ひび》を入れた。魔王は一度びくりと震えると、そのまま力をなくして全ての剣を取り落とし、背中から砂浜に沈んだ。

——俺達の、勝ちだ！


魔王の、血走った白目の眼球が、弱った身体で必死に武器を確認しようと僅かに首を起こして胸を見る。そこにあるのは——。

「……な、んです、か……この、粗末な……おもちゃは……」

——柄が変色するまで使い込まれた、明らかに中古品のナイフだった。

『何ですか』、か。そんなこと、俺が知りたい。

そんな俺の心情に答えるように、これが何か当然のように知っている女が動き出した。

シビラがナイフを見ると、実にいい笑顔で親指を……魔王の後ろ側、遥《はる》か先に向かって立てたのだ。

「……え？　イヴちゃん？」

エミーが呟《つぶや》いたのは、ここにいるはずのない、四人目の冒険者だ。

「うっす。シビラさん、これでお仕事完了っす」

「ほんと、いい仕事だったわ。それじゃお礼に、今から楽しい楽しい制裁タイムを一緒に楽しんでちょうだい」

イヴへの返事をして、いかにもシビラらしい前置きをしながら魔王へと近づき見下ろす。

その顔には、美しくも嗜虐《しぎゃく》的な笑みが浮かんでいた。


シビラは、全ての種明かしを始めた。

「【アサシン】には、高レベルになった者が使えるスキルがある。『隠密《おんみつ》』、まあ知ってるわよね」

「……それ、は……」

「そう。気配を消す『隠密』を覚えるために必要なレベル、けっこー高いのよ。一度斬られたお前なら分かってると思うけど、あの時にアタシらがドラゴンと戦っていた当時のレベルじゃ、全然足りなかったわ」

……それはそうだ。あのとき活躍したとはいえ、イヴのレベルは決して高くはないはず。

ならば、どこでイヴのレベルが上がった……？

「ラセルは知ってるわよね。一気にレベルアップできるもの」

「そんなの、フロアボス討伐と……それからその後、俺は……」

ドラゴンの心臓で、レベルアップを……！　まさか、そんなはずはない。

「いや、お前、あの時あれ食べてただろ！」

「そうね、食べてたわね。ドラゴンの『胸肉』をね」

……は？　胸肉？

あの時、俺が心臓を食べている横でお前がもっちゅもっちゅ食べてけらけら笑っていたのは、ただの胸肉だったのか？　明らかに心臓を食べたような反応だっただろ？

「敵を騙《だま》すには、味方から。ニードルアースドラゴンの心臓は、イヴちゃんに食べてもらってるわ。そりゃもう強いわよね、【アサシン】レベル21あるもの」

シビラのとんでもない暴露に、俺もエミーも絶句した。そして、同時に理解したのだ。

シビラがあの時、イヴと一緒に孤児院へ行った理由を。

イヴはそもそも、この砂浜からダンジョンに入る俺達《たち》の姿を見つけたから、俺達を追ってダンジョンに潜ってきたのだ。当然ここで魔王との戦いがあると知っているのなら、目のいいイヴなら戦っている姿が見えるだろう。

後は、俺達に前面へ意識を集中させ、更に煽りに煽って背中側を空ける。そこまでは分かっていたが、最後に俺が『隠密』で放たれた投げナイフに闇属性を付与すると信頼して、何も話さず託していた。

その結果が、今だ。

ここまで……ここまで全部読んでいたのか、シビラは！

「驚いてるところ悪いけど、魔王を追い詰めた最後の一手はラセルの記憶だったわよ？

最後はあんたも、言葉をぶつける権利があるわ。でもまずはアタシから」

そしてシビラはニヤニヤしながら、魔王を心底嬉《うれ》しそうに見下ろす。

魔王に最後の審判を下すのだ。

「お前を倒すのは、【聖者】の剣でもない、【聖騎士】の竜牙剣でもない、『宵闇の女神』の剣でもないわ。だって全部拒否したんだものね～！」

セイリスに潜んでいた、規格外の力を持つ魔王。

金銭第一主義で、貧乏な他者を平気で見下す。

聖騎士であろうと、孤児の出なら興味を失う。

俺達の死闘も、時間がかかると待つのに飽きる。

考え方、振る舞い方の全てが悪意の塊のように自分勝手。

その身体は、街からかき集めた宝飾品まみれ。

しかし、その全ては偽造通貨で手に入れたもの。

だというのに。自分の戦う相手には、高価な武器を使う高貴な者を望む。

どこまでも傲慢で、強欲で、虚飾にまみれた魔王。

「お前を倒すのは、孤児で、超貧乏な元スリのアサシン！　そんな子ですら使い捨て武器として投げ飛ばした、この街で一番くっっっそ安っちい中古のボロボロ投げナイフよ！　いやぁ～いいわぁ～！　心の奥底から！　お前にトドメを刺すのにチョー相応《ふさわ》しい、ほんっとこれ以上なく相応しい武器だと思うわぁ～！」

動かない身体で必死に拒否しようとする魔王を嘲笑《あざわら》うかのように、シビラは大声で叫びながら親指を下に向けた。

「これが、お前の因果に対する応報よ！」

言うだけ言ってシビラがこちらに振り返り、先ほどまでの狂気じみた表情とは全く違う、悪戯《いたずら》っぽい笑みをした。

「代わりに言わせてもらったわ。そっちの言いたい分まで取っちゃってごめーんね」

「いや構わない、気分爽快だな」

「もうほんと最高です」

孤児院を悪《あ》し様《ざま》に言われたことが余程頭に来ていたのか、エミーも珍しく罵倒に乗った。

それにしても、ヤツにとって嫌な部分をあそこまで的確に抉《えぐ》れるこの状況を作ったとなると、本当に文句の付けようがない。

シビラがあの時言った、この魔王にとって文字通り『一番嫌な最期』だ。

……同時に、俺はエミーと一瞬目を合わせた時に『シビラとだけは絶対に敵対したくない』という意志を共有できたように思う。

なんつう口撃だよ、あんなん言われたら魔王でも泣くぞ。

シビラの言葉の数々を横で聞きながら口角を上げて聞いていたイヴが、シビラに代わって魔王の前に立つ。

「もう動けないんすね」

イヴが、魔王を見下ろす。

「けっこー前から話は聞いてたっすよ」

その瞳に映るのは、怒りではなく――哀れみ。

「うちのチビ達、あたし含めて運わりぃ生まれだなー、なんて思ってるんすけどね」

イヴは、砂浜に散らばった指輪を一つ摘《つ》まみ上げた。

「あたしらが、一つで十分と思うものを、指十本分を超えても満足できなくなる。それって結局、満足が終わらないってことじゃないスか。うちらそれでも、まあ毎日楽しいもんなんスよ。なんもなくても、楽しめることなんて沢山あるんで」

「……物の価値を知らぬ、哀れな女よ」

「あたしには、何を得ても幸福なんて感じられない不満しかないあんたの方が、よっぽど哀れに見えるっすね。それに――」

　それまで淡々としていたイヴが、ちらとシビラの方に視線を向ける。

「――あたしは、もう下り坂終わったんだよ。偽造通貨なんてびんぼっちぃモン使ってこの程度のあんたより、ずっと上に行ってやるからな」

　その言葉は、かつての自分への決別だろう。

　その未来の道を示した女神は、小さくも頼もしい姿に優しく目を細めていた。

「エミーはいいか？」

「うん。シビラさんが大体言っちゃったし、思いつかないぐらい」

　確かに、あれを超える罵倒の語彙《ボキャブラリー》が、優しいエミーから出るとは考えにくいな。

　その返答に納得し、俺がイヴと場所を入れ替わり魔王を見下ろす。

　俺はこの魔王に対して、一応聞くだけ聞いておきたいことがある。

「生まれの貧しい孤児の集まりに負けた気分はどうだ、などと言うつもりはない」

「……」

「あのセイリスのダンジョンは四つ全てお前のダンジョンなのか？」

「……魔物《ペット》の召喚《サモン》の回数でそちらの女が察したでしょうが、四つとも私の作品です」

　思いの外、素直に答えたな。鵜《う》呑《の》みにするわけではないが、シビラの頭脳を鑑みて喋《しゃべ》っている辺り、外れというわけでもないのだろう。この辺りの判断はシビラに任せる。

「逆に、聞きたいのですが……その力を得て、独立する気はないのですかね……」

「それ、アドリアの魔王にも言われたな」

「……言われて尚《なお》、ですか……眷属《けんぞく》らしい……」

魔王連中は、宵闇の女神と俺が一緒に行動していることがよっぽど嫌みたいだな。恐らく理由を聞いたところで、ろくな答えが返ってくることはないと思うが。

ふと、俺は浮かんできた疑問をぶつけてみる。

「それにしても、お前は何故《なぜ》そこまで高価さにこだわる？　そもそも高価だのなんだのと、生まれに意味はあるのか？」

「高貴さ、高尚さ……生まれで、趣味、趣向、それに……金との縁が決まる……」

魔王は、俺から視線を外した。

「……空」

「空？」

「金が、要る……未《いま》だ、見たことのない、空を――」

ゆっくりと、最後の力を使って手を空に伸ばす。その瞬間、指先から順番にさらさらと灰のように消え、最後には何もなかったかのように消えてしまった。

これがあの魔王の最期か……呆気《あっけ》ないものだ。

「シビラ、以前のように逃げられた可能性は？」

「過去の討伐と一緒の消え方だったから、倒したと見て間違いないわ。あと今回は転移して逃げられないように、倒れてからずっと相手の魔力を削る魔法を使ってたわよ」

本当に抜け目ないヤツだ。それにしても……ようやく全てが終わったんだな。

「あ、それより最後に魔王が魔物を街に放ったわ。アタシたちも合流して討伐するわよ」

シビラがとんでもないことを言い放ち、俺達は顔を見合わせてすぐに頷《うなず》く。

「どこに向かえばいい？」

「第二付近！　ダンジョンは観光区側のみ、中心街は兵士が守っているから港湾区は結果的に魔物が入っていない。第三は先日討伐したし、第一は再々減らされているわ」

シビラの話を聞きながらも、俺達は魔物のいそうな場所へと走った。イヴは孤児院を守るように指示を受け、一旦ここで別れることになった。


孤児の生まれでも、自信を持って育てられて。

それを、生まれの理由だけで見下されて。

お世話になった人まで貶《けな》されて。


必ず倒すと誓い、逃げられること二度。

街の中に貴族の服を着て逃げ込んだ魔王を暴いて、三度目の正直。

日が落ちるまで続いた最終決戦は、今、終わりを迎えた。

ようやく俺達は……あの魔王に勝ったのだ。


最後に砂浜を振り返り、俺は魔王の最期の言葉を思い出す。

──未だ見たことのない、空。

視線の先、宵闇を過ぎた雲一つない空は、賑《にぎ》やかさすら感じる満天の星。


「置いてくわよ？」

「シビラ。魔王はこの空の、何が見たかったんだ？」

「……魔王にだけ、何か別のものが見えてるんじゃないの？　それより、行くわよ」

俺の質問を軽く流すと、シビラはすぐに街の中へと足を進めた。……そうだな、シビラは女神側だ。多少詳しくても魔王側の内情を全て把握しているはずもないか。

魔王への小さな違和感は、襲ってきた魔物を処理しているうちに、すぐにかき消えた。

幕間《まくあい》　ジャネット：空回っているのか、手遅れなのか。それでも僕はただ親友の幸せを願う

大雨の中で、ろくな店もやっておらずに宿で眠った翌朝。

僕は昨日雨音を抑えるように閉めた厚手のカーテンを、勢いよく開く。

――以前言ったことは撤回することにしよう。

空は、まだ曇ったままの僕の心などお構いなし。昨日の慟哭《どうこく》など、けろりと忘却の彼方《かなた》に送ったかの如《ごと》き晴れ渡りようである。空は僕の心情など映さず、なんとも自由なものだ。

……まあ、これがもしも、エミーの心の内を映しているのだとすると、僕から言うことは何もないけどね。

部屋の中に再び目を向ける。ベッドの中の、どこのお姫様か女神様ですかというほどの、ケイティさんの綺麗《きれい》な寝顔が目に入る。

本当に、非現実じみた美しさ。身体《からだ》も……何を食べたら、こんなふうに育つんだろうね。

ふと、頭の中に懐かしい声が響く。

『ジャネットも私とずっと同じものだけ食べ続けてたよね!?ってゆーか、私より明らかに食べるの少なかったじゃん！　いつの間にこんなになってたの!?　理不尽だぁ～っ！』

一緒の湯へ久々に入った時の、僕を見たエミーとの一幕。

その、周りを温かく照らすお日様のような幼馴染《おさなじ》みの声を思い出して、口元を緩めながら自分の身体に手を当てる。

男の気持ちなんてよく分からないけど、そんなにいいものなのかな、なんて返していた。

……いいものなんだろうな、自分が持っている側だからあまり思わなかっただけで。

むしろラセルにとっては、ない方が付き合いやすくていい相手だったのかもしれない。

僕とも、なんだか自分から話しかけるようなことは減って、遠慮するようになっていたように思うし。僕はラセルに見られても、気にしないのに。

……ああ。駄目だ、駄目だ。

ラセルのことを考えると、どうしても後ろ向きな気持ちになってしまう。僕自身が選んだ道であったというのにね。

どこまで、隠し通せるか——。

「——ん……？」

薄《うつす》らと目を開けたケイティさんと、目が合った。

「お早いですね、ジャネットさん。ゆっくり寝られましたか？」

「はい、ご心配なく。おはようございます、ケイティさん」

「はぁい、ふふっ」

そして毛布を取ると、目に飛び込んでくる刺激的な下着と、同じ人間とは思えない肢体。

……腰、もしかして僕より細い？

エミーが僕の身体を見て理不尽だと言った気持ち、今は強く感じる。胸を大きいまま維持して腹筋に縦筋を引く方法、親からの血以外に思いつかない。そもそもの身体の構造が違うのではないだろうか。

……親からの血、か。

「ケイティさんは、著名なご両親などいらっしゃいますか？」

ふと気になって、僕はケイティさんに探りを入れてみることにした。この質問は突然すぎただろうか、ケイティさんはさすがに驚いた様子で首を傾《かし》げた。

「まあまあ。ちょっと驚きましたけど……ジャネットさん、私に興味があるんですか？」

「え？　え、ええ、まあ……はい」

嘘《うそ》は言っていない。

「でも、すみません。私、親の顔は知らないんですよね」

「あっ……そう、でしたか。すみません。……孤児なら、僕と一緒ですね」

「あら……あらあらまあまあ……」

ケイティさんは身を乗り出して、僕の身体を両腕で抱きしめる。

避けようと思ったけど、判断が遅れた。……ちょっと苦しい。

「沢山、頑張ってきたんですね。ふふっ、ジャネットさんと一緒なんて、嬉《うれ》しいです」

でも、その身体は柔らかくて、妙に甘い匂いもして……。ほんと、僕はなんでこんなにこの人を警戒しているのかな……。

――そう、確かエミーと……ッ！

腕の中で少し暴れるように藻掻《もが》くと、ケイティさんはすぐに腕を解《ほど》いた。そこまで拘束するつもりはなかったようだ。

「あ、あら……」

「すみません、息苦しかったもので」

「まあ！　ごめんなさい私ったら」

可愛《かわい》らしく舌を出して頭を掻《か》いたケイティさんに溜息《ためいき》を吐き、自分の服を取りに後ろを向く。

――その、一瞬。

部屋に飾ってあった小さな鏡が、後ろの光景を反射しているのが視界に入った。

顔を逸《そ》らしたケイティさんは、ほんの少しの間……右手の人差し指を曲げて、口元に当てていた。……間違いない。あれは、考えるポーズだ。

それは一瞬で、すぐに元の姿勢に戻ったこともぼんやりと見えた。

その理由は分からないけど、ポーズの意味は分かる。

（僕がケイティさんの拘束を振り解いたことを、ケイティさんは疑問に感じている……？）

ならば、今の行為にも意味がある？　一瞬だけど、絆《ほだ》されかけたのはもしかして……。

……不確定事項だけど、一つ。ケイティさんとの肉体的接触は極力避けよう。僕はまだ、ここでエミーが託してくれたものを見極める義務がある。


隣の部屋のヴィンスと共に朝食を摂《と》り、街へと繰り出す。目的地は、冒険者ギルドだ。

今日の段階までに、やっておいた団体への指示が二つある。一つは、ギルドに聖者の話題を出さないこと。もう一つは、教会に聖者の話題を出さないこと。

聖女の情報は、黒いカーテンの中にある秘密情報。最上位職であるということを除けば、その能力がどれほどのものか誰も知らない。探らせるのはルール違反であり、探られた上位パーティーは街のギルドへの貢献を取りやめてもいい。

上位ランクには、それだけの権限があるのだ。それを許しているのは、王家だという。

独自ルールならまだしも、貴族の頂点公認なのだ。ならば一般の人が口出しできる問題ではないはず。このルール自体も不思議に思ったことはあるが、今は存分に利用させてもらう。

そして僕は今、一つの魔法を使っている。

（……《サーチフロア》）

ダンジョン用の、索敵魔法だ。本来は狭いダンジョンでも曲がり角の向こうにいる敵などを発見するために使う魔法で、こんな街中で使う魔法ではない。
だが、それでも可能性として気になるのだ。ケイティさんの仲間が、この街にずっとい
た人なのか。そして……ケイティさんは、本当にこんな目立つ格好で、ずっとこの街にい
てヴィンスに気付かれなかったのか。
ギルドの受付に行き、手続きをして待合室へと案内される。中には誰もいないことも、
事前に魔法で確認済みだ。
ケイティさんを中心に三人でソファに座り新しい人を待つ。
「それにしても、新しい人ってどんなヤツなんだ。教えてもらってもいいか？」
「気になります？　来てからのお楽しみですよ。すぐに来るはずなので──」
僕は二人の会話に聞き耳を立てていると……急に眠気が襲ってきて──。

「──敵襲！」
サーチフロアの魔法に引っかかった魔物の反応に立ち上がる。直後に自分が、さっきま
で眠りに落ちていたことに気付いた。腿《もも》にぶつかり、ガタリと音を立てる待合室のテーブ
ル。その衝撃で落ちた硝子《ガラス》のコップが倒れ、水が床の木材を濃い色へと染める。
そして……目の前に、オレンジ色の髪と金色の瞳をした、知らない女性。僕の方を向き
ながら気まずそうに口を開く。

「……あ、えーっと、おはようございます？」

咄嗟《とっさ》に反応できず、隣を見る。そこには目をまん丸にしていた、と思ったらくすくすと笑い出す、金髪の美女。

「ふふっ……ジャネットさんったら。どんな夢を見ていたんです？　ずっと街ですよ～」

「珍しいな、疲れたか？」

ケイティさんとヴィンスから声を掛けられて、ようやく自分の状況が飲み込めてきた。新しいメンバーに会うと聞いて意気込んでいたのに、待合室で眠ってしまったのだ。……な、なんてミス……どうしたんだ僕、考えすぎで色々なことが裏目に出たか……？

サーチフロアの効果は切れており、周りには人間しかいない。当たり前だ、ここは街中なんだから。相手の登場タイミングを見極めるために魔法を使ったのに、その瞬間を逃してしまったのだ。意味がなさすぎる……。

空回っているなあ、僕……。

「えーっと……ジャネットさん、でいいんですよね？」

「あ、はい。僕は【賢者】のジャネットです」

「なるほど、なるほど。素晴らしいパーティー構成ですね、ケイティさん！」

「アリアもそう思う？　ふふっ、私もよ」

今の会話で、二つ分かったことがある。

この橙色《だいだい》の髪の女性はアリア。そして……ケイティさんより立場は下だ。失礼な冒険者相手でも丁寧に喋《しゃべ》るケイティさんは、タメ語を使ったこと自体これが初めてのはずだ。

「とりあえず、アリアさんでよろしいのですよね？」

「はい！　アリア、頑張らせてもらいます！」

アリアさんは立ち上がり、頭に手を当て兵士のような敬礼を取る。さっぱりとしたオレンジのセミロングヘアが揺れる。元気が取り柄、という感じの人だ。

ただ、僕はもう一つ、気になることがある。

（……この人も、凄《すご》い……）

アリアさんは、いろいろ大きかった。

背丈はケイティさんぐらいで、体格もいい。そして何より……胸まで大きい。ケイティさんほどではないけど、身体の大きさの分僕よりは大きく見える。

……僅か数日で、僕がパーティー内の胸の大きさ順で、一番から最下位まで落ちてしまった。そういう視線が好きじゃないから、精神的には楽でいいけど……。

そんな目立つ容姿のアリアさんを見て、僕は当初気になっていたことを聞く。

「アリアさん、今まではどちらに？」

「今まで？　えっと、ずっとこの街にいましたよ？」

回答は、まさかのこの街在住のソロ冒険者。

……そうなの？　こんなに目立つという要素を詰め込みまくったような人が？

「職業《ジョブ》は【魔法剣士】なんですが、見ての通りの重戦士って感じの女ですので、女と思わず使い潰してくれればと思います」

アリアさんが手を差し伸べてくる。僕はその手に握手で応えた。

「とりあえず、第一印象はバッチリ残りましたね」

「……忘れてください」

さすがに居眠りしていたところで突然叫ぶのは、客観的に見ても笑うなという方が無理ってものだ。魔物に襲われてる夢でも見てたんだろうか。過去に見た夢のご多分に漏れず、起床後は夢の内容など不思議と一切思い出せない。

……夢は、何も見なかったように思ったんだけどな……。


宿に帰ると、受付の人が差出人不明の手紙を僕宛てに預かっていると伝えてきたので、一も二もなく僕はそれを受け取ると三人を避けて裏通りに行く。

果たして届いた内容は……待ち望んでいたものだった。

（許してもらえたんだ……！）

その小さな紙には、エミーがラセルに受け入れられるまでの流れが子細に綴《つづ》られている。ラセルの能力の話、彼の変化。新たに現れた女性の話など……。

伝えたいことが所狭しと書き込まれている。まるでエミーが勢い任せにまくし立てたみたいだな、なんて思ってくすりと笑う。

その中の、一文。

(幼馴染《おさななじ》みを、やり直す……か)

ラセルの放った言葉を、泣きながら受け入れたと。

僕の心配など、もちろん取り越し苦労でしかなかったね。

彼は無自覚な王子様なのだ、ずっとエミーを救っていた。だから今回も、最適解を自然と導き出してエミーを救ったのだ。

(僕に、彼との幼馴染みをやり直す権利など、あるだろうか)

一瞬でもそんなことを思ってしまい……僕は無意識に首を振る。

——いや、何を考えているんだ、ジャネット。

お前にその資格があるとでも思っているのか。

僕は、ラセルにも、ヴィンスにも……エミーにも言っていないことがある。

この秘密を話す日は、来ない方がいい。

ラセルは、エミーを選んだ。……ライバルとエミーが言った女の人が気になるけど。

そして、エミーはラセルとともに、その仲を修復して一緒にいる。

これで、良かったんだ。


僕は、手元にある貴重な友人の思い出を、心の内の葛藤ごと燃やした。

ああ、そうだ。これで良かったんだよ。


さあ……僕の選んだ日常へと戻ろう。


それから数日。

僕達《たち》はダンジョン探索を順調に行っていた。ラセルが悪かったわけじゃないけど、それでもやっぱりレベルの低い回復術士《ヒーラー》を守りながら戦うのは厳しかったのだろう。

ようやく四人の勇者パーティーは、下層の第十一層に足を踏み入れた。

赤色のダンジョンを確認すると、ケイティさんが提案する。

「ここまで来られただけで十分です。一旦帰って調子を整えましょう」

その意見に反対する者はなく、ヴィンスも僕も頷《うなず》いた。アリアさんは基本的に指示を受けるのみで、素直に従ってくれていた。……いい仲間、だと思う。

宿での僕は、すぐに眠気が来るようになった。

何だろう……最近考えすぎだったから、エミーが無事なことを知って安心して、その疲れが一気に出てしまったのかもしれない。まず一番最初に僕が寝て、仮眠から起き上がるとケイティさんとアリアさんが戻っているのだ。

アリアさんはケイティさんほどではないけど、服装を気にしないので注意しておいた。

……本当に、なんでこの人が今までソロで見つかっていなかったんだろう。

順調だ。

順調すぎて、これで大丈夫なのか不安になる。

その日も結局、仮眠から目が覚める。そして、二人が戻ってきていて……。……戻ってきて、いない？

僕は声を殺して、窓の近くに行く。

エミーとどんな会話をしたか、思い出しながら……カーテンの隙間から外を見る。

……そこには、ケイティさんがいた。

誰も居ない庭で、月を見ている。

「……有り得ない……取られた……取られた……とられたとられたこんなの有り得ない認めない認めない。もう、早めにもらってしまう？　久々の、なのに、勿体《もったい》ない、でも、これ以上はこれ以上はいけないいけない」

――これだ……！

エミーが言っていたのは、このことだったのか……！

僕は口を押さえながら、ゆっくりとベッドへ戻る。

アリアさんは……寝ている、はず。このことを知っているのだろうか？　もらう？　久々？　何のことを言っているのだろうか。無詠唱などの情報を知っている彼女が『有り得ない』と言うほどの内容は、一体何なのか。

ラセルの情報？　でも……今更？

もう少し聞き耳を立てるべきだろうか。

しかし次に続いた言葉に、僕は心臓が止まりそうになった。

「……せめてジャネットさんは、取らせるわけには……」

今の一瞬、本当に、音を出さなかった自分を褒めたい。……気のせいだ。独り言だ……。

見つかって、いない……はず……。

僕はベッドの中に戻っていく。ここ最近ずっと、すぐに眠気が来ていたのに……今日は眠れるだろうか……。


エミー……君はこんな不安と戦っていたのか……。

今更ながら、パーティーで一番明るかった君に、こんな役目を押しつけてのうのうと惰眠を貪っていた自分自身に嫌気が差すよ。

……こんな呑気《のんき》な僕に、君の親友である資格なんてないのだろうね。


それでも、たとえ押しつけがましくても。

ラセルみたいに、押しつけがましいかどうかを気にする余裕すらなくても。

でも、親友と思っている君の幸せを、僕は願っているよ。

16 頼れる相棒と、幼馴染《おさなな》《じ》みと。そして意外な人とともに、新たなる街へ

街に溢《あふ》れた魔物を全て倒した俺達は、まずギルドで待機していた兵士へと報告に行った。

「兵士ー、そんなわけで皆の避難は解除でいいわよ！　あの店員さんも解放ね」

シビラは、魔王討伐後に散らばった宝飾品の破片と、もう一つのものを拾い上げていた。

それは、金色の表面が剝げて中の石みたいなものが見えている、偽造された金貨。

そう。真犯人が偽造通貨を使っていた、決定的証拠だ。

「これ持ってたヤツは、アタシらが責任を持ってぶっとばしたわ。街を滅ぼす気だったし、逮捕とかできる余裕はなかったわね」

「これは、まさしく押収した偽造通貨と同じ物……！　ありがとうございます、早速報告に向かわせていただきます！」

兵士はシビラに敬礼すると、すぐに周りの兵士に指示を出してギルドを出た。それに代わって、一足先にギルドに戻っていた疾風迅雷のリーダーが前に出る。

「あんたら本当に凄いな……！」

「でしょー、もっと褒めてもいいわよー。ちなみに真犯人っての、あの黒い人形《ひとがた》の魔王

だったわよ。でも上手《うま》くいったのは、イヴちゃんがいたからね！」

疾風迅雷のリーダーへと、シビラはイヴを前に出してフードを取る。頭部を全て現した少女の姿に、ひときわ大きな声が広がった。

「女の子……いや、討伐に協力できたということは、職業《ジョブ》持ちの年か？」

「ええ。【アサシン】レベル21のイヴちゃん！　投擲《とうてき》技術も高く、頭も冴《さ》えてるわよ」

「そっちのパーティーのメンバーなのか？」

「この子はソロなのよね」

シビラが『ソロ』とハッキリ言ったところで、イヴは「え？」と呟《つぶや》き振り返る。俺達のパーティーメンバーのつもりでいたのだろう。俺もそのつもりでいたが……。

呆然《ぼうぜん》とするイヴの頭を撫《な》でて、シビラはウィンクした。そんな反応に困惑するイヴに対して、『疾風迅雷』のリーダーは声をかける。

「なあ、君、イヴというのか」

「えっ、あっ。は、はいっす……」

「君さえ良ければ、うちに来るか、もしくは手伝いにでも参加してくれないか？」

なんと、リーダーの男はイヴに声をかけた。つい先日まで孤児院に籠もっていたイヴは、この街のトップクラスのパーティーリーダーからの誘いに目を瞬かせる。

「え、え、でもあたし」

「うちの回避で前衛やってるのは、女で一人だからな。負担が大きいかと思って遠慮していた。もし君さえよければ……」

「あ、えっと、あたしは孤児院のチビどもの面倒見なきゃなんねーんで……その、金払い良ければ、臨時なら入っていけるっす」

「よし！」

　疾風迅雷のリーダーが後ろを振り返ると、先日俺が治療したアサシンの女性が、イヴに目線を合わせるように膝を曲げる。

「孤児院にこんな凄《すご》い子がいたなんて、びっくりだね。よろしく、イヴちゃん」

「あ……よ、よろしくっす！」

　イヴはぺこぺこ頭を下げながら、疾風迅雷のメンバーに頭を撫でられていた。シビラはイヴを気に入っていたから、パーティーメンバーに誘うものと思っていたが……今の一連の流れを見て気付いた。

　イヴは、自分より年下の孤児のために、冒険者ギルドで稼いでいかなければならない。

　それは、この街にいなければできないことだ。

　だが、俺達は……魔王を討伐した『宵闇の誓約』は、恐らく次の魔王を探しに行く。

　イヴが孤児院のみんなの保護者として頑張る以上、俺達と一緒にはいられないのだ。

　あの魔王討伐が、最後の共闘だった。だからシビラは、イヴが今後生活しやすいようにと、街一番の冒険者パーティーにイヴの顔を売ったのだろう。

新たな仲間に囲まれてもみくちゃにされるイヴを見るシビラは、まるで育てた娘を送り出す母親のように、今までで一番穏やかで優しい表情をしていた。


一通りの会話を終えてイヴを再び連れ、シビラは俺とエミーをとある場所へと誘った。

勝利の祝賀会も行われている街の、その喧騒《けんそう》が届かない場所。海は一望できるけれど、街からは遠い。そんな静かな場所。

そこにひっそりと、綻びの目立つ大きい建物があった。

「ここは、廃教会か……？　いや、もしかしてここは」

「予想通りだと思うわ。って、もう着いていたのね。ま、あの人なら来ちゃうか」

シビラが最後に言った言葉の意味を考える前に、その視線の先を見た瞬間、考えていたことが吹っ飛んだ。エミーも驚いて、今回は声を上げられない。

その視線の先には……。

「あ、あれ!?　フレデリカねーさんじゃん！」

アドリアにいるはずの、姉代わりのシスターであるフレデリカその人だった。更にその名前を、イヴが当然のように呼んだのだ。

「イヴちゃん……！」

建物の外で待っていたフレデリカは、イヴに気付くと……なんとぼろぼろと涙をこぼしながら、イヴを抱きしめた。

「ごめんなさい、ごめんなさい……！　私がいながら、イヴちゃんに全部押しつけるようなことを……！」

「うわっぷ、ちょ、もが……フレデリカねーさんがあたしに押しつけてンのは、おっぱいだけっスよぉ……！」

頭を抱えられていたイヴは、フレデリカを数度叩《たた》いて解放してもらう。

「責任を押しつけられたとか、思ってねっすから。あたしはほら、あっちの綺麗《きれい》なお姉さんにめちゃ助けられたんで、今はすげー恵まれてるんスよ」

イヴがシビラの方を指差す。フレデリカは俺達《たち》の顔を確認すると、喜びつつも少し憔悴《しょうすい》した顔でシビラに頭を下げた。

「連絡、本当にありがとう。何もできなかった私の代わりに……」

「あーもーいいってことよ。むしろアタシの方が助けられちゃったし、フレっちは責任感じなくていいでしょーに。とりあえず中入って話しましょ。二人は分かんないだろうし」

俺とエミーのことだろう。目を合わせて首を傾《かし》げるエミーに、肩をすくめて返事をする。

見たところ話は通しているようだが……果たしてどのような経緯でフレデリカがここにいるのか、まだ分からない。

それでも、俺にも三つ、はっきりと分かったことがある。

ここが、イヴの住む孤児院であること。そして、フレデリカがこの孤児院の関係者であるということ。最後に、シビラがフレデリカを予《あらかじ》め呼んでいたことだ。


入った孤児院の中は、天井の魔石ももはや光をほとんど遺《のこ》しておらず、全体的に暗さを隠しきれない。壊れた椅子などはそのままに、床だけ掃除されているような場所だった。

……俺達が住んでいたような孤児院とはまるで違う、必要最低限のものすらない孤児院。こんなに環境が違うものなんだな……。

だが、その暗い建物の中にフレデリカが足を踏み入れた瞬間、どこか明かりを一段階上げたように、子供達の声がわあっと広がる。

「フレデリカさん!?」「ふれでりかさんだ！」「おねーちゃん！」「あっシビラじゃん」

集まってきた子供達に涙ぐみながらも、優しく一人一人の名前を呼ぶフレデリカ。

フレデリカは「話をする」と伝えると、フレデリカの言いつけはきちんと守るようで、みんな俺とエミーを訝《いぶか》しそうに見つつも、黙って待っていてくれるみたいだ。

あとシビラは子供達に妙に馴染《なじ》んでいて、呼び捨てにした子供の頭をぐりぐりと撫でていた。昨日イヴと話をしに行った際にこうなったんだと思うが……それにしたって子供に受け入れられるのほんと早いよな、お前。

子供らに少し待ってもらい、五人で別室に入りフレデリカの話を聞く。

「折角だから、この機会に教えるわ。……私はね、元々いろんな孤児院の臨時教員として、この王国中を回って子供達に最低限の勉強を教えているの」

「ということは、アドリアにいなかった時は」

「ラセルちゃんが戻ってきていた頃は、ちょうどこのセイリスの孤児院で、私ともう一人の神官で勉強を教えていたの」

もう一人の神官、という言葉が出た瞬間……イヴが立ち上がって机を叩いた。

「あんなの……あんなの神官でも何でもねーじゃん！」

「イヴちゃん、それは……」

「全然怪我《けが》とか治してくんねーしさ、そんな職あんのかよってぐらい働いてる気しなかった。挙げ句に……！」

「……そう、そうね。私もそのあたり、厳しくいかないとね」

今までにないイヴの怒り方と、フレデリカですら擁護しない神官。そして、俺にスリを行ったイヴ。それを、孤児院の子のためと見抜いたシビラ。

話が見えてきた。つまり、その神官は……。

「この孤児院の財産、その生臭神官が盗んで逃げた、ってことだな」

「ひどい……！」

エミーも事情を知り、悲痛な顔で俯《うつむ》く。フレデリカは、俺の答えに頷《うなず》いた。

「ええ。だから私はシビラちゃんに手紙をもらったと同時に、教会孤児院の管理代表メンバーの一人として血の気が引く思いで……。すぐに別の街からの救援依頼を一時お断りして、今日ようやくこっちに着いたのよぉ……」

そうか……フレデリカはアドリアの孤児院でも時々いないことがあったが、それだけの権限があっていろいろな場所をサポートしていたのか。

いつも穏やかな人という印象だったが、人は見かけによらぬもの。本当のフレデリカは、かなり偉い人だったんだな。

「でも」

そこでフレデリカは、顔を柔らかく緩めた。

「シビラちゃんに、先を越されちゃった。イヴちゃんは髪や服も綺麗になったけど、何よりも顔がすっごく素敵になってるもの。どんな魔法を使ったの？」

「まー簡単に言うと、シビラちゃんパワーで【アサシン】レベル21にして、街トップクラスのパーティー『疾風迅雷』に顔を繋《つな》いできたわ！　臨時メンバー入りね！」

そのとてつもない情報量に驚き、フレデリカは反射的にイヴを見る。

顔を向けられた少女は「へへっ」と笑って、明るい笑顔をフレデリカに向ける。それはどんな言葉よりも、シビラの話した内容を肯定する力のあるものだった。

「だから、今後はフレっちよりお金持ちになるかもね～？」

シビラがもたらしたイヴの未来。それを知ったフレデリカは目を見開き、口元に手を当てて……再び涙を流し始めた。

「ああ……ほんとに、ありがとうシビラちゃん……！　私は、弱いから……どんなに頑張っても、この孤児院を取りこぼしてしまいそうで、本当は、怖くて……！」

「うんうん、フレっちは頑張りすぎよ。任せられるところは任せちゃっていいんだから。イヴちゃんは凄い子よ、立派なみんなのお姉さん。だから、もう自立できるわ」

その最後の一言に、再びこみ上げるものを抑えきれないようにフレデリカは顔を覆った。

シビラは立ち上がり、フレデリカの顔を自分の胸に抱くようにして頭を撫でる。

「……あなたみたいなタイプって、小さく弱い女の手でも、当たり前のように全員を一人で持ち上げようとか、いきなり迷いなく考えちゃうのよ。こっちが困っちゃうぐらい、倒れるまで頑張り過ぎちゃうのよね。だから……たまには寄りかかりなさいな」

「うっ……ううっ……」

「フレっちのような、誰にも頼れないシスターのために、女神様はいるのよ。困った時は、女神様にお願いしてみなさい？　あなたほど敬虔《けいけん》なシスターなら、きっと女神は自分から助けたいって思っちゃうぐらいなんだから、ね？」

その言葉と女神の抱擁に、頼れるお姉さんとして俺達の目に映ってきたフレデリカが身体《からだ》を委ねる。

俺とエミーは、フレデリカの緊張の糸が切れた姿を初めて見た。

いつも温かくて、優しい皆のお姉さん。それが俺の中のフレデリカだった。どんな時でも朗らかに微笑《ほほえ》んでいたフレデリカは……これほどの重荷を背負って、ずっと頑張ってきたのか……。本当に、凄い人だ。こういう人を、真の意味で『強い人』と言うのだろう。

そして……シビラ。誰もが頼りにして、その全ての期待に応えてきたフレデリカの心の内を察して、前もって助けてくれたその手際の良さと優しさ。

何よりも、お世話になってきた分ずっとお礼をしたい、助けたいと思っていたフレデリカをここ一番で救ってくれたこと、本当に心から感謝したい。だが……。

……さすがシビラ、と言うしかない、か。

その日はイヴのお金でフレデリカの料理のための食材を買い、みんなで夕食となった。フレデリカはよっぽど嬉《うれ》しかったのか、イヴがお金を出すと言った時点でまた店頭で涙ぐみ始めて大変だった。

エミーも一緒にフレデリカをなだめつつ、三人で食べたい食材を見繕いに行く。

そんな三人の様子を見て、ようやく気付いた。シビラはこの街の問題を、一度に二つ解決してみせたのだ。

ここまで相棒が凄《すご》いと、俺は本当に役に立てているのだろうかと考えてしまう——。

「——なんてこと思ってるんじゃないでしょうね」

「心を読むな」

シビラはジト目で俺を見ると、軽く溜息《ためいき》を吐いて、俺の頭を手の甲で軽く叩く。

「……何だ」

「無自覚もいいとこよね。結局イヴちゃんに現金を渡せたのも、アタシとフレっちとの顔繋ぎも、隠れていた魔王を暴いたのも、最後にナイフを突き立てたのも……あんたなくしてできないことばかりよ」

「どうもお前を見ていると、肩を並べている気がしなくてな」

「女神に肩を並べるなんて生意気……って言いたいところだけど、こーゆーのってそう単純なものじゃないわよ」

シビラは手を後ろに組んで、いつかのように俺を見る。

「一人の力なんて高が知れているわ。それはあんたでも、アタシでもそう。結局自分じゃ【宵闇の魔卿《まきょう》】にはなれなくて、誰かを頼らないといけない。……戦いじゃ弱い方だから、時々アタシは役に立てているのかって思うぐらいよ」

その告白は、驚くものだった。シビラはいつでも自信満々というか自信過剰だと思っていたが……心の内ではそんなことを思っていたのか。

「まあ……いつも考えてるわけじゃあないわ。半々、ね。人は誰でも自省して成長を望むものよ。でもね……本当に一人の力なんて知れているの。だから今、アタシはむしろ『自分一人じゃできないことを成し得たから嬉しい』と思うようにしてるの」

「自分一人じゃ、できなかったことだから？」

「そ」

シビラの言葉は、すとんと落ちた。なるほど……それは、いい考えだな。ああ、さっきまで悩んでいた部分が、一気に晴れるようだ。

一人では成し得なかった結果は、一人で成し得た結果よりも嬉しい、か。

「そうだな、俺もそう思うようにしよう」

頷き返事をすると、シビラは黙って手の甲をこちらに向けた。

その手の甲を、俺は自分の手の甲で軽く叩く。

「頼りにしてるぞ、相棒」

いや、それじゃ俺が頼ってばかりじゃねーか。

「頼っていいわよ、相棒」

シビラの返し方が妙な感じがして、同時に向こうもそう思ったのか、お互いに少し笑った。

それからは、もういつもどおりの俺達だ。

エミーの呼ぶ声を聞いて、俺達は皆の待つ方へと、肩を並べて足を進めた。

孤児院の夕食は、暗さなど吹き飛ばすほど賑《にぎ》やかなものだった。小さな孤児の子は悲壮感などなく、元気いっぱいといった様子でフレデリカの料理を食べる。環境が変わっても、子供たちは変わらない。それがとても、尊いものに思える。

この明るさにアドリアのチビたちのことを思い出して、俺は懐かしさを覚えた。また色々とほとぼりが冷めたら、顔を見せに帰りたいものだな。

魔王討伐から数日。やりたいことも終わり、セイリスらしい晴れの日差しを浴びながら起床する。相も変わらず一番に起きているシビラは、優雅に窓から街を眺めていた。

そして気付いたが、こいつはちゃっかりあのブレスレットを着けていた。活躍への追加報酬としては安いとは思うが……こういうところ、ほんと最後までシビラだよな。

長い間使ってきたセイリスの宿も、今日で引き払うことになった。

「世話になったわね、いい宿だったわ」

「是非、またのお越しをお待ちしています」

「ええ！」

シビラは爽やかに返事をし、エミーは丁寧にお辞儀をして宿を出る。

その宿の外にいたのは、荷物をまとめたフレデリカだった。

「以前話に出したけれど、私は一時待ってもらうよう言っていた救援依頼の方に向かう予定よぉ。シビラちゃんが頑張ってくれたから、ちょっと余裕もできちゃったし」

「なるほどね」

そしてシビラは俺達《たち》を振り返り、方針の確認を取ってきた。

「今の話を聞いて、ラセルはどうかしら」

「行かない選択肢があると思うか？」

言葉は足りないが、言いたいことぐらいは分かる。俺の返事にシビラは笑った。

ずっと世話になってきたフレデリカ。俺の目から見ても少し頑張りすぎのところが見えるほどだったが、昨日はそれが俺の見ていた一部分に過ぎないことを思い知らされた。

いつか何かで恩を返せたらと思っていたが、そのチャンスが今なのではないか。

俺はエミーの方を向くと、エミーも笑顔で頷いた。

そんな俺達の様子に一番驚いたのは、もちろんフレデリカ自身である。

「ま、待って！　助けてもらったばかりなのに、更に手伝わせるなんて……！」

「そーじゃなくて、アタシらもうここで魔王ぶっ倒したから用事ないのよ。元々どこか別の街に移る予定だったの」

「……魔王を、倒した？」

フレデリカがこちらを見るので、エミーと共に頷いた。俺がどう思われているかは分からないが、少なくともエミーは見栄《みえ》を張るようなヤツじゃないからな。

皆が肯定したことで、フレデリカも事実と理解したようだ。

「ほ、本当に倒したのね、すごいわぁ」

「ってわけで、フレっちさえよければお邪魔したいんだけど、どうかしら？　アタシとしても知ってる顔が多い方が楽しいし」

「ええ、ええ！　そういうことでしたら、是非来てほしいわぁ！　あっ……でも、二人はいいの？　アドリアに一度帰ってもいいのよ？」

俺は、一つの懸念事項をフレデリカに聞く。

「その道のり、安全なのか？」

「……安全、とは言い切れないわ。でも行かないわけにはいかないのよ。私自身が望んだことだし、私を求めてくれる子たちがいるから」

フレデリカは、やはりこんな時でも他者優先なんだな。本当に、俺の聖者という称号を、そのまま聖女にして与えてやりたいぐらいの、心配になるほど頑張り過ぎな人だ。

「そういうことなら、尚更《なおさら》俺も手伝いたい。エミーもいいな？」

「もちろん。フレデリカさんがそんな危険な場所にも一人で向かおうとしていたことがびっくりだよ。水くさいですって、頼ってくださいませ」

「……ふふっ、本当に二人とも、かっこよくなったわ」

フレデリカは心から嬉しそうに、目を細めて俺達を見た。いつまでも子供じゃないさ。

急な方針の決定だが、必要な判断には迷う必要はあるまい。それに俺としても、知り合いは多い方がいい。


ふと、イヴに別れの挨拶を……と思ったが、やめた。

もうあいつは、自立している。ここからは、彼女自身が主役の物語が始まる。

きっと大丈夫だ。

イヴには俺達と一緒に魔王と戦った記憶がある。それに、今の彼女には女神様に与えてもらった力がついている。

物語にするなら……『孤児のスリ、女神に出会って数日で最上位パーティーから熱烈アプローチを受ける』だ。ただの事実だが、なかなかいいんじゃないか？

「さあて、今度も楽しみね！」

シビラの明るい声で、意識をこちらに引き戻される。そこには任務の成否に緊張しない、明るい女神の顔。ああ、そうだな。今度の旅も、新しい出会いがあるといい。

まだ街の名前すら聞いていない上に、どんな救援依頼かも分からないような旅。

だが、その街でもきっといろんな人を救ってしまうのだろう。

俺達『宵闇の誓約』は、どんな相手にも負けるつもりはない。

セイリスへと来た馬車乗り場へ向かう道の途中、エミーが横に並ぶ。

「ラセルはさ。私達の孤児院のこと、良かったと思う？」

突然の質問に面食らったが、エミーの表情には特に陰りなどはない。恐らく俺が何と答えるか、分かっているという顔だ。

「当たり前だろ。不自由もなかったし、むしろ普通の家族よりも賑やかだったぐらいだ」

「だよね！」

それだけ確認したかったのか、俺の答えに対して嬉しそうに笑うと、先を歩くフレデリカの方に走って行った。……何なんだ、一体？

俺がエミーに対して首を傾《かし》げていると、次は隣に並んだシビラと目が合った。

「何？　可愛《かわい》いシビラちゃんを見つめ続けなければ死んじゃう病気になっちゃった？」

「おいおい何だそれ、呪いの女神像か何かか？」

俺はシビラから視線をエミーの背中に戻す。

「さっきの質問、一体どういう意図があったんだろうなって思ってな」

「あら、分からない？」

まるで何故《なぜ》分からないのかと言わんばかりにシビラが言うが、正直さっぱりだ。

俺が首を振ると、シビラは肩をすくめて笑いつつ、俺に続いてエミーの背中を見た。

「幸せを再確認したのよ」

「幸せの、再確認？」

「そ。ラセルも孤児院出身だろうと気にしてないし、エミーちゃんとずっと一緒で、助け合う関係になれた。あの子にとって、アドリアの孤児院で育ったことはこれ以上ない幸せなの。それを確認することが――」

シビラがこちらを向き、ニヤリと笑う。

「――あの魔王を、一番否定することになるってわけ」

その言葉が実に気持ちのいいもので、思わず俺もふっと笑った。

なるほどな。俺も、エミーよりいい幼馴染《おさなじ》みなんて最早《もはや》想像すらできない。孤児院での出会い――それは、高貴さや地位、まして金銭価値などで比べられないほど大切なもの。

そして何より、アドリアにやってきた本物の女神。魔王を手にかける力を俺に授けた、宵闇の女神シビラ。二人の力で、今の俺がある。

あの魔王が何年かけても手に入らなかった幸福が、この『宵闇の誓約』にはあるのだ。

フレデリカの行き先には、既に問題が起こっているとのこと。

「次の街でも、問題解決まで頑張らないとな」

シビラは、俺の背中をばしっと叩《たた》いて先を歩き、気楽そうな笑顔で振り返った。

「あんたと組むんだから、大丈夫よ」

そうだな。お前と組むんだから、大丈夫だろうな。

ふと、海が見渡せる場所で立ち止まった。

驚きと共に俺達を迎え入れてくれた、広大な海。

静かに押し寄せては返す、波の音。


俺達の悩みなど、本当にこの海からしてみたら小さいものなのかもしれないな。

それでも、きっと小さい俺達は、何度も悩んで立ち止まるはずだ。

その度に、この海を思い出そう。全ての悩みを受け止めてくれるような、この海を。


この街で育ったのだ。

きっとあいつの日常は良いものになるだろう。

今日も逞《たくま》しく、皆の姉として頑張るであろう少女の姿を瞼《まぶた》の裏に浮かべ、小さく呟《つぶや》く。

「——また会おう」

俺の声は、蒼天《そうてん》を映した海に優しく包み込まれていった。

あとがき

一巻から引き続き買っていただき、ありがとうございます。作者のまさみティーです。

海の街セイリスの話、いかがだったでしょうか。結末までに様々な種を随所に散りばめ、最後まで読んだ後に読み返すと、また楽しめるように書きました。

突然ですが、『褒められたい』という欲求は皆あると思います。私もそうです。

ラセルはシビラにその能力の高さを言われ、自分の能力を認められるようになりました。同時に、ラセルはシビラやエミーの優れた点も見つけて、その能力や内面を心の中で称賛します。これは、シビラにとっての二人、エミーにとっての二人も同じです。

この『互いの良い部分を見つけられる』という関係が、本当に素敵だと思うのです。


それでは謝辞を。担当のY様、丁寧に読み込んで修正指示をいただきありがとうございました。自分で気づけなかった部分も推敲《すいこう》でき、より良い話にできたと思います。イラストレーターのイコモチ様、本当に素晴らしいイラストの数々で……この二巻部分のロケーションを海の街にして良かったです。最高です。

三巻では更にラセルが活躍したり、またシビラの秘密にも踏み込む話となっています。現在鋭意制作中ですので、楽しみにしていてくださいませ。

OVERLAP

黒鳶の聖者 2
～追放された回復術士は、有り余る魔力で闇魔法を極める～

発　行　2021年6月25日　初版第一刷発行

著　者　まさみティー
発行者　永田勝治
発行所　株式会社オーバーラップ
〒141-0031　東京都品川区西五反田 7-9-5
校正・DTP　株式会社鷗来堂
印刷・製本　大日本印刷株式会社

Printed in Japan ISBN 978-4-86554-930-0 C0193

作品のご感想、ファンレターをお待ちしています

あて先：〒141-0031　東京都品川区西五反田 7-9-5 SGテラス5階　オーバーラップ文庫編集部
「まさみティー」先生係／「イコモチ」先生係

PC、スマホからWEBアンケートに答えてゲット!

★この書籍で使用しているイラストの『無料壁紙』
★さらに図書カード（1000円分）を毎月10名に抽選でプレゼント!

▶https://over-lap.co.jp/865549300
二次元バーコードまたはURLより本書へのアンケートにご協力ください。
オーバーラップ文庫公式HPのトップページからもアクセスいただけます。
※スマートフォンと PC からのアクセスにのみ対応しております。
※サイトへのアクセスや登録時に発生する通信費等はご負担ください。
※中学生以下の方は保護者の方の了承を得てから回答してください。

オーバーラップ文庫公式 HP ▶ https://over-lap.co.jp/lnv/